河南省哲学社会科学规划项目（2020CWX033）

民间文学的传承与保护研究

王雅琨　著

天津社会科学院出版社

图书在版编目（CIP）数据

民间文学的传承与保护研究 / 王雅琨著. -- 天津：
天津社会科学院出版社，2024. 6. -- ISBN 978-7-5563
-0974-0

Ⅰ. I207.7

中国国家版本馆 CIP 数据核字第 2024XE7083 号

民间文学的传承与保护研究
MINJIAN WENXUE DE CHUANCHENG YU BAOHU YANJIU

选题策划： 韩　鹏
责任编辑： 刘美麟
装帧设计： 寒　露
出版发行： 天津社会科学院出版社
地　　址： 天津市南开区迎水道 7 号
邮　　编： 300191
电　　话： （022）23360165
印　　刷： 定州启航印刷有限公司
开　　本： 710×1000　　1/16
印　　张： 15.25
字　　数： 275 千字
版　　次： 2024 年 12 月第 1 版　　2024 年 12 月第 1 次印刷
定　　价： 88.00 元

前 言

　　民间文学是人类在数千年中创造的一种重要文化形式，它如同古老的树木一般深深植根于人类文明沃土的精神田园。民间文学是人民群众集体创造的文化，是人类内心深处的情感流露，也是一个民族的历史记忆和集体智慧的结晶，具有恒久的艺术魅力。

　　本书旨在全面梳理和深入探讨民间文学的定义、起源、特征、价值、体裁，以及它的创作、流传、鉴赏、研究、搜集、整理、保护、传承等各个方面。期望通过这种系统化的研究，可以帮助人们更好地理解和评价民间文学，提升其在现代社会中的地位和影响力。

　　本书第一章，首先对民间文学进行了基本的概述，明确了民间文学的定义，探讨了民间文学的起源，揭示了民间文学的特征，强调了民间文学的价值。笔者认为，只有深入了解和把握民间文学的基本问题，才能更好地进行后续的研究。

　　本书第二章，详细介绍了民间文学的各种体裁，包括民间神话、民间传说、民间故事、民间歌谣、民间叙事诗、民间谚语和谜语、民间说唱、民间戏曲等。这些体裁各有特色，且互相影响，共同构成了丰富多彩的民间文学体系。

　　本书第三章，探讨了民间文学的创作和流传过程，以及它与主流文学的关系。笔者认为，民间文学不仅是一种自下而上的创作活动，也是一种自由流传的社会现象，与主流文学有着复杂而紧密的关系。

　　本书第四章，关注民间文学的鉴赏与研究。试图通过多视角的鉴赏，揭示民间文学的艺术魅力，并通过多元化的研究，探寻民间文学的深层含义。

　　本书第五章，讨论了民间文学的搜集与整理工作，介绍了它的历史、原则和方法。搜集与整理是民间文学研究的重要基础，也是民间文学保护和传承的关键步骤。

　　本书第六章，探讨了民间文学的保护与传承问题。提出了一些保护模式，并对民间文学的多元化传承进行了深入探讨。

　　本书以系统的内容、精确的学术语言、充足的案例与数据，将民间文学的深度研究和实践操作有机地结合在一起，具有很高的参考价值和实用性。同时，由于本书对多种民间文学体裁进行了广泛且深入的探讨，不仅具有严肃的学术性，而且富有生动有趣的阅读性。适合学术研究者和大中小学教育工作者阅读。

目 录

第一章　民间文学概述

第一节　民间文学的定义

民间文学，是广大民众集体创作、口头流传的一种语言艺术。其运用口头语言叙述故事，展示生活，塑造形象，抒发情感。是广大民众精神生活的组成部分，是认识社会、寄托愿望、表达感情的重要方式之一。[①]

一、不同视角的民间文学

民间文学是文学的一个组成部分，是劳动人民创作并且在劳动人民群体中流传的一种口头语言艺术。民间文学可以从不同视角进行分析。以下是几种常见的视角。

（一）地域和民族视角

民间文学指世界各个国家或民族的人民创作的文学作品。本书仅研究中国民间文学范围。这不仅包括主体民族汉族的民间文学作品，也包括民族大家庭内其他兄弟民族的民间文学作品。这个视角强调了地域和民族的背景，将民间文学置于中华民族多元文化的框架中。例如，《中国国家非物质文化遗产代表性项目名录》中的民间文学名录的申报地区或单位涵盖了我国各个省、市、直辖市，有效说明了我国民间文学的地域性范畴，以及民族视角。

（二）年代视角

中国民间文学是指世世代代中华民族民间所创作的文学作品，包括古

---

① 李惠芳：《中国民间文学》武汉大学出版社，1996，第 13 页。

代、近代、现代和当代民间文学作品在内的所有体裁民间文学作品都属于民间文学的范畴。这个视角将时间维度考虑在内，强调了民间文学的历史渊源和持续性。

（三）体裁形式视角

中国民间文学包括韵文、散文和台本三大门类。韵文类包括民间歌谣、民间长歌、民间谚语、民间谜语等；散文类包括上古神话、民间传说、民间故事等；台本类指民间戏曲、民间曲艺的艺人们演出用的底本，是各地、各族戏曲、曲艺的文学部分。这个视角将民间文学划分为不同的体裁形式，强调了文学作品的多样性和艺术表现形式。

二、民间文学与民俗文学辨析

民间文学和民俗文学是两个相关但不同的概念。二者都与民间传统和文化有关，但在定义和范畴上有一些区别。

民间文学指的是由广大民众创作和传承的文学作品，包括口头传统的歌谣、故事、传说、谚语、谜语等各种形式的文学作品。是民间文化的一部分，代表了广大人民的生活经验、价值观念和情感表达。民间文学强调作品的大众性、传统性和群众性，通常以口头传承的方式流传下来，通过口述、歌唱、表演等方式传递给后代。

民俗文学则更加侧重于描写民俗、习俗和仪式相关的文学作品。是在特定的社会群体和文化背景下产生的文学表达形式，与民间习俗、宗教信仰、节日庆典等密切相关。民俗文学包括与民俗、习俗有关的歌谣、咒语、祈祷文、神话传说、祭祀诗歌等。这些作品往往与特定的民俗活动相结合，作为表达和传承民间文化的一种方式存在。

因此，民间文学是一个更广泛的概念，包括了广大民众创作和传承的各种文学形式，不仅涵盖了与民俗相关的作品，还包括了其他口头传统的文学作品。而民俗文学则更加特定，侧重于与民俗、习俗和仪式紧密联系的文学作品。需要注意的是，民间文学和民俗文学之间并不存在绝对的界限，在某些情况下可能有重叠和交叉。在研究和分类时，可以根据作品的特点、内容和背景来进行区分，以更好地理解和分析民间文学和民俗文学的关系和特征。

第二节　民间文学的起源

民间文学的起源可以追溯到人类社会的早期历史，与人类的口头传统和口述文化紧密相连。本节主要对民间文学的起源进行详细分析。

一、民间文学起源的前提条件

民间文学起源的前提条件包括口头表达传统、社会群体互动与交流；生活经验和观察；社会环境和历史背景等。

（一）口头表达传统

口头传统是民间文学起源的基础和重要条件。在没有文字记录的时代，人们依靠口头传承的方式将经验、智慧、故事和歌谣等传递给后代。这种口头传统为民间文学的创作、传承和传播提供了重要的渠道和平台。

口头传统是指通过口头表达和传播的文化传统形式。其是人类社会最早的传统形式，也是民间文学起源的重要根源。在古代，人们通过口述的方式将信息和知识传递给后代，包括各种文学作品。可以说，口头传统为民间文学的创造、传承和流传提供了基础。

1. 口头传统保留了社会群体的历史和文化记忆

口头传统不仅是社会群体记忆的存储库，更是塑造、展示和表达群体身份和价值观的方式。它如同活的历史和文化百科全书，承载着各种智慧、经验、故事和传说，无须文字或图形，通过口头传递和教学，深深地烙印在每个人的心中。这些口头传统的内容成为民间文学的主要素材，形成了独特的文化传承。

2. 口头传统提供了创作和表演的平台

在社会群体内部，人们通过口述、歌唱、朗诵等方式表达自己地创作，将自己的思想、情感和体验转化为文学作品。口头传统提供了一个即时的互动环境，创作者可以根据观众的反应进行调整和改进，使作品更加生动和富有吸引力。口头创作和表演在许多方面都具有独特的价值。它们不需要复杂的设备或预先准备的脚本，只需要讲述者的语言能力和观众的聆听。这种即兴性使得口头传统的创作和表演更具有活力和互动性。创作者和观众之间的直接交流，可以让创作者得到及时的反馈，使他们的作品更加精致，更具吸引力。

3. 口头传统促进社会群体之间的交流和互动

不同社会群体之间的互动和交流，如群体间的宴会、庆祝活动等，为民间文学的传播和交流提供了机会。在这些场合，通过口头传统的方式，每个群体都可以展示自己的独特性。每一个故事、歌曲或谚语，都是他们文化的一部分，可以向其他社区展示他们的价值观和生活方式。同时，这些口头传统也可以作为学习其他社区文化的工具。人们可以通过听他们的故事和歌曲，理解他们的文化和生活方式，从而增强对他们的尊重和理解。

4. 口头传统具有适应性和灵活性

口头传统的适应性和灵活性是其持久魅力的核心所在。这种形式的故事、歌曲、谚语和神话，都具有较强的生命力，它们以口语的形式从一代传到下一代，随着时间和社会环境的变化而自我调整和发展。口头文学作品可以随着时间的推移而演变，适应社会变革和观众的审美趣味。这种适应性使得民间文学在不同的时代和社会背景下得以持续发展。

（二）社会群体互动与交流

民间文学往往与特定的社会群体紧密相关，是地域、家族、部落或其他特定社会群体的文化表达形式。社会群体内部的互动和交流为民间文学的创作和传承提供了平台和动力。

社会群体内的成员通过互动和交流的方式分享各种信息，包括故事、传说、谚语、歌谣、神话等。这些信息在社会群体中口口相传，逐渐形成民间文学作品的基础。社会群体中的个体通过互动的方式将自己的经验、观点、情感等转化为口头文学的形式，并传递给其他成员。

社会群体内的互动和交流加强了成员之间的文化共享和认同。民间文学作为社会群体的文化表达形式，通过互动和交流来展示和传承特定社会集体的价值观、信仰、历史和传统。地域成员通过参与民间文学的创作、表演和欣赏，加深了彼此之间的文化认同，形成了共同的文化意识和认知框架。

社会群体内的互动和交流激发了创作和创新的动力。在文化互动的场合中，人们可以互相启发、借鉴和改进彼此的创作。观众的反馈和赞赏也成为创作者进一步改进作品的动力。通过互动和交流，民间文学作品得以不断演变和发展，反映了社会群体的动态和变化。

社会群体内的互动和交流为民间文学的传承和保存提供了支持。口头传统的特点决定了民间文学往往通过口述方式传承，依赖于社会群体内的传承者。传承者通过与其他地域成员的互动和交流，将民间文学作品传递给后代，确保其保存和延续。同时，社会群体内的互动也帮助传承者获取更多的文化知识和技巧，提高其传承的质量和深度。

（三）生活经验和观察

民间文学往往源于人们对生活现实的观察和体验。社会群体中的个体通过观察和经历各种生活情境，包括工作、家庭、地域、自然环境等，提取出其中的有趣、有启示或有意义的元素，并将其转化为文学形式。这些元素可以是故事情节、角色形象、道德教训等。

例如，民间故事常常基于真实的生活事件或社会问题展开，通过夸张、隐喻或象征等手法来揭示现实中的道德和价值观。这些故事可能涉及人与人之间的亲情、友情、爱情，或者与自然界的关系、社会秩序的维护等，反映了人们在生活中面对的各种挑战和困境。

生活经验和观察启发了人们对情感和共鸣的表达。民间文学作为一种情感表达的方式，通过故事、歌谣、谚语等形式，传达人们的喜怒哀乐、希望与失望等情感体验。社会群体中的个体通过民间文学，将自己的情感和经历与其人分享，寻求共鸣和理解。

生活经验和观察还能够帮助个体塑造自己的身份和认同，并在民间文学中表达。个体通过观察社会群体的生活方式、价值观和行为规范，形成自己的认同模式，并通过民间文学来表达和展示这种身份认同。这种表达不仅帮助个体在社会中找到归属感，也为社会群体提供了共同的文化基础和认同框架。

由此看来，生活经验和观察对民间文学的起源和发展起着重要的影响作用。其为民间文学提供了丰富的素材和内容，反映了生活的现实、传承的历史和文化，表达了情感和共鸣，塑造了身份和认同。通过民间文学，人们能够通过口头传统的方式分享和传递这些经验和观察，丰富了社会群体的文化生活。

（四）社会环境和历史背景

社会环境和历史背景对民间文学的起源和发展产生了重要的影响。

1. 生活方式和社会组织

社会环境中的生活方式和社会组织对民间文学的起源起到关键作用。例如，狩猎部落的民间文学可能包含关于狩猎技巧、传统的猎人英雄和猎物故事；农耕社会的民间文学可能与丰收、农业神话和传统庆祝活动相关。社会组织形式也会影响民间文学的传承方式，例如家族传统和口头传统在家族社会中扮演重要角色。

2. 社会权力和阶级关系

社会权力和阶级关系对民间文学的主题、角色和故事发展产生重要影响。弱势群体常常通过民间文学表达对社会不公正和不平等的抗议，而统治阶级则可能使用民间文学来强化其统治地位和合法性。社会阶级的变迁和权力关系的改变也会反映在民间文学中，如社会革命和社会运动所激发的民间英雄故事和叙事。

3. 宗教和信仰系统

宗教和信仰系统对民间文学起着重要作用。宗教故事和神话传说常常成为民间文学的重要组成部分，通过口头传承和演绎来传递宗教的价值观、道德准则和灵性体验。宗教仪式和节日也提供了创作和表演民间文学的场所和契机。宗教和信仰系统的变迁和交流也会导致民间文学的变化和创新。

4. 社会变迁和历史事件

社会变迁和历史事件对民间文学产生广泛而深远的影响。社会的动荡、战争、灾难等历史事件常常催生了民间文学中的英雄史诗、战争故事和悲剧。这些故事不仅记录了历史事件本身，还反映了人们的情感和价值观。社会变迁也会引发对传统的重新审视和对现实的批判，这种反思经常通过民间文学来表达。

二、民间文学的发展

民间文学是伴随着人类社会的发展而不断发展的文学形式。在原始社会中，民间文学是一种全民的口头表达形式。其是通过简单而原始的方式创作和传承的，包括劳动号子、巫术祝辞、神话和部分史诗等。这种口头文学是原始社会中唯一的文学形式，其是由整个社会成员共同参与创作，并为整个地域提供服务的。

值得注意的是，在原始社会中，民间文学的创作活动并不被视为一种特殊的艺术创作，而是作为社会生活中的自然表达方式存在的。也就是说原始人没有将这种活动称为"创作"，而是认为这只是日常生活的一部分。

随着社会的发展和历史的演变，民间文学的内容、形式和创作者都发生了变化。随着文字的出现和记录技术的发展，民间文学逐渐被记录下来并形成了更稳定的形式。同时，社会的分工和阶级的出现也影响了民间文学的创作和传承方式。但无论是在原始社会还是在后来的历史阶段，民间文学都是与民众的生活紧密相连的，反映着人们的生活经验、情感和价值观。

在阶级社会中，随着生产力的提高和社会的变迁，民间文学的性质发生了变化。在这个时期，民间文学主要指由从事物质生产的劳动者集体创作，并在劳动者之间口头传播的文学形式。这与作家文学形成了对比。在社会底层从事物质生产劳动的广大民众创作、共享和世代口耳相传的口头文学成为主要特征。由于底层劳动人民被剥夺了享受文化教育的权利，口头表达成为表达内心世界、抒发情感、寄托理想的主要途径和方式。

在漫长的发展过程中，口头文学的形式日益丰富多样。其中包括各种散文叙事类作品，如传说、幻想故事、生活故事、民间寓言和民间笑话；还有各种口头韵文创作，如抒情歌谣、长篇抒情、叙事歌和短谣体的民间谚语和谜语；此外还有各种说唱形式和小型综合表演性的民间小戏等。这些形式丰富多样的口头文学作品是民间文学研究的主要对象，也是一笔宝贵的文化财富。

作为文化传承的积累和延伸，各种传统的民间文学作品在当今社会仍然广泛流传。即使在现代化的生活环境中，古老的传说、故事笑话、歌谣谜语、说唱表演等仍然展现出强大的生命力。特别是在封闭、偏远的乡村地区，传统的民间文学仍然是村民们共同享用的文化财富。

然而，时代在不断前进。当代人们的生活方式、内容、生存状态以及由此产生的智识水平、价值观念、审美兴趣等都发生了很大变化。因此，口头文学在当代也明显带上了许多时代的特色。

（一）创作群体的结构发生了新的变化

在传统的农业自然经济社会中，口头文学的创作者主要是农民和各种手工业劳动者，近代才出现了部分产业工人创作的口头作品。传统作品主要以的生活状态和内心愿望为内容。而在当代，劳动者的范围扩大了。工人、农民、商人、学者、士兵等都是国家的主人，在各自的岗位上为社会做出贡献，都是自食其力的劳动者。即使是专门从事艺术生产的作家和艺术家，也作为精神劳动者的一员，成为社会生产力的组成部分。因此，从最基本的生存状态来看，大家都可以被广义地称为民众。

随着创作群体范围的扩大，民间文学的内容也突破了传统作品的话题，迅速拓展开来。不同行业的民众在自己的工作和生活领域内不断创作各种反映时事百态的笑话、传说故事，或者含蕴深沉的民谚短谣，并广泛流传。

（二）文学体裁的创作和流传发生了新变化

随着现代生活节奏的加快和传播媒介的现代化，各种文学体裁在创作和流传范围方面都进行了调整。新编的时事笑话和带有明显警示意味的即兴民谣在城乡之间活跃；民歌在少数民族的传统歌节、歌会和传统礼俗仪式上展示风采；传统的故事、说唱和小戏仍受到农民群众的喜爱；神话故事和地方传说则经过作家的采撷、翻新、改编和再创造，更多地被转化为书面作品。

此外，在传播方式上，尽管民间文学仍然以口头语言为主要载体，并主要依靠口口相传的方式传播，但得益于政府文化部门的有力组织和支持，民间文学的普查和采录活动蓬勃发展。在20世纪八九十年代，全国各地编纂的"民间文学三大集成"（故事集成、歌谣集成、谚语集成）基本上概括了传统口头文学作品。这使得口头文学获得了超越时空限制的传播效应，这在以前是前所未有的。

尽管当代民间文学在创作和传播方面有了许多新的变化，但作为口头文学与书面文学相对应的形式，其基本特征并没有改变。民间文学的创作仍然主要由社会基层的劳动者集体进行，共同创作、共同享用，并在之间广泛传播，成为考察民情、民意、民事和民风的最直接窗口。

第三节　民间文学的特征

特征，是指某个事物或现象独有而其他事物或现象所没有的，并且能够使那个事物或现象同其他事物或现象区别开来的特性。[①] 民间文学的特征主要包括民间文学创作和流传过程中表现出来的集体性、口头性、传承性和变异性。本节主要对此进行详细分析。

一、民间文学的集体性

从人类社会最早的阶段开始，集体性就是人们生活中不可或缺的一部分。无论是原始社会还是后来的社会形态，个人的生存和发展都离不开集体和社会的支持。

（一）民间文学起源的集体性特征

在原始社会，人们通过集体的协作来开展采集食物、进行狩猎、建造住所等生存必需的活动。这种集体性体现在人们共同参与劳动、相互合作、互相支持的过程中。劳动的目的是满足整个集体的需求，而不仅仅是个人的利益。集体的力量使得人们能够共同面对困难和危险，实现更大范围的生存和发展。

民间文学作为最早的文学形式之一，也源于人们在集体劳动中的呼声和歌唱。原始诗歌最初是为了调节呼吸、增加劳动力量和减轻疲劳而产生的有节奏的劳动呼声。这种呼声随着时间的推移逐渐发展成为具有一定意义和表达的原始诗歌，形成了原始民间文学的雏形。这些作品通过集体的声音和表达，展现了人们在集体劳动中的团结、合作和共同追求。

民间文学的集体性体现在起源和创作过程中。其不仅仅是个体的创作，更多地是集体的创造和表达。民间文学通过集体的传承和演变，在人们的集体记忆中流传，并与社会、文化紧密相连。集体性是民间文学的重要特征之一，因此民间文学能够体现出社会群体的共同经验、价值观和情感，成为文化传统的重要组成部分。

[①]　毕桪编：《民间文学概论》，民族出版社，2004，第18页。

（二）民间文学创作、流传和保存的集体性特征

从民间文学作品的创作、流传和保存的角度来看，其确实展现了集体性的特点。在原始社会和后来的阶级社会中，民间文学的产生和发展都是为了满足集体的需求。其依赖于集体来进行创作、流传和保存。

在原始社会中，民间文学作品如神话传说和歌谣都是整个氏族部落所需要的，其反映了整个部落关注的事物，并概括了整个氏族部落的集体观念和共同心理状态。此外，当时的文学艺术活动方式本身就具有集体性，因此创作和流传民间文学作品也呈现出明显的集体性。

在人类社会中的各种集体活动中，常伴随着文化行为。在各种集体性的文艺活动场合，民间文学作品的产生方式可以是众人共同编唱、一个人领唱其他人附和，或者分工合作的创作。这些作品在集体的环境中创作和传播，经受群众选择的考验，群众根据需要和兴趣对作品进行补充、修改、润色和加工，使作品更加丰富和完善。

以民歌为例。

民歌作品带有明显的个人情绪，抒发的是个人感想。其他听到这首歌曲的人在传唱过程中，又会根据个人的理解和记忆对歌曲进行加工或修改。

群众对作品进行的再创作实际上是集体性的活动，集中了众人的智慧和艺术才能，体现了更广泛的思想感情和艺术情趣。这样的作品不再属于个人或少数人所私有，而成为众人参与创作的作品，成为集体共同的精神产品和财富。歌谣、传说、故事和谚语等反映集体生产和生活经验的作品，都展示了集体性的特点。

（三）民间文学的集体性具有贯序性

在阶级社会中，民间文学仍然具有一定的集体性，尽管在生产关系的变化下，劳动方式由集体转变为个体，创作活动也受到阶级性的影响。但被剥削阶级占据了社会的绝大多数，他们的生活状况和思想感情基本相同，因此的口头创作代表了当时阶级社会的民间文学。

在创作、流传和保存的方式上，民间文学的集体性仍然存在。在群众中，集体创作有三种方式：集体劳动的场合中大家编唱、以一个人为主领头众人随声合唱，以及分工创作的方式。这些方式仍然存在于当代民间文学创作中。

同时，随着社会分工的出现，有些人成为专门从事文学创作的人，这部分人可能并不属于劳动者阶级，他们的作品属于作家文学而非民间文学。然而，仍有一些人是从人民群众中涌现出来的口头文学创作者和演唱者，通过口头方式进行创作，并且与人民群众保持密切联系。尽管可能全职或半职地从事创作活动，但他们的作品仍然反映了人民群众的思想感情，并且受到广大观众的关注和影响。

此外，民间文学创作者在创作和演出过程中，时刻受到观众的反应和需求的影响。观众的不同情绪和反应直接或间接地影响着创作者对作品的修改和对未来作品的构思。因此，民间文学作品既体现了人民群众的思想感情和艺术追求，也成为人民群众间接参与创作的产物，具有明显的集体性特征。

在现代社会，许多原来的民间歌手、艺人也开始使用书面方式进行创作，但这并不意味着民间文学的集体性消失。至今仍然可以听到群众用口头方式即兴创作的民歌和流传在民间的其他作品，这些作品仍然体现了当代民间文学的集体性。

民间文学的集体性对于文学本身具有重要意义。其反映了人民群众的美学观点和美学理想的共同性，通过人们的不断筛选和加工，使作品更加精美并广泛流传。集体性保证了民间文学作品具有深刻的思想性和高度的艺术性，同时展示了人民群众的集体智慧和艺术才能。

二、民间文学的口头性

民间文学无论是创作还是传播，都主要采用口头方式。民间文学的作品主要通过民间口耳相传来保存。因此，民间文学是一种以听觉为主要途径存在于人民群众之间的文学形式。

（一）民间文学起源的口头性特征

民间文学自其诞生之初就具有口头性的特征。人类最早的劳动呼声与表意的词语相结合，产生了原始的诗歌，这既是人类最早的文学创作，也是最古老的民间文学作品。这些原始诗歌的创作和流传方式纯粹是口头传承的。即使后来的一些原始时代的诗歌不一定直接产生于集体劳动场合，而是产生于祭祀仪式、欢庆或娱乐活动，但其的创作和传播仍然采用口头方式。因为在那个时期，文字尚未出现，人们根本无法利用书面方式进行这种精神活动，只能进行口头创作和传播。

以民歌为例。

民歌一般是劳动人民创作的，受限于古代的教育条件，劳动人民的受教育水平普遍比较低，所以在进行民歌创作时完全是即兴的、口头式的，没有记谱，曲调和歌词都没有定式。这种特点也为民歌的集体再创作提供了条件。

民歌具有多种功能。比如，具有劳动指挥功能、具有计数功能等。

在生产力低下、生产工具落后的古代，人们常常需要多人集体劳动，而且在劳动中需要统一用力以达到劳动目的。民歌中的号子最初就源于人们在集体劳动中发出的吆喝，这里的吆喝是指工头统一指挥的吆喝。

譬如，搬运重物时，劳动者需要一起用力，并在行走中保持步伐一致，在到达时保证一起松力，以达到搬运目的，同时保护每个参与劳动的劳动者在这一过程中的安全。这时，搬运号子就应运而生。

此外，在行船时遇到水底礁石遍布、水流湍急的情况，劳动者就会唱起"闯滩号子"统一节奏。再如，在森林中伐木时，伐木号子只有简单的四句："顺山倒""横山倒""上山倒""下山倒"，在这一过程中，劳动指挥功能非常明显，一来提醒大家向哪个方向使劲，二来提醒大家不要被倒下的树木砸到。伐木工人则听号子的指令，做出相应的动作。

从民歌类型之一号子的起源，可以看出许多民间文学是人们在劳动的过程中创造出来的，其目的是辅助劳动，让集体劳动更富有节奏性。

再举一个例子。

酥油茶是我国藏族地区的主要食品，其中最主要的原料就是酥油，而酥油的制作要把牛奶放进陶器或皮袋中不停摇动，从而使牛奶中的油脂和奶液彻底分开，从而获得酥油。或者是把牛奶倒到木桶中用木棍不停地搅拌而获得酥油。在搅拌时通常需要搅拌数千次。这项活动的繁重程度并不高，然而却十分单调无趣。于是藏族妇女在劳动中创造了一种《打酥油歌》的劳动号子。在这首号子有三种不同的唱法，第一种是用单纯的数字作为歌词，搅拌一下唱一个数字，从一唱到百，然而又从头开始，一直到提炼出高质量的酥油为止；第二种是把提炼酥油的基本常识和步骤编成唱词，反复吟唱，使劳动者在吟唱过程中熟练掌握酥油的制作方法；第三种是劳动者根据一定的节奏和旋律，把生活中的所见所闻编成歌词，边劳动边唱，以此调节心情，祛除烦闷。

这些例子说明了民间文学早期的口头性特征，以口头方式传承，记录了劳动人民的生活、活动和信仰。

（二）文字出现后民间文学的口头性特征

文字出现以后，书面文学有了产生的条件。但是，即使在书面文学出现以后，劳动大众仍然一直采用口头方式来从事自己文学作品的创作和传播。

口头传统在人类社会中具有悠久的历史，很多文化和知识都是通过口头传承而来的。口头传统在地域和家庭中扮演着重要的角色，因此人们习惯于以口头形式进行交流和表达。这种口头传统和习惯延续至今，使得口头方式成为创作和传播民间文学的常见形式。

尽管文字的出现为书面文学提供了发展的条件，但文字也存在局限性。文字需要识字和阅读的能力，而这些技能在历史上并不是所有人都具备的。即使今天大部分人都受教育，掌握了文字工具，口头方式依然存在的原因是文字的应用范围和可及性有限。特别是在边远地区或文化传统较强的群体中，口头方式更具有普及和传承的优势。

一些民间文学作品具有强烈的表演性质，例如民歌、曲艺、戏曲等。这些作品通常需在表演和演唱中才能完全展现其艺术魅力和情感表达。口头方式能够更好地传运作品的节奏、音调和情感，使其更加生动和感染力。

对于公众来说，口头方式创作和传播的民间文学具有以下艺术长处：

1. 使用群众口语

口头方式能够自然地运用人民群众日常使用的生活语言，即群众口语。这种口语通常简洁、朴素、生动、活泼，能够准确地表达人民群众的生活斗争、思想感情。其与群众之间产生联系，便于广大群众创作、加工和传播文学作品。口头方式存在于群众之中，随时可听、随处可见，无须特殊学习和训练，也无须纸笔等工具。

2. 多样化的语言手法和文学体裁

口头方式可以灵活运用多种语言手法和形式，创造和运用各种文学体裁和式样，包括散文、韵文、长篇、短篇、戏曲、曲艺等。这种多样性便于及时、多样化地反映人民大众的生活和斗争情况，方便形式和手法的创新和改进，以及体裁和式样的变化。

3. 与其他艺术形式相结合

口头方式既能发挥群众口语本身的优点，又便于与音乐、舞蹈、表演等其他艺术形式和手段相结合。这种结合可以产生更大的艺术表现力和艺术感染力。通过与音乐的结合，口头方式的文学作品可以更加动听动人；通过与舞蹈和表演的结合，可以使作品更加生动有趣，增加视觉和身体的表达方式。

正是因为口头方式具有这些艺术长处，民间文学成为人民群众所喜爱，具有广泛的群众基础，利于吸引广大群众参与创作、传承和保护。

三、民间文学的传承性

民间文学具有传承性的特征，这一特征包括传承方向和传承类别两个方面。

（一）民间文学的传承方向

民间文学的传承方向包括纵向传承和横向传承。其中，纵向传承强调的是在时间上的延续，即从一个历史时期传承到下一个历史时期，代代相传。这种传承方式通常发生在民间文学作品中，由前人创作并由后人继承并传承给后代。

横向传承则强调的是在不同空间之间的传承，即从一个地区传播到另一个地区，从一个民族传播到另一个民族，或从一个群体传播到另一个群体。这种传承方式涉及民间文学作品在不同地区和不同民族之间的流传。例如，一些民间歌谣、传说和故事往往不仅存在于特定的地区或民族，而是在其他地区或民族也有类似的内容。这种现象往往是由于横向传承所导致的。

纵向传承和横向传承是民间文学传承中两种重要的传播方式，其共同促进了文化的多样性和丰富性。通过这两种传承方式，可以欣赏到不同历史时期和不同地区、民族之间的文学作品，进一步了解和体验不同文化的特点和魅力。

（二）民间文学的传承类别

传承类别，即所传承的东西包括哪些方面。其指的是民间文学在进行纵向或横向的传承时，被传承作品在内容方面和形式方面的传承。①

在内容方面，被传承的民间文学作品保持了两个重要的创作原则。首先是现实主义传统，即以敏锐和质朴的方式反映现实生活。民间文学作品直接来源于现实生活，与之紧密相关，并满足人们的需求。因此，真正的民间文学作品不可能违背现实主义。其次是现实主义与浪漫主义相结合的原则。这意味着作品既反映现实生活的真实面貌，又融入理想生活的构想，将现实与幻想相结合。这种原则在各个历史时期和各种体裁的民间文学作品中都得到了传承。

在形式方面，民间文学作品的艺术形象也得到了承袭。其中包括环境形象和人物形象两类。环境形象主要指自然景物形象，被赋予特定的象征意义，并世代相承地在特定场合中使用。不同民族的民间文学作品中，常见的自然景物象往包括花卉、动物等。人物形象则涉及神话传说、历史传说和民间故事中的人物形象，这些形象因为被世代相传，因而被广泛使用，并成为典故。不同民族的民间文学作品中，常见的人物形象包括英雄、机智人物等。

通过这种内容和形式的传承，民间文学作品得以保持其独特的特点和风格，同时也展现了各个历史时期和不同民族的文化心理。这种传承使得民间文学作品成为人们理解和体验不同文化的重要窗口。

作为汉族民歌的典型代表，这些体裁格式在汉族的民间文学中得到广泛应用。类似地，其他民族的民歌也有各自独特的体裁格式和艺术手法。这些格式和手法通常与当地的文化、语言、音乐等密切相关，形成了各地各族民间文学的独特传统。

除了民歌，民间故事、传说、神话、叙事长诗等也有其特定的形式传

---

① 陈驹：《中华民间文学通论》，广东教育出版社，2010，第19页。

承。例如，故事和传说通常会采用一定的叙述结构和句式，以使故事更加生动有趣。叙事长诗则采用特定的韵律和押韵方式，以增强诗歌的节奏感和表现力。

在民歌中，不同民族的歌谣体式和韵律方式各有特色，但其都保持着历代传承下来的不变之处。评话、评书等作品也有惯常的格式和习惯性的定例，如开场的"定场诗"和"人话"段落，插入的"贯口""垛口"和诗词歌谣韵语，以及说书开篇和中间常用的套语等。

在艺术手法方面，修辞手法如比兴、比喻、比拟、排比、复沓、双关、夸张等，在民间文学作品中得到广泛应用。另外，叠词、衬词、嵌句等语言形式也常见于歌谣和曲艺唱词中，这些手法和形式也是代代相传、传承不变的。

然而，要注意的是，并非所有群众创作都属于民间文学。民间文学的传承性是它的一个重要特征，其是通过人民群众在长期的口头创作实践中形成的。有些群众创作的作者可能并非劳动大众，甚至包括一些不知名的文人作家。此外，有些群众创作的作品没有经过传承，缺乏传承性的特征，因此不能算作民间文学。

在收集整理民间文学作品时，确实需要尊重其艺术形式，以保持其传承性特征。如果改变了原有的语言、结构、表现手法和艺术风格，使其不再具有传承性，那就变得更像是作家文学而非民间文学。因此，在整理民间文学时需要注意保持其原有特征，而不是简单地进行改编或利用素材进行再创作。

四、民间文学的变异性

变异性是指民间文学在传承和传播过程中发生的内容和形式上的变化。民间文学是通过口头传统或民间艺术形式传承下来的文学作品，由于传播的时间和空间的差异，人们在接受和传递这些作品时会对其进行一定的改动和调整，从而导致作品发生变异。

（一）内容变异

民间文学反映了人们的生活，传统，习俗和信仰。每一种民间故事或歌谣都有其特定的内容和主题。然而，随着时间的推移，社会的进步，科技的发展，以及文化的交流，人们的生活方式，观念和信仰都会发生改变。这种改变必然会反映在民间文学的内容中。

民间文学的内容变异是其鲜活性和动态性的重要体现，这种变异主要受社会环境、文化背景和传播媒介等因素的影响。

1. 社会环境

社会环境的变化，是导致民间文学内容变异的关键因素。民间文学是人民群众根据社会日常生活创作的。社会环境是社会日常生活所依赖的基础。当社会环境发生变化时，人们的日常生活也不免发生变化，以日常生活为背景的民间文学也会发生相应地变化。

以民间歌曲为例。

民歌来源于人民，传播于人民，服务于人民，是人民群众自己的真情实感的表达，这些情感是从生活实践中获得的，表达了对生活的热爱或控诉。而伴随着社会环境的变化，同一首民歌在保持旋律不变的基础上，歌词也会发生变化。

例如，我国许多民歌的旋律流传了成百上千年，然而在不同时期的歌词却有所变化，体现出民间文学的变异性。

2. 文化背景

文化背景确实是民间文学内容的重要因素之一。每一个文化都有自己独特的历史、信仰、价值观和生活方式，这些都会深深地影响民间文学的内容。

例如，临海地区，民间文学的内容可能会被大量的与海洋生活有关的主题所影响。例如，与海洋生活相关的故事和歌谣可能会涉及捕鱼的艰辛，海上旅行的冒险，以及对海神的崇拜。其中的角色可能包括勇敢的渔夫，狡猾的海盗，和慷慨的海神。这些作品通常会强调海洋生活的艰难，人与自然的斗争，以及对海神的敬畏和感恩，这些都深深地反映了的文化背景。

而当岛屿居民内迁后，的文化背景毫无疑问将会发生变化。相应地，民间文学的内容则会转向新的社会文化，民间文学的内容将发生变化。

3. 传播媒介

除了社会环境和文化背景，传播媒介也对民间文学的内容变异有重要影响。例如，口头传统和书面传统在内容选择和表达方式上有很大不同。口头传统更倾向于使用生动的语言、重复的结构和口头的技巧，以吸引听众的注意力和记忆。而书面传统则更倾向于使用精细的描绘、复杂的结构和书面的规范，以传达深层的思想和情感。这种不同的传播媒介也会对民间文学的内容产生影响，使其产生适应性的变异。

（二）形式变异

民间文学的形式多样，这是因为其源于人类文化的多样性和创新性。民间文学的形式变异主要体现在三个方面：口头传统、书面传统和视觉艺术。

1. 口头传统

口头传统是最古老的民间文学形式，其依赖于直接的人际交流。口头传统的内容包括民间故事、歌谣、神话等，其往往用简洁生动的语言，重复的结构和口头的技巧来吸引听众的注意力和记忆。然而，随着社会的变迁，口头传统也在发生变异。

例如，传统的故事讲述和歌唱可能被现代的戏剧表演和音乐演唱所取代，而传统的语言和音乐可能被现代的语言和音乐所取代。

2. 书面传统

书面传统是民间文学形式的重要发展，其可以通过书籍、报纸、互联网等媒介传播，适合在更广泛的范围内传播。书面传统的内容包括传说、寓言、谚语等，其往往用精细的描绘、复杂的结构和书面的规范来传达深层的思想和情感。然而，随着科技的进步，书面传统也在发生变异。

例如，传统的手稿和印刷可能被现代的电子书和网页所取代，而传统的写作和阅读可能被现代的编辑和搜索所取代。

3. 视觉艺术

视觉艺术是民间文学形式的重要补充，其通过视觉符号和图像来传达信息和情感。视觉艺术的内容包括民间绘画、刺绣、剪纸等，其往往用富有想象的图案、鲜艳的颜色和精致的技艺来吸引观众的视觉和审美。然而，随着艺术的发展，视觉艺术也在发生变异。

例如，传统的绘画和刺绣可能被现代的摄影和设计所取代，而传统的图案和颜色可能被现代的符号和色彩所取代。

（三）语言变异

民间文学是通过语言来传达和交流的。语言的变异是一种自然的和必然的现象。在民间文学的传播过程中，语言的变异可能包括词汇的更替，语法的演变，发音的变化，以及方言的影响等。

语言变异，在民间文学的发展过程中占据着极其重要的地位。主要表现在以下四个方面。

1. 词汇的更替

随着社会的发展，一些旧词汇可能会被新词汇所取代。这主要是由社会变迁、科技发展等因素驱动的。例如，古代文明的许多词汇已经不再被现代社会所使用，而新的科技和社会现象又催生了新的词汇。这种词汇的更替使得民间文学的语言更具时代性，同时也使得其更加贴近现代人的生活体验。

2. 语法的演变

语法是语言的基础，语法的演变对民间文学的影响深远。随着语言使用的变化，某些语法规则可能逐渐被淡化，而新的语法规则可能被创造出来。例如，古代文学可能采用更复杂、固定的语法结构，而现代文学则可能更倾向于使用简单、灵活的语法结构。这种语法的演变使得民间文学更具创新性，也使得其更加符合现代人的阅读习惯。

3. 发音的变化

发音是语言的表现形式，发音的变化也是民间文学变异的重要部分。随着地域差异的影响，不同地区的人可能会发出不同的语音。例如，同一篇民间故事在不同地区可能会有不同的发音方式。这种发音的变化为民间文学增添了丰富的地方色彩，同时也为文学作品赋予了独特的声音。

4. 方言的影响

方言是语言的变体，方言的影响对民间文学的地方特色尤为重要。每个地区的方言都有自己狷特的词汇、语法和发音，这些特色可能会被民间文学所吸收并表达出来。例如，一些地方的民间故事可能会使用当地的方言进行讲述，从而增强了作品的地方风格和文化韵味。

（四）文化意义的变异

民间文学不仅是一种艺术形式，也是一种文化现象。每一种民间故事，歌谣或寓言都承载了特定的文化意义。这种文化意义可能包括宗教信仰，社会观念，历史记忆，道德规范等。然而，随着社会文化的演变，个人理解的差异，以及文化交流的影响，这些文化意义也会发生变异。

1. 宗教信仰的变异

宗教是一个社会的信仰体系，其对民间文学的影响深远。同一则故事，在不同的宗教背景下，可能会有完全不同的解读和理解。例如，某些古老的神话故事，在基督教背景下可能被解读为上帝的创造和救赎，在佛教背景下可能被解读为轮回和涅槃，在道教背景下可能被解读为自然和长生。这种宗教信仰的变异使得民间文学更具多元性，也使得其更能触动人们的精神世界。

2. 社会观念的变异

社会观念是一个社会的价值取向，其对民间文学的塑造至关重要。同一则故事，在不同的社会背景下，可能会有完全不同的内涵和寓意。例如，某些古老的寓言故事，在封建社会背景下可能被解读为君主的权威和忠诚，在资本社会背景下可能被解读为竞争的法则和成功的秘诀，在社会主义背景下可能被解读为公平的理念和劳动的尊严。这种社会观念的变异使得民间文学更具时代性，也使得其更能反映人们的生活状态。

3. 历史记忆的变异

历史记忆是一个社会的集体记忆，其对民间文学的传承有着关键作用。同一则故事，在不同的历史背景下，可能会有完全不同的记忆和象征。例如，某些古老的历史故事，在战争背景下可能被记忆为英勇的斗争和沉重的牺牲，在和平背景下可能被记忆为美好的繁荣和幸福的生活，在革命背景下可能被记忆为激进的变革和崭新的未来。这种历史记忆的变异使得民间文学更具历史性，也使得其更能链接人们的过去和现在。

4.道德规范的变异

道德规范是一个社会的行为规范，其对民间文学的教化有着直接影响。同一则故事，在不同的道德背景下，可能会有完全不同的教训和启示。例如，某些古老的道德故事，在传统背景下可能被视为孝顺的楷模和仁爱的象征，在现代背景下可能被视为自由的追求和平等的象征，在未来背景下可能被视为创新的精神和可持续的象征。这种道德规范的变异使得民间文学更具道德性，也使得其更能教育人们的品行和行为。

第四节　民间文学的价值

民间文学具有实用价值、科学价值、艺术价值，本节主要对此进行详细分析。

一、实用价值

民间文学类型丰富，实用价值极高。主要体现在以下几个方面。

（一）劳动生产的伙伴

从民间文学的诞生，其与人民的劳动生产紧密相关。无论是船工的号子，还是田间劳作的歌声，民间文学都以一种生动活泼的方式传递信息、调动情绪、协调节奏，从而提高工作效率，消除疲劳。此外，神话和传说故事中常常夸大和神化人类的劳动能力和生产工具，概括了人类伟大的创造力，这是劳动之余的休息和补偿，可以抒发劳动情绪，激发劳动智慧，鼓舞劳动热情，坚定劳动信心。

1.民间文学通过传递信息，协调节奏来帮助劳动者提高工作效率

在古代社会中，许多劳动活动需要集体协作完成，这时候，一个明确、简单、易于理解的信息传递机制就显得尤为重要。民间文学，特别是歌谣和号子，就充当了这样的角色。通过有节奏、有韵律的歌声，人们可以更好地协调自己的劳动节奏，使集体劳动更加有序和高效。在这种情况下，

民间文学不仅是一种艺术形式，更是一种工具，服务于提高劳动效率的实际需求。

例如，在我国东北地区流传甚广的林场搬运号子：《哈腰挂》。《哈腰挂》中的"哈腰"是指弯腰，"挂"，就是把挂钩挂在被抬的木头上。其形象地展现出林场工人在搬运树木时的场景。在山上搬运木头时，由于地势高低不平，脚下杂物众多，要顺利把数百斤重的木头搬下山并不容易，这时候搬运号子就至关重要。

《哈腰挂》写出了劳动者从抬木、走路到放下树木的整个搬运场景。

哈腰挂，嘿，哟嘿，嘿，哟嘿，

蹲腿哈腰嘿，搂钩就挂好，挺起个腰来，哟嘿嘿，

推住个把门嘿，不要个晃荡嘿，往前个走哇，哟嘿嘿，哟嘿嘿也，

老哥儿八个嘿，抬着个木头嘿，上了个跳板嘿，哟嘿嘿，嘿嘿

嘿，找准个脚步嘿，多加个小心的嘿，哟嘿嘿，哟吼

嘿嘿，前边个拉着，后边个推着，前拉后推，哟嘿嘿，

嘿呀，这就个走起来吧嘿，哟嘿嘿，哟嘿嘿，这就个上来吧嘿，哈腰撩下嘿。

搬运木头时，木头两边各站 4 个人，前后距离适当，听领唱者的号令，当领唱者唱出哈腰挂时，8 个人一起应和，同时，蹲腰弯腿一起把挂钩挂在被抬的木头上。接着，领唱者会统一发出指令，这时 8 人同时起身挺腰站好。下一步在行走的过程中，领唱者还会提醒大家注意各种事项：推住把门、不要晃荡、上个跳板、找准脚步、前拉后推等。在开始走时，木头两侧的人会调整脚步，左侧的人迈右脚时，右侧的人迈左脚，跟着号子的节奏的往前走。最后，在到达目的地后，领唱者还会发出指令，统一弯腰下蹲，把木头放下。

从整体来说，《哈腰挂》歌词简单、实用，节奏旋律较强，在节拍上采用强—弱—强的规律，配合呼吸，便于鼓劲。这首号子既适用于细小的木头，也适用于数百斤上千斤的大木头，在抬小木头时，节奏快，旋律强，在抬重木时，旋律沉稳，节奏缓慢，能够起到统一节奏的作用。

2.民间文学也是消除疲劳、提高士气的重要方式

劳动是一种体力和脑力的消耗，尤其在古代，许多工作都是重体力劳动。在这种情况下，人们需要找到一种方法来缓解疲劳，提高士气。民间文学，尤其是歌谣，就是一种有效的方式。歌声可以让人们忘却疲劳，从而更好地投入到工作中。同时，歌词中的内容也可以激励人们，让对生活充满希望，从而提高士气。

劳动者在全身身心投入劳动中时，就会根据每个动作创造出符合劳动的节奏，这时劳动者会感受到节奏带来的快乐，从而刺激劳动者调动更多的心理能量投入到劳动中的节奏中去，从而减轻疲劳，提高劳动效率。劳动号子，就是帮助劳动者掌握节奏的律动性从而达到劳动效果的民歌。

例如，渔船号子作为一种民歌，歌词通常以传递信息、协调节奏为主。我国河道发达，海岸线上，自古以来渔业十分发达，船渔号子也应运而生。和其他号子相比，船渔号子为了适应多变的水面气候，应对各种各样复杂的情况，形成了多种多样的民歌，是所有号子里，种类最为丰富的一种。此外，根据活动环境不同，船渔号子在各地的内容也不尽相同。

流行于河北丰南一代沿海渔民中的《渔民号子》，通篇只有几句歌词，提醒大家把劲使匀，提醒年轻人不要慌乱，紧跟节奏。同时告诉大家鱼网重，是因为获得了大丰收，提升士气。

3.民间文学也是一个激发创造力、鼓舞热情的平台

通过神话、传说和故事，人们可以表达自己的想象，发挥自己的创造力。这种表达和发挥不仅可以激发人们的思考，也可以提高的创造力。同时，这些故事和歌谣也可以激发人们对劳动的热情，让更加热爱自己的工作。

4.民间文学是凝聚人心的重要媒介

民间文学具有较强的地域性，是一个地区人民在长期的生产和生活中集体创造的，具有独特的地域审美，具有凝聚人心的重要作用。

以河南劝学碑为例。

劝学碑通常立于书院，而古代的书院作为当地的文化中心，具有较强的凝聚功能。劝学碑的作用则进一步加强了书院的凝聚功能。

例如，《新建景恭书院碑记》，这篇碑文写于道光七年（1827年）景恭书院成立之时，说明了这所书院成立的原因，以及书院在数千年以来所起的重要的人才培养和促进地区发展，以及凝聚地域个人、宗族和社会组织力时的作用。最后提出了对书院学子寄予的希望："继自今，此邦之士，诚能饬躬励志，考德问业，闻古人之言而则之，见古人之事而效之，讵必古今人不相及，岂徒博科第取青紫，为里党荣云尔哉！"

新建景恭书院碑记^①

武进人邑令董敏善

中牟，汉故县也。史称鲁公为令，专以德化民，不尚刑罚。会诏百官举贤良方正，恭荐中牟名士王方。吏人信服，至今犹尸祝焉。余承乏兹邑，爱其风裕醇朴，思欲修废举坠，鼓舞而振兴之。因念我国家声教翔洽，文治日隆，自京师以至郡邑咸建学，复有书院之设，延山长，课生徒，以辅学校之所不逮。名都胜地，修建林立，而中牟独阙如，其有待于兴举，盖亟亟矣！丙戌冬，余自滑台旋任，爰进士民而谕之，佥乐从事。前署令王君超曾尝购县北民房十余楹，拟建书院。视其室宇湫隘，不足以栖学徒，乃即城东南隅官房一廛，辟地改建，令邑绅王瑾等司其事，鸠工吃材。凡八阅月而工竣。门廊堂室皆具，共四十八楹，庑混器用之需亦略备。士民咸踊跃捐输，为银若干，筑削之赀为银若干，膳脯之赀为银若干，于是，深衣博带之士，得以揖让讲习于其中。邑之有书院，自今日始。既成，请名于中丞程公。中丞署其榜曰景恭书院，盖以鲁公治行勋业皆由绩学所致，足为多士劝也。考恭年十五居太学，闭户讲诵，绝人间事，学士争归之。肃宗集诸儒于白虎观，恭特以明经得召，是其德、行、道、艺俱可以为人师表。尝观《周礼·地官》所载，党正即一党之师也，州长即一州之师也，以至下之为比长、闾胥，上之为乡遂大夫，莫不皆然。后世儒与吏异趋，而吏之治其民与师之教其弟判若两途，人材之不古若良以此也。恭为令时，距今已二千余载。邑之人犹常闻风而兴起，然则命名之意，不大可见欤。中牟自汉以来，代有闻人。

① 王兴亚：《清代河南碑刻资料1》，商务印书馆，2016，第458-459页。

若晋潘尼之勤学著述，恬淡不与物竞；宋李师德之明敏好学，元蔡郁之乐道安贫，皆卓然可传于后。继自今，此邦之士，诚能饬躬励志，考德问业，闻古人之言而则之，见古人之事而效之，讵必古今人不相及，岂徒博科第取青紫，为里党荣云尔哉！

道光七年。

（文见同治《中牟县志》卷十《艺文志》）

（二）斗争的武器

在阶级社会中，民间文学具有明显的阶级性。大量的"苦歌""怨歌""悲歌"以及现实生活故事将批判和抗争的锋芒直指反动统治阶级和不合理的社会现实。当革命运动兴起时，民间文学成了人民手中的精神武器。历史上的许多革命歌曲和诗词有力地激发了人民的斗志，成为振奋人心、鼓舞士气的有力武器。

1. 民间文学的阶级性特征

民间文学的阶级性主要体现在其以普通人民的生活体验和感受为基础，以批判社会不公为目标。其以平民的语言、方式揭示出阶级社会的矛盾和问题，如压迫和剥削、贫富差距、社会不公等。这些问题在民间文学的表现中具有深远的社会影响和批判性。以"苦歌""怨歌""悲歌"为例，这些歌曲揭示了被压迫和被剥削阶级的生活状况，揭露了统治阶级的残暴和无理，表达了人民对美好生活的向往和追求。

2. 民间文学在革命运动中的作用

在阶级社会中，民间文学不仅揭示了社会矛盾，也成为激发革命斗志的有力武器。在历史上的各次革命运动中，民间文学的力量被进一步激发。大量革命诗歌、歌曲涌现出来，激励着人民走向战斗。这些诗歌、歌曲深入人心，为革命事业积蓄了强大的精神动力。

例如，民歌《送哥哥参军》是一首民间小调，歌词中喝道："哥哥你参军上前线，我在后方生产忙"展现了抗日战争时期，齐鲁人民纷纷争当拥军模范，送郎参军的事实。

3.民间文学在革命中的动员作用

民间文学以其通俗易懂的形式，广泛地流传于人民之间，成为动员人民群众的重要方式。在革命运动中，诗词、歌曲等民间文学形式，其深入人心，触动人们的情感，鼓励人们以积极的态度面对困难，坚定信念，战胜挑战。通过这些作品，人们理解了革命的意义和目标，明确了斗争的方向，增强了革命的决心。

（三）人民自我教育的生动教材

民间文学作为人民自我教育的教材，充分发挥了其教育和启蒙的作用。在古代，无法享受正规教育的人群只能依靠民间文学来获取知识，而这部无形的"百科全书"无疑是精神世界的重要组成部分。民间文学以其丰富的内容和深厚的文化底蕴，满足了对知识的渴望，对生活的认知和理解也在故事和歌谣中得到升华。

各民族的史诗、古歌被视为民族的"根谱"，其讲述了民族的起源，祖先的艰难创业以及民族信仰习俗的由来。这些口头的历史教科书在各类社会活动中传唱，从而实现了历史知识的传承。盛大的歌会中的对歌更是知识的竞赛，涵盖了天文地理等各种知识领域，既锻炼了参与者的智力，也让观众受益匪浅。民间文学也是道德教育的载体，人们的道德观念、是非观念等都在讲故事、唱民歌、说谚语中得到熏陶和教化。

（四）民间社交娱乐的工具

民间文学也是民间社交娱乐的重要工具。在民间生活中，各种社交活动都离不开歌曲的点缀。无论是孩子出生、人们庆生、婚丧嫁娶，还是日常的问路、接待客人等，都有相应的歌曲相伴。在少数民族地区，婚姻关系的缔结甚至以歌为媒，情歌就像红娘一样，引导着爱情生活的每个阶段。民间文学还是人们自我娱乐、消愁解闷的重要伴侣，在艰难的生活中起到积极的鼓舞作用。

二、科学价值

民间文学是一种包含了丰富知识和信息的文化形态，其既是历史的记录，也是文化的传播，同时也是科学研究的重要资料。无论在人文学科还是自然科学领域，民间文学都有着重要的科学价值。主要体现在以下几个方面。

（一）民间文学的历史学价值

从历史学视角来看，民间文学是补充和丰富历史记录的重要手段。正如高尔基曾说："如果不知道人民的口头创作，那就不可能知道劳动人民的真正历史。"在文字尚未普及的社会，口头传说和神话就成为记录历史的重要方式。这些作品体现了人民大众对历史事件的理解和评价，往往比正史更能准确地反映出社会现象和历史真相。

1. 反映人民群众的真实经历

民间文学作为人民群众的口头传承，记录了的生活、信仰、价值观和历史经历。这些故事、传说、歌谣等作品反映了普通人的视角和体验，提供了对历史事件和社会现象的独特理解。通过研究民间文学，可以深入了解人民群众的真实生活和历史经验。

2. 补充正史的局限性

正史通常由统治阶级的官方记录编写而成，存在着政治和权力的影响。而民间文学作为一种非正式的历史记载，能够提供与正史不同的视角和声音。其可以弥补正史的局限性，揭示被忽视或被曲解的历史事件和人物，为历史的多元性提供证据。

3. 保存文化和传统

民间文学承载着丰富的文化和传统，包括神话、传说、民间故事等。这些作品传承了人们对于起源、信仰、价值观和道德准则的理解，反映了特定文化背景下的社会观念和认知模式。通过研究民间文学，可以还原历史时期的文化风貌，理解不同时代人们的思维方式和价值观念。

4. 提供历史事件的细节和情感维度

民间文学往往以故事和情感的形式呈现，通过细致的描写和生动的表达，使得历史事件更具有情感共鸣和人性化的特点。这些作品可以提供历史事件的细节描述、人物心理和情感体验，使历史更加丰满和立体。

5.激发历史研究的新视角和问题

民间文学作为一种独特的历史材料，可以激发历史学家提出新的研究问题和观点。通过分析民间文学中的主题、符号和隐喻，可以揭示出历史事件背后的深层意义和人们的心理诉求。这为历史学家提供了探索历史背后更深层次的文化和社会动态的机会。

以民间碑文为例。

民间碑文是一种特殊的文学体裁，是普遍存在于中国历史文化中的重要载体，涵盖了各种社会生活的方方面面。一般来说，民间碑文是由普通民众或非专业书法家创作并篆刻，包括但不限于家族祠堂的碑文、村庄、市集、庙宇的碑文，以及悬挂在门楼、桥梁等公共场所的碑文等。

民间碑文通常反映了民间生活、风俗、习惯、宗教、信仰、道德观念以及民族精神文化等各个方面。由于民间碑文来源于民间，具有鲜明的地方特色和社会性，往往更真实、更细致地反映了民众的日常生活和思想情感。

除此之外，民间碑文也是民间文化研究的重要资源。民间碑文中的文字、图案以及背后的故事和历史，对于读者理解和研究历史，尤其是社会历史、文化历史和地方历史，具有重要的价值。这些碑文可以反映出特定时期、特定地区的社会现象、风俗习惯，以及民众的心理、精神状态等，是研究历史的重要实物资料。

（二）民间文学的民俗学价值

民间文学在民俗学中具有重要的价值，可以为理解和研究民间传承文化提供深入的视角。

1.反映习俗和信仰

民间文学作为民俗学的一部分，记录了各种习俗和信仰的内容和演变过程。通过分析民间歌谣、故事、谚语等作品，可以了解人们在物质生活和社会组织中如何展开各种习俗和信仰的实践。这些文学作品反映了人们对于节日、庆典、祭祀、仪式等民俗活动的理解和参与，为揭示了习俗和信仰的文化内涵和社会功能。

2. 保存消逝的习俗和信仰

许多古老的习俗和信仰在现实生活中已经逐渐消失，但在民间文学中得到了保留。通过研究民间文学，可以重建并理解那些已经消逝的习俗和信仰。这些作品可能包含对图腾崇拜、神话故事、远古习俗等的描绘，帮助还原历史时期的文化场景和人们的宗教观念。

3. 彰显民间习俗的艺术反映

民间艺术在各种主要民俗活动中发挥着重要的作用。例如，端午节、火把节、泼水节等民俗活动常常伴随着歌谣、舞蹈、音乐和戏剧等形式的艺术表演。通过研究民间文学中的艺术反映，可以了解习俗活动与艺术之间的密切联系，深入探究艺术在习俗中的功能和意义。

4. 丰富民俗研究的史料来源

民间文学资料提供了丰富的史料，对于研究民俗学具有重要价值。这些文学作品记录了人们的实际经验、想象和理解，为提供了关于习俗和信仰的详细描述和情感体验。通过对这些史料的研究，可以还原历史时期的习俗活动、社会关系和人们的心理状态，为民俗学的研究提供重要的依据。

例如，各民族的洪水神话和婚俗，都揭示了人类社会的发展过程和变化。这些作品中的社会现象、思想观念、行为习惯等，为学者了解和研究民俗和民族文化提供了极其丰富的材料。

（三）民间文学的民族学价值

民间文学在民族学中具有重要的科学价值。通过研究民间文学，可以获得直接观察和调查各民族的生活特点和文化特点的实证资料，补充少数民族的历史资料，探索民族的源流和族源问题。

1. 提供民族生活特点和文化特点的实证材料

民间文学是记录各个民族生活特点和文化特点的重要资料。通过研究民间文学作品，可以直接观察和调查各民族的习俗、信仰、价值观念、神话传说等方面的特点。这些实地调查的材料为研究民族发展规律提供了直接的实证依据。

2. 补充少数民族的历史资料

许多少数民族缺乏文字记载的历史资料，甚至一些民族没有文字的传统。在这种情况下，民间文学成为研究少数民族历史和文化的重要来源。口头传承的民间文学作品记录了民族的起源、迁徙、历史事件和文化传统等方面的信息。通过分析这些口头文学材料，可以揭示少数民族的历史演变和文化传承的线索。

3. 探索民族的源流和族源

民间文学作为民族传承的重要表达形式，承载着民族的传说、神话和民族起源的故事。通过对民间文学中关于民族源流的传说和传说的研究，可以探讨民族的源流和族源问题。例如，《盘瓠王歌》对畲族的来源和迁徙进行探讨，《撒拉族民间传说》则从撒拉族的民间传说中观察撒拉族的族源问题。这些研究为民族学提供了重要的科学成果。

（四）民间文学的自然科学价值

在自然科学方面，民间文学也提供了一些重要的信息和知识。例如，民间文学中的天文学、地理学、气象学、医学、生物学等知识，都反映了人民在生活实践中对自然的认识和理解。具体来说，可从以下几个方面着手。

1. 反映科学知识的普及和传播

民间文学是广泛流传于民间的文学形式，通过口头传承和传统的方式，将科学知识以故事、谚语、歌谣等形式传递给人们。

（1）故事形式的传播

民间文学中的故事往往以生动的情节和有趣的人物形象为载体，通过引人入胜的叙事方式吸引读者或听众的注意力。例如，通过故事中的角色和情节描述植物的特性和药用价值，人们可以更加深刻地理解和记忆中草药的功效。

（2）谚语和歌谣的传承

民间文学中的谚语和歌谣是民间智慧和知识的精华所在。这些简洁有力的语言形式常常包含着科学知识和经验的总结，具有易于传播和记忆的特点。通过谚语和歌谣，人们可以在日常生活中接触到科学知识，并通过口耳相传的方式将其传递给后代。例如，民间谚语中的农时谚语和天气观察谚语，是农民通过长期观察和经验总结得出的与农业和气象相关的科学知识。

（3）民间智慧的积累

民间文学中蕴含着丰富的民间智慧和实践经验。这些智慧和经验是民间长期与自然和生活接触的结果，包括对自然现象、植物和动物特征、草药应用等方面的观察和总结。

例如，李时珍在《本草纲目》中引用了许多民间传说和故事，用以解释草药的功效和医疗效果。这种引用反映了民间对中草药和医学知识的认知，同时也促进了科学知识在民间的普及和传播。

科学家可以通过研究民间文学，深入了解民间智慧，从而在科学研究中汲取灵感和借鉴。

2. 补充科学知识的历史发展

民间文学作为一种历史文化的记录形式，承载了人们对自然现象和科学原理的理解和解释。通过研究民间文学中的传说、寓言和民谚，可以了解古代人们对自然现象的观察和解释，推测出在科学知识方面的发展和进步。

民间文学中经常包含了人们对自然现象的观察和解释，这是科学知识发展的一种原始形式。例如，古人通过观察天文现象制定了农历和节气，这在许多民间传说和诗歌中都有所反映。这些记录提供了宝贵的线索，可以帮助理解古代科学知识的发展。

民间文学也包含了对科学原理的理解和解释，这反映了科学知识的传播和应用。例如，一些民间传说描绘了医草的发现和使用，这反映了古代草药学的发展。这些故事不仅描绘了古代人们的实践经验，也描绘了对自然界的理解，这为理解古代科学知识的传播和应用提供了重要的线索。

民间文学中的故事和传说还描绘了科学知识的社会和文化影响。例如，许多民间故事涉及了农业、天文、气候和医药等领域的知识，这反映了这些知识在古代社会中的重要性和影响力。这些影响力不仅影响了科学知识的发展，也影响了社会和文化的发展。

3.融合科学与文化的视角

民间文学融合了科学和文化的视角，使科学知识更贴近人们的生活和体验。通过引用民间文学中的故事和传说，科学家可以将科学概念和原理与民间的情感、记忆和理解联系起来，使科学知识更具有趣味性和可读性。

（1）研究民间文学可以揭示科学知识的历史演变

民间文学常常以故事的形式呈现，通过情节和人物塑造吸引读者或听众的兴趣。在这些故事中，科学知识可以以隐喻、象征或具体事件的方式呈现，使得抽象的科学概念变得更加具体、易于理解和记忆。科学家可以利用民间文学中的故事情节，将科学知识嵌入其中，使其更贴近人们的生活和体验。

民间故事往往描绘了人们对自然现象的早期理解，展示了早期的观察、实验和推断。这些故事的解释和描述，有助于了解人类科学思维的发展，如对自然现象的分类、原因与结果的关系，以及实证和推理的使用。

（2）民间文学提供了一种理解科学知识在特定文化和历史环境中如何被接受和应用的途径

科学知识的接受和应用并非孤立的过程，而是与当时的社会、经济、政治和文化背景紧密相关。对民间文学的研究可以揭示这种背景，使能够理解科学知识的接受、拒绝或转变是如何受到文化和社会因素的影响。

（3）强调科学与文化的相互作用

民间文学反映了人们对自然现象和生活的理解和解释，而科学研究则不断拓展和深化这种理解。通过引用民间文学中的故事和传说，科学家可以强调科学与文化之间的相互作用和互补关系。这种融合不仅有助于推动科学知识的普及和传播，也促进了科学与文化的相互交流和共同发展。

三、艺术价值

民间文学是人民群众喜闻乐见的艺术形式，其既有教育、娱乐价值，又具有一定的艺术价值和审美价值。民间文学的艺术价值主要体现在以下几个方面。

（一）独特的语言艺术

民间文学所采用的艺术语言，是一种充满活力、生动且富有象征性的表达方式。语言在这里既是交流的工具，也是艺术的载体。民间文学语言的特点体现在其朴素、通俗，富于生活气息。民间谚语和歌谣中的语言，往往具有鲜明的民族色彩和地域特点，同时，还包含了丰富的哲理和情感。

例如，中国的四字谚语，如"一日三秋""水滴石穿"等，简洁而生动，富有深邃的内涵和哲理。再如民间歌谣，歌词中既有对生活的真实写照，又有对理想的追求和表达，旋律悠扬动听，富有感染力。这种艺术语言在传播过程中，既传递了知识和思想，也在情感交流和审美享受中，对人们产生了深远的影响。

（二）塑造了鲜明的人物形象

在民间文学中，人物形象通常栩栩如生，性格鲜明，通过这些人物，展现了作者深厚的生活积累和对人性的深入洞察。故事情节布局巧妙，高潮迭起，使读者在享受阅读的同时，对人生和社会产生深入的思考。

例如，中国四大名著之一的《西游记》便是民间故事的精华之作。书中的孙悟空、唐僧、猪八戒等人物形象鲜明，各具特色，令人难以忘怀。故事中的"取经"情节，寓意深远，表达了人们对于真理和道德的探索，同时也反映了社会的现实。

（三）表现了深刻的艺术思想

民间文学虽以简洁明了、直接易懂的语言叙述，却常常蕴含着深厚的哲学思想。很多时候，民间文学作品的表面看起来是一些简单的故事，但深入挖掘，便能发现其背后所蕴含的丰富的人生哲理和道德教诲。这些内涵能引导人们对生活的深入思考，对人性的认知，对社会的理解，对世界的探索。

以民间寓言故事为例，常常运用动物形象和生活情节，以简单易懂的方式传达复杂的道理。比如中国的《狼来了》故事，教导人们诚实的价值，而《井底之蛙》则让人们明白要有开阔的视野，不可故步自封。

（四）蕴含着丰富的情感

民间文学是人们内心情感的直接表达，无论是喜、怒、哀、乐，还是对社会现象的喜爱或者不满，都可以通过民间文学的形式得到生动且具有感染力的表现。这种情感的表达形式直接而真挚，对读者具有极强的感染力。

例如，在中国的山歌、对联、花鼓戏中，人们表达了对生活的热爱，对家乡的眷恋，对美好未来的向往，对不公正现象的抗议。这些情感的表达，让民间文学作品具有了极强的生命力和艺术魅力。

（五）形式多样性

民间文学的形式千变万化，无论是故事、寓言、歌谣、神话、传说，还是戏曲、剧本、对联、绘画，都是民间文学的重要形式。这些形式各具特色，富有变化，使得民间文学的表达更加丰富和多元。

比如，中国的神话传说中，通过寓言的形式，讲述了神话人物的英勇事迹，体现了古代人们的智慧和勇气；而在戏曲中，通过唱、念、做、打的形式，展示了人物的内心世界和社会生活的真实情况；在民间绘画中，如年画、剪纸，通过图画的形式，展示了人们的日常生活和民族风俗。

第二章　民间文学的体裁

第一节　民间神话

民间神话是民间文学创作中的一种极其古老的口头艺术形式之一。本节主要对民间神话的产生、内容、特点进行详细分析。

一、民间神话的产生

神话是一种古老而普遍的文化表达形式，其通过幻想式的语言来描述宇宙、人类和其他万物的起源和本质。神话以直观的方式提供了对世界的体验和对事物的浪漫解释，同时传达了社会共同的文化观念和价值观。

神话作为一种文化形态，早已深深扎根于人类的集体意识之中。其反映了原始社群对生活中的自然环境和社会环境的认识。原始先民通过神话，表达了对神性和灵性世界的观念，在追溯起源的过程中领悟到生命存在的意义。重视人性与神性、世俗与灵性之间的交流和感应。神话不仅说明了宇宙的起源和天地万物的存在，更能让人们体悟到人类自身的精神超越和生命实践的重要性。

神话的产生涉及许多复杂的心理和社会过程，其是人类试图理解和解释自然现象、生死之谜、社会事件等的一种方式，同时也是文化和历史记忆的重要载体。

原始社会中的人们，由于知识贫乏且面临大自然的巨大威力，常常会觉得自身微小而无力。对于诸如日出日落、星星移动、雷电闪烁、生老病死等自然现象的无法理解，便将这些现象人格化，赋予其生命，认为这些现象是某种超自然的力量或神灵的体现。这是神话中"神"或神性的起源。

原始人容易把那些影响生活的人和事作为神话叙事的核心。那些英勇顽强、技艺超群的人便受到崇拜，并被赋予神奇的能力，成为半神或神。

例如，希腊神话中的普罗米修斯以及中国神话中的燧人氏，都将火带给了人类，使人类可以吃上熟食，进而脱离动物界，推动文明进步。

原始生活中发生的一些重大事件，不仅深刻地影响了原始先人的生活，也影响了的记忆和艺术创作。这些事件通常会被记录下来，并在神话中反映出来。例如，中国古代神话中的炎黄之战、黄帝与蚩尤之战等，便是部落间战争在神话世界中的反映。

二、民间神话的内容

民间神话的内容可以划分为两大类型。一种是自然神话，一种是人文神话（见表 2-1）。

表 2-1　民间神话类型一览表

神话类型	主要内容	示例
自然神话	自然现象的解释；人类与自然的斗争	女娲补天（解释天地现象）；燧人氏取火（人与自然的斗争）
人文神话	社会生活与文化的构成现象；人类集团间的斗争	黄帝与蚩尤之战（氏族斗争）；鲧禹治水（社会建设与管理）

（一）自然神话

自然神话主要是指内容以自然现象，或人类与自然作斗争为主的神话。自然神话又可以划分为两种类型。一种类型是描绘人类与自然的斗争；另一种类型是解释自然现象。

我国民间神话中的自然神话主要包括《盘古开天辟地》《女娲造人和补天》《后羿射日》《鲧禹治水》等。

这些民间神话大多反映了人们对自然现象的好奇以及探究。

例如，我国第二批国家级非物质文化遗产项目中的《盘古开天辟地》，广泛流传在河南桐柏一带，讲述了盘古造世的故事。

传说，在天地还没有开辟以前，宇宙就像一个大鸡蛋一样混沌一团。有个叫作盘古的巨人在这个"大鸡蛋"中一直酣睡了约十万八千年后醒来，发现周围一团黑暗，其就张开巨大的手掌向黑暗劈去。一声巨响，"大鸡蛋"碎了，其中混浊的东西慢慢地下降，变成了脚下的土地。盘古站在这天地之间非常高兴。盘古很怕天地再合拢起来变成以前的样子，就用手撑着青天，双脚踏着大地，让自己的身体每天长高一丈，天地也随着其的身体每天增高一丈。这样又过了十万八千年，天越来越高，地越来越厚，天和地之间的距离有九万里那么远了。

盘古凭借着自己的神力终于把天地开辟出来了，可是盘古也累死了。盘古临死前，其嘴里呼出的气变成了飘动的云，声音变成了雷霆，左眼变成了太阳，右眼变成了月亮，头发和胡须变成了夜空的星星，身体变成了东、西、南、北四极和雄伟的三山，血液变成了江河，经脉变成了道路，肌肉变成了农田，牙齿、骨骼和骨髓变成了地下矿藏，皮肤和汗毛变成了大地上的草木，汗水变成了雨露。盘古的精灵魂魄也在其死后变成了人类。

这个神话故事反映了人类早期对生命起源、发展，以及自然现象的好奇与探索。

（二）人文神话

人文神话是关于社会生活与文化的构成现象及人类集团间斗争为内容的神话。例如，黄帝与蚩尤的战争：这个神话反映了古代社会中部落间的冲突和战争。

一些对人类行为和文化现象的解释也常常体现在人文神话中。例如，许多神话解释了农业的起源、节日的起源、习俗的起源等。例如，仓颉造字和牛郎织女的故事等。

我国陕西省白水县、洛南县申报的国家级非物质文化遗产项目——《仓颉传说》就讲述了仓颉造字的故事。

仓颉造字的故事出于炎黄时代，距今已有五千年历史。传说上古时期，黄帝南巡到洛水之滨，阳虚山下。仓颉因记事记史需要，日思夜想，创造文字，仰观日月星辰，天际变幻，俯察鸟迹山川地理。仓颉受到启示，一日忽见灵负书，在洛水浮现，丹甲青文，宛若字迹，灵感迸发，于是创造了二十八个汉字，从此结束了人类结绳记事的历史。2014 年 11 月 11 日，中国国务院成文批准第四批国家级非物质文化遗产代表性项目名录和国家级非物质文化遗产代表性项目名录扩展项目名录。其中陕西的《仓颉传说》等被列入国家级非物质文化遗产代表性项目名录。

传说，仓颉是黄帝的史官，其最初用绳结记事。有一次黄帝要和炎帝会谈，命仓颉整理黄炎两部族几年来发生纠纷的史实。仓颉在记史库里泡了几天；弄得头昏脑胀，耳鸣目眩，仍然出了差错，遭到黄帝的斥责。

这件事，使仓颉受到很大刺激，决心发明一种符号来代替绳结记事。他苦思苦想，把肠子拧了九十九个过儿，也没能想出个名堂来。母亲劝他到大众中去开阔眼界，妻子送他上了阳关大道。他跑了九九八十一个村落，翻了七四十九座大山，趟过八八六十四条河流，拜访了九十九个善思会道的人。脸瘦，腿肿，汗水也流干了，终于头脑开窍。他回到家乡阳武村，躲进村西沟内，开始了万事万物的符号的创造。为了不受外界打搅，他拒见亲友家人，连吃饭也由母亲一人来送。但还有个限定：送饭到沟口，摇铃打招呼。听到铃声由他来接，不让母亲进沟看视。就这样两年很快过去了，他仍钻在山沟里不肯露面，谁也不晓得仓颉搞些啥名堂。一天，母亲来送饭，不摇铃打招呼，悄悄进了沟口。到沟里一看，只见满沟岔的石猪石羊驮石头，数不清石人砌楼房。母亲惊讶地喊道："乖乖！这些石猪石羊多可怜，快让歇歇，莫把其压死了。"话音刚落，石猪石羊卧倒了，石人也一动不动了。

仓颉听到母亲的声音，急忙跑出山洞，见此情景，也失了神。

原来，仓颉孤身住在沟内，日夜忙着创造一种记事记物的符号，他给这些符号取了名字，叫做"字"。这些字都是仿照万物的形态造出来的。

比如，"日"字，是照着太阳红圆红圆的模样勾的；"月"字，是仿着月亮牙儿的形态描的；"人"字，是端详着人的侧影画的；"爪"字，是观察到鸟兽的爪印涂....仓颉就是这样凝聚了众人的智慧，细心观察万事万物，辛苦苦的造着字。一天一天过去了，他造的字越来越多，那时没有笔墨纸砚，他用树枝把字儿写在山洞的洞壁、脚地上。一个山洞写满了，挖出第二个山洞继续写。这种埋头苦干的精神感动了玉皇大帝，玉帝给仓颉托了个梦，说："人间没有字，万古如夜黑。你快点造字吧，不要操心没处写，我帮你造一座石楼，能把你造的字全都藏在里面。"

第二天，仓颉出来一看，只见石猪石羊驮石头，石头工匠打地基，心知天神暗助，自然十分高兴，不用说，造字的劲头更足了。谁料母亲一句话泄了天机，破了仙气，石楼没有修成。据说石楼如果修成的话，在楼顶可以俯视长安，远望北京，能听到天宫群仙聚会的话语，可召来鸣绕楼齐鸣，白水县附近各地，也要出三石六斗油菜籽多的官哩。

仓颉造成三窑洞字图为无法长期保存，只好从头至尾记在心里。他回到村里，要教给兄弟姊妹们。谁知家乡的人用惯了结绳记事的办法，不肯跟上学。仓颉一气之下，跑到外地教人识字去了。他在长安教出数千名学生，还在河南、山东、河北各地，办过学堂，后来声誉传四海，桃李满天下。

仓颉回到故乡时，已年过半百，人老眼花。家乡的子弟们求其教字，他高兴地坐着凳子，伏在桌上，一个字一个字地教，终于教会了家子弟。但他年盛时，是站着写悬腕字，而教家乡的子弟时，是伏在桌子上写，所以白水人至今仍不会站着写悬腕字。

人文神话反映了人类对带领人类进步的人物的记载和崇敬，歌颂了古代人民的劳动、智慧和宝贵的经验。

三、民间神话的特点

民间神话具有以下特点。

（一）幻想性

神话的情节和人物常常充满了奇幻元素。其不受物理世界规则的限制，有时候甚至可以违反现实生活中所熟悉的自然法则。然而，尽管神话中的故事可能包含了许多超自然的元素，这些元素并不只是为了展示奇幻和想象力，而是有着深层的含义。这些奇幻的元素往往用来解释或阐释现实生活中的现象，反映出人们对未知世界的理解和想象，以及对生活、社会、道德和人性等问题的思考。

（二）象征性

神话中的人物、事件和物品往往具有象征意义。比如，某些神祇可能代表了自然界中的力量，比如雷神代表雷电、海神代表海洋等。此外，神话中的动物、物品、颜色等元素也可能有象征意义。比如，在许多文化中，鹰象征力量和勇气，而白色则象征纯洁和神圣。这种象征性使得神话的含义层次丰富，表现了人们对世界的多元理解。

（三）社会和文化反映

神话反映了其产生的社会和文化环境。比如，一个社会中的权力结构、性别关系、道德观念等，都可能在神话中得到体现。此外，神话也反映了人们的世界观和人生观，以及人们对生活、死亡、爱情、战争等基本人类经验的理解。神话是一种文化表达，是人们对自我和其者、对内在和外在世界的理解和描述。

（四）历史连续性

神话往往在一定程度上反映了历史的连续性。虽然神话的产生主要在原始公社时期，但在稍后时期也有古代神话的流传或产生新的神话。这些新产生的神话，可能在原有的神话基础上发展，也可能是完全新的创造。无论如何，神话的存在和发展都在一定程度上展示了文化和社会的连续性。神话的这种连续性和变革性，体现了社会和文化的历史连续性和变革性，同时也反映了人们对传统和变革的态度和理解。

（五）劳动和生产的反映

许多神话都以人类的劳动和生产活动为背景，比如农耕、狩猎、纺织等。这些神话不仅反映了人们的生产方式，也体现了人们对生产活动的理解和认知。比如，农耕神话往往描绘了农作物的种植和收获，反映了人们对农耕的理解和经验。同时，神话中的生产活动也可能有象征意义，比如，农耕可能象征生命的轮回和重生，狩猎可能象征力量和胜利。

第二节　民间传说

民间传说是民间文学的主要体裁之一，是一种民族集体创作、口耳相传的语言艺术。本节主要对民间传说的概念、特点、类型、创作和流传的规律进行详细分析。

一、民间传说的概念

民间传说的概念可以划分为广义和狭义。广义的民间传说是指所有古来的传承，自然包括人们记忆流传的说谈，以及较为奇特的信仰或习俗，只要问起就能得到某种说明的，都看作传说。①狭义的的民间传说，指民众口头创作和传播的，描述特定的历史人物或者历史事件，解释某个地方风物或者习俗的有故事性的散文体叙事文学。

本书所涉及的民间传说属于狭义范畴。

二、民间传说的特点

民间传说，作为一种特殊的叙事形式，具有一些独特的特征。

（一）内容的特指性

民间传说讲述的是特定的人物、事件、地点和时间，具有极强的特指性。这种特指性不仅使传说的内容更具有现实感和可信性，也增强了传说的历史性和地域性。这与神话中常见的一般性和象征性形成了鲜明的对比。

1. 历史背景的特指性

民间传说中的人物、事件、地点和时间都有明确的历史背景。这不仅使得传说的内容更接近真实历史，也使得传说能够在历史的大背景下进行理解。

例如，陈胜、吴广的起义是中国秦朝末期的重要事件，而黄巢的起义则发生在唐朝末期。尽管都是农民起义的领导者，但的起义背景、原因、

---

① 柳田国男：《传说论》，中国民间文艺出版社，1985，第 2 页。

过程和结果都各有特色。这种特指性使得传说可以作为一种历史记忆的载体，传承和保存历史信息。

2. 地域文化的特指性

民间传说往往与特定的地域文化紧密相连，反映了地域文化的特色和魅力。这种地域特指性不仅使得传说的内容更具有地域色彩，也使得传说成为地域文化的象征和代表。

例如，关于水浒传梁山好汉的传说，就与山东地区的地理环境、历史背景和社会风俗紧密相关。这种特指性使得传说可以作为一种文化标识，体现和传承地域文化。

3. 人物特性的特指性

民间传说中的人物通常具有鲜明的特性，的行为、语言和思想都有自己的特色。这种人物特指性使得传说的人物形象更加生动和饱满，也使得传说更具有吸引力和感染力。

例如，吕洞宾的传说，其是道教的八仙之一，以其神通广大和善良深厚的人格魅力而广受尊崇。吕洞宾的传说与其他七仙的传说各有特色，不能互换。这种特指性使得传说的人物形象更加丰富多彩，也使得传说可以作为一种人格典范，引导和激励人们的行为。

（二）记忆的具体性

每个民间传说都与特定的时间、地点、人物和事件相关，因此，传说中的情节都具有独特性和具体性。这种具体性使传说更具有真实感和生动感，也体现了传说的个别性和细节性。

1. 事件独特性

传说的每一则都围绕着某个具体的事件进行叙述，这个事件在每个传说中都是独特且不能被替代的。传说的情节极具具体性，每个细节都精心铸造，透出了故事的真实性。如王昭君传说中的宝坪村、香溪河、楠木井等地点，都是与她的生平事迹紧密相连的地理环境，这些具体的细节不仅令故事更加栩栩如生，同时也赋予了其深层次的历史和文化内涵。

2. 人物独特性

在传说中，人物通常是根据其特定的性格特征、言行举止以及在故事中的角色来描绘的。每个传说都有其独特的人物，的性格特征、言行举止和命运，都无法被其他传说的人物所代替。如关于吕洞宾的传说，其的形象是以仙者的身份展现出来，而其的智慧、仁慈和神通广大，则是通过具体的故事情节来展现的。这种人物独特性不仅增强了故事的吸引力，也赋予了传说深刻的道德和哲学内涵。

3. 时间和空间独特性

民间传说往往源于特定的时代和地域环境，故事的时间和空间设置都有着鲜明的具体性。例如，关于梁山好汉的传说，其的发生地点是具体的山东梁山，发生时间是具体的宋朝时期。这种时间和空间的独特性，使得传说更接近真实的历史，也使得传说更具有地域文化的色彩。

（三）表述形式的多样性

民间传说的表述形式丰富多样。其可能是人物的传记，也可能是事件的叙事，也可能是地名或物品的来历。因此，传说的形式没有固定的模式，可以是口头传闻，也可以是简洁的速写，有的像诗，有的像画。这种多样性使传说更具有生动性和表现力，也体现了传说的创新性和适应性。不同的人、事、时、地，都可能产生不同的传说，这使得传说成为一种多元的文化现象。

1. 内容的多样性

民间传说涵盖的内容非常广泛，包括人物传记、事件叙事、地名来历、物品起源等等。这种内容的多样性，使得传说能够全面地反映和记录人们的生活、思想、信仰和文化。例如，关于李白的传说讲述了其的生平事迹和诗歌创作，反映了人们对其才华和个性的赞美和怀念；关于黄河的传说则描绘了黄河的形成和发展，表达了人们对自然和历史的理解和想象。

2. 叙事方式的多样性

民间传说的叙事方式也非常多样，可以是口头传闻，也可以是书面记载，可以是简洁的速写，也可以是详细的描绘，有的像诗，有的像画。这种叙事方式的多样性，使得传说具有了极高的艺术价值和表现力。例如，关于杨家将的传说，既有口头传唱的山歌，也有书面记录的长篇小说；关于狐狸精的传说，既有简洁的民间谚语，也有详细的戏曲表演。

3.社会文化背景的多样性

每一个民间传说都源自特定的社会和文化背景，这使得传说具有了丰富的地域色彩和历史内涵。例如，关于水浒传的梁山好汉的传说，反映了宋朝时期的社会矛盾和人民的抗争精神；关于白蛇传的传说，则体现了中国传统文化中的道教思想和民族情感。

三、民间传说的类型

民间传说可以划分为以下几种类型（见表2-2）。

表2-2　民间传说类型一览表

类型	子类型	例子/描述
人物传说	著名历史人物传说	历代帝王如秦始皇、汉高祖刘邦等，清官良将如包拯、海瑞等，历代著名作家艺术家如苏东坡、屠洪绛等，历代农民起义英雄及革命领袖如陈胜、吴广等，以及历史上作出过独特贡献的人物如王昭君、文成公主等的传说
	著名工匠的传说	如木匠敬鲁班，铁匠敬李老君等的传说
	传统/虚构的人物传说	如干将莫邪、韩凭夫妇、牛郎织女、孟姜女、梁山伯与祝英台、白蛇传等
史事传说	—	以叙述重大历史事件为主，如义和团、太平天国、捻军等的传说
风物传说	地方传说	解释某地自然物与人工物的由来和命名的传说
	风俗传说	关于各民族、各地方风尚、习俗来历的传说
	物产传说	关于各民族、各地方土特产或手工制品的产生或由来的传说

（一）人物传说

这类传说以人物为中心，记叙他的事迹或经历，表明人民对他的评价。具体可以细分为以下几种类型。

1. 著名历史人物传说

包括历代帝王、清官良将、历代著名作家艺术家、历代农民起义英雄及革命领袖、以及历史上作出过特殊贡献的人物的传说。

2. 著名工匠的传说

这类传说是关于过云各行业的手艺人，如木匠敬鲁班，铁匠敬李老君等。

3. 传统的、虚构的人物传说

这部分传说是一些古老的、传统的民间传说，如干将莫邪、韩凭夫妇、牛郎织女、孟姜女、梁山伯与祝英台、白蛇传等。

（二）史事传说

这类传说以叙述重大历史事件为主，如义和团、太平天国、捻军等的传说。史事传说一般以事件为中心，而不以某一个人的活动为中心。

（三）风物传说

这类传说是关于某地的川古迹、风俗习惯或乡土特产的由来和命名的解释性传说。这类又可以进一步细分为以下几种类型：

1. 地方传说

这是解释某地自然物与人工物的由来和命名的传说。

2. 风俗传说

这是关于各民族、各地方风尚、习俗来历的传说。

3.物产传说

这是关于各民族、各地方土特产或手工制品的产生或由来的传说。

第三节　民间故事

民间故事是民间文学的主要体裁之一，本节主要对民间故事的概念、类型、特征进行详细分析。

一、民间故事的概念

民间故事是一种流传于民间的口头或书面传说，代代相传，通常是通过口述、传统文化或民间文学的方式传播。

民间故事通常源自特定地区或文化群体，反映了当地人民的价值观、信仰体系、历史事件和社会习俗等方面的内容。其可能包含道德教训、智慧谚语或人生哲理，旨在教育、娱乐或向后人传递智慧和知识。

这些故事常常以口头形式传承，并通过口耳相传的方式在地域中传播。然而，随着时间的推移，一些民间故事被记录下来，并通过书面传统传播给更广大的受众。一些民间故事也被改编成戏剧、电影、动画片等形式，以便更好地传播和娱乐观众。

民间故事具有丰富多样的文化背景和形式，各地区和文化都有其独特的民间故事传统。其在维护和传承文化遗产、塑造民族认同和表达智慧等方面起着重要的作用，并且对于理解一个社会的价值观和文化背景也具有重要意义。

民间故事和民间神话、民间传说之间存在一定的相似之处和差异性（见表2-3）。

表 2-3　民间故事和民间神话、民间传说一览表

	民间故事	民间神话	民间传说
描述	一种简单的叙述，经常通过口头传统从一代传给下一代，以娱乐、教育或传授道德教诲	古老的故事，用来解释自然、历史或人类行为的未知方面，常涉及神祇、半神、英雄和其他超自然的生物	与真实的历史事件、人物或地点有关的故事，可能包含超自然的元素，但更接近现实
主要目标	娱乐、教育或传受道德教诲	解释自然界的未知现象	传递与真实历史事件、人物或地点相关的故事
主角	通常是普通人	神祇、半神、英雄等超自然的生物	真实的人物、事件和地点
不同之处	是一种更广泛的类别，可以包括神话、传说、寓言和其他形式	用于解释自然、历史或人类行为的未知方面，反映了一个文化的世界观	更接近真实，通常涉及真实的人物、事件和地点，尽管这些元素可能被夸大或改变
相同之处	都是口头传统的一部分，包含超自然的元素，旨在教育、娱乐或传授道德价值观	——	——

二、民间故事的类型

民间故事是一种形式丰富、内容多样的口头传统，可以有很多不同的类型。以下是对一些类型的简要说明：

（一）动物故事

动物故事是民间故事的一种类型，其中的动物主角通常具有人类的特性，如说话、思考，甚至拥有人类的情绪和动机。这些故事通常寓教于乐，通过动物的行为来传达特定的道德或价值观，对听众（尤其是儿童）进行道德和社会规范的教育。

例如《爱显示自己的青蛙》。

天大旱，水干草枯，湖边青蛙渴得呱呱叫。大雁南飞寻水，青蛙请求其带自己去找水，大雁有心却想不出办法带其走。青蛙忙让大雁找来木棒咬住两头，其咬中间，然后起飞。大雁抬起青蛙向大海飞去，经过蒙古包时有人夸赞，问是谁想出的好办法？青蛙非常得意，险些喊出来。飞呀~飞，不断听到赞扬声，有人喊道："真妙啊，准是聪明的大雁想的法！"爱显示的青蛙再也忍不住了，其刚张嘴喊"是我……"便从高空摔下来了。

（二）魔法故事

这类故事通常涉及魔法和超自然现象，主角可能是神仙、妖怪或其他具有魔法能力的生物。这些故事通常包含一种主题，即善良与邪恶的冲突，以及最终善良胜利的结局。

（三）生活故事

这类故事通常反映日常生活中的事件和经验。主角可能是普通的人，故事可能包含有关家庭、日常交往一类的事件。这些故事通常用来传递生活智慧，或者用来娱乐。

例如，河北藁城市申报的国家非物质文化遗产项目耿村民间故事。

耿村民间故事是河北省藁城市地区的民间文学。耿村，被誉为"中国民间故事第一村"耿村民间故事包罗万象，上至开天辟地神话、风物传说，下至现代生活故事。

耿村故事的代表作品为《砂锅记》《三代人比美》《兰桥断》《孙清元大战孙二寡妇》《画中人指点状元儿》《新郎新娘入洞房的来历》《藁城宫面的来历》《太安神州游记》《虱子告状》《朝霞和晚霞》《后娘枣树亲娘柳树》《抗日英雄郭大娘传奇》《交朋友》等。

其中的《交朋友》。

早先有两个人非常相好，结拜了盟兄弟。一天，两人在深山里游玩，走着走着，从老林里钻出来一个大熊，其俩一时都吓坏了。干弟弟身子灵活，"蹭蹭"上了树，干哥哥是个笨人，不会上树，见干弟上了树，就说："兄弟拉我一把吧？"干弟心想："我拉大哥一把，要被熊看见都活不成，还是各顾各吧。"

他就装作没听见干哥的话。

熊越走离越近，眼看到了跟前，大哥把心一横：怎么也是死，干脆就装死。他往地上一躺，蹬直两条腿，装了死。熊走过来，看见地上躺着一个人，就从脚跟一直闻到了鼻子底下。闻了闻鼻子不出气，以为是死人，就走开了。

熊走远了，树上的干弟下来问干哥："熊和你说了些什么？"大哥说："他说以后交朋友要小心，像树上那号人可千万别交。"

（四）民间笑话

这类故事通常包含幽默元素，主要用来娱乐。其可能以各种形式出现，包括短小的笑话、长篇的滑稽故事，或者有关愚蠢或聪明的人的故事。这些故事可以在日常生活中增加乐趣，也可以用来批评或讽刺社会现象。

三、民间故事的特征

民间故事具有独特的内容特征和艺术特征。

（一）内容特征

民间艺术具有以下内容特征。

1. 概括性与象征性

民间故事是一种特殊的艺术形式，其通过以象征性的方式描绘各种现象来反映人们对生活的理解。这种象征性的表达方式可以为故事赋予深远的含义，让读者在阅读过程中得以在表面的故事背后，洞察到作者对生活本质的深刻理解。

在民间故事中，最常见的象征性元素通常包括人物、动物、物品或环境等。例如，普遍的"狐狸"象征狡猾，"狮子"象征勇敢，"太阳"象征力量和光明，而"森林"或"荒野"通常象征未知和冒险。通过这种方式，民间故事以象征和隐喻的形式，传达了深层的道德或社会观念。同时，概括性的特点使得民间故事往往包含广泛的主题，其并不只是简单的故事，而是通过象征性的方式，向读者传达了关于生活、道德、社会等更深层次的思考和洞察。

2. 反映时代特征

民间故事与其诞生的时代紧密相连，其是当时社会、文化、历史背景的反映和记载。这些故事以一种生动、形象的方式描绘了人们的生活、思想、信仰以及文化观念如何随着社会的发展而变化。因此，通过研究和理解这些故事，可以从中获取关于过去社会的许多信息，理解历史的发展和变化。

例如，早期的故事可能更倾向于描述人与自然的关系，反映了那个时代人们对自然的敬畏以及人类在自然面前的无助和渺小。然而，在阶级社会形成后，故事的主题可能转向反映社会阶级的冲突和矛盾，体现了社会的不平等和压迫，揭露了阶级对立的现实。

3. 描绘人与自然的关系

在人类社会的早期，许多民间故事主要描述人与自然的关系。这些故事通常强调人类是自然界的主宰，表达了人类在面对自然界挑战时的勇气和力量，同时也揭示了人们对自然的神秘感和崇拜。这些故事中，可以看到人类如何用的智慧和力量与野兽作斗争，如何对抗自然灾害，如何通过努力获得食物和避难所等。

在这些故事中，自然界既是人类生活的舞台，又是一种力量的象征，既有令人畏惧的威胁，也有令人钦佩的美丽。这些故事提醒人们，尽管人类可以利用和改变自然，但仍然必须尊重并依赖于自然。

4. 反映社会矛盾和冲突

随着人类社会的发展，许多民间故事开始反映社会的阶级矛盾和冲突。这些故事通常通过描绘个体或集体的遭遇和斗争，揭示社会不公正和不平等的现象。在这些故事中，富人和贫穷人、统治者和被统治者、压迫者和被压迫者的关系得到了深刻的反映和批判。

例如，在许多故事中，穷人或弱者通过智慧和勇气，最终战胜了富人或强者，获得了公正和幸福。这些故事体现了对社会公正的向往，鼓励人们勇敢地对抗不公，追求平等和自由。

5.表现反抗和变革的渴望

民间故事常常体现了人们对于压迫和剥削的反抗，以及对变革的渴望。故事中的主角通常以超越现实的方式来展示的反抗精神，表达对美好生活的向往和追求。

例如，在许多故事中，平民或农民通过自己的智慧和勇气，战胜了恶魔或巨人，从而改变了的生活，实现了自我提升和社会变革。这些故事表达了人们对自由、公正和幸福的渴望，鼓励勇敢地对抗压迫，追求变革。

6.幻想与现实交融

民间故事通常融合了现实与幻想，其既反映了现实生活的真实情况，又包含了丰富的想象和幻想。这些故事中的幻想元素可以让读者超越现实，进入一个充满神秘、奇妙的世界，而故事中的现实元素则使故事更具真实感和亲近感，使读者能够在享受故事带来的愉悦的同时，对现实生活有更深入的理解和体验。

例如，一些民间故事会讲述人物在遇到困难时得到神秘力量的帮助，或者是人物通过勇敢智慧战胜了强大的恶魔。这些幻想元素不仅让故事更具吸引力，同时也给读者带来了希望和鼓励，表达了人们对正义、善良的信仰，以及对美好生活的向往。

另一方面，民间故事中的现实元素，如故事中的人物、环境，以及故事所反映的社会问题，都是从现实生活中提取出来的。其使故事更具生活气息，使读者在享受故事带来的惊奇和兴趣的同时，也能感受到故事对现实生活的反映和批判。

（二）艺术特征

民间艺术具有独特的艺术特征。

1.泛指和模糊

民间故事的主人公通常是泛指的，不具有具体的姓名，而是使用通用的名称，如老大、老二、张三、李四等。同样，故事发生的时间和地点也通常是模糊的，通常以"古时候"、"很久很久以前"等来表示时间，以"在一座山脚下"、"在海边上"等来表示地点。

2. 人物设置与情节结构的程式化

民间故事中的人物角色设置往往遵循一定的模式，如两兄弟、三姐妹、两个伙伴等。此外，民间故事的结构也具有程式化的特点，如单纯式、三段式（或三迭式、三复式）、连缀式等。其中，三段式是最常见的结构，表示故事的情节推进经历三个阶段，如主人公遇到三道难题、经历三次考验等。连缀式则是一个故事与另一个故事相衔接，前一个故事的结尾引出另一个故事的开头。

3. 情节构思的类同性和形象塑造的二元对立

民间故事在情节构思上具有一定的类同性，即许多故事中的情节和类型有许多相似和重复的地方。在形象塑造上，民间故事多体现二元对立的美学原则，即故事中的人物形象常常是正反对比的，如一好一坏、一善一恶、一忠一奸等。这些形象饱含生活的血肉，充满幻想和夸张，通过这种夸张的对比，人们可以表达对生活的审美和道德评价。

四、民间故事结构模式

民间故事的结构模式可以划分为对比式、衬托式、三叠式、连锁式、嵌入式几种类型（见表2-4）。

表2-4　民间故事结构模式一览表

序号	结构模式	描述	示例	功能
1	对比式	故事中存在两个截然对立的元素或角色。	民间故事经常描绘善恶、美丑的极端对比。例如，美丽善良的公主和邪恶的巫婆。	这种结构增加了故事的冲突和紧张感，明确了故事的道德立场。
2	衬突式	同类的两个形象的相互映衬。	例如，《三个波戈》中，通过三个妻子的表现来相互映衬出的品性。	通过形象的映衬，表现出人物或事件的差异，有助于对人物的性格或行为进行深入的描绘。

序号	结构模式	描述	示例	功能
3	三叠式	故事中会出现同样的情节连续重复三次。	例如,《金锤打鬼》中,主角连续三次击败恶鬼。	三叠式增加了故事的节奏感和仪式感,也有助于强调某种主题或行为的重要性。
4	连锁式	把若干故事或情节单元组装成一个较大的故事或成组的故事。	例如,《金马驹与火龙衣》将《金马驹》和《火龙衣》两个可以独立的小故事串连而成。	这种结构提供了复杂的故事结构和丰富的情节,也可以将不同的主题或情节紧密地联系在一起。
5	嵌入式	在一个大故事中嵌入许多小故事或故事片段。	例如,一部史诗可能在讲述主线故事的同时,包含了许多不同的小故事和传说。	嵌入式结构为故事提供了更丰富的细节和深度,有助于塑造复杂的人物和世界观。

第四节　民间歌谣

民间歌谣,通常称为民歌。实际上,歌谣是包括了民歌和民谣两个部分。本节主要对民间歌谣的定义、分类、特征进行详细分析。

一、民间歌谣的定义

民歌是人类社会中最早的音乐形式,也是一切音乐艺术的基础。民歌起源于原始社会,是劳动人民集体口头创作的歌谣。

民歌是劳动人民在社会实践中口头创作的歌曲,流传方式也是口耳相传,不同人在传播过程中不断加工,最终成为一种集体智慧的结晶。

二、民间歌谣的分类

民间歌谣可以划分为多种类型,本书将民间歌谣划分为劳动歌、仪式歌、山歌、小调等类型。

（一）劳动歌

劳动歌，又称为劳动号子。劳动号子是在集体劳动中产生的。古代的劳动人民因为生产工具不发达，常常需要集体劳动，例如打渔、划船、采矿、伐木等活动。在劳动中为了动作整齐划一、鼓舞精神，集体呼喝发出的声音称为劳动号子，简称号子，又叫喊号子、唱号子、叫号子、吆号子。

古代器械简单，人们为了抬起或搬运重物常常需要许多人一起协作，为了鼓舞士气、统一步伐，人们就发明了号子。号子实用性强，具有简单、节奏性强、鼓舞精神、易传播等特点号子的目的很明确，帮助众人统一呼吸节奏、动作节奏，使众人动作整齐划一，集中众人的强大力量，搬起重物或拉起纤绳等，发挥出 1+1>2 的效果。这就需要号子音节简单，节奏感强。搬抬重物属于超强劳动，容易疲劳，而在劳动中喊号子，则能达到鼓舞士气，消除疲劳的作用。此外，号子还有艺术性特点，通过简单的音节爆发出强大的感染力。号子不是某一个人发明的，而是劳动人民的集体智慧，体现了劳动人民不畏艰难、乐观积极的精神。

劳动号子具体又可以划分为搬运号子、工程号子、农事号子、船渔号子、水上号子、陆地号子等类型（见表 2-5）。

表 2-5　劳动号子一览表

类别	描述	例子
搬运号子	在以人力直接负担重物的运输劳动中使用，例如装卸、扛抬、挑担、推车等。领唱人即兴创作，众人应和，有时领与和相交迭。	黑龙江的《搬运号子》
工程号子	在打夯、打硪、伐木、采石等劳动中使用。强度大的劳动中，号子音乐的节奏快而有力，旋律简单。	湖南常德的《打硪歌》
农事号子	在一般的农业劳动，如打麦、舂米、车水、薅草时歌唱。旋律优美，歌词内容丰富多样。	通用《农事号子》
船渔号子	在水运、打渔、摇橹、船务等劳动中使用。许多地区形成了适应不同情况的、成系列的渔船号子。	风平浪静时的《船工号子》

类别	描述	例子
水上号子	用于水上劳动，既有风平浪静的，也有紧张激烈的。如闽江的《捎排号子》包括起锚、挂桨、摇橹、捎排等号子。	闽江的《捎排号子》
陆地号子	有的犁田喊牛号子、吆牛号子、扛树号子、筑墙号子；农村的拉车号子、开山打石号子；闽侯的打夯号子；永泰的拉木号子等。	闽侯的《打夯号子》，永泰的《拉木号子》

（二）仪式歌

"仪式歌"是指在各民族的生活中，每逢一定的时令或者举行仪式，便须按照传统的固定形式来诵唱的民歌。其依附于一定祀典、礼仪和习俗，并随着这些祀典、礼仪和习俗的变革而发生变化。即便有的祀典、礼仪和习俗虽已消失，歌谣却仍独立存在。[①]

仪式歌的主要种类有哭嫁歌、娶亲歌、插花歌、闹新房歌、贺喜歌、望月歌、酒歌、茶歌、上梁歌等类型（见表2-6）。

表2-6　仪式歌类型一览表

序号	类别	描述
1	哭嫁歌	在婚礼中，新娘在出嫁时通常会唱的一种歌曲，以表达她对家乡和父母的依恋以及对未来的不确定性的恐惧。
2	娶亲歌	在婚礼中，新郎方在接新娘的过程中所唱的歌曲，表达喜悦和欢欣之情。
3	插花歌	在婚礼或庆祝活动中，对新人或者主人公插花祝福的过程中所唱的歌曲，表达祝福和期望。
4	闹新房歌	在婚礼中，伴郎伴娘或者宾客在新人洞房的环节中，通常会唱一些欢快的歌曲来增加气氛。
5	贺喜歌	在喜庆场合，如婚礼、庆生、庆功等，为祝贺主人公的好事，人们会唱的歌曲。

① 万建中编著，瞿明安，何明主编《中国西部民族文化通志（娱乐卷）》，云南人民出版社，2015，第415页。

序号	类别	描述
6	望月歌	在特定的节日或场合，如中秋节，人们仰望月亮时所唱的歌曲，寄托思乡之情或对美好生活的向往。
7	酒歌	在宴会或聚会上，人们为祝贺或增加气氛，伴随饮酒而唱的歌曲。
8	茶歌	在品茗或者茶文化活动中，人们会唱的歌曲，以表达对茶文化的热爱和欣赏。
9	上梁歌	在房屋建造过程中，当房梁被安装到位时，工人们会唱的歌曲，象征好运和吉祥。

（三）山歌

山歌，顾名思义就是产生于山野之中的歌曲，是劳动人民在野外劳动或生活中创作的歌曲，主要用来抒发情感。

根据山歌产生特点，可以分为一般山歌、田秧山歌、放牧山歌。

1. 一般山歌

一般山歌主要指的是除田秧山歌、放牧山歌之外的其他类型的山歌。这些山歌在中国各地分布广泛，主要在黄土高原、青藏高原、云贵高原和大别山区、武夷山区等地区流传。不同地区的人们会根据当地的特点和习俗，对山歌有不同的称呼，如信天游（主要在西北黄土高原一带流传）、山曲和爬山调（主要在山西西北部和内蒙古西部地区流传）、花儿（主要在甘肃、青海、宁夏一带流传）、江浙山歌（江浙地区常见的山歌）等。

2. 田秧山歌

田秧山歌，又称为田歌、秧歌、秧号子、薅草歌、薅秧歌、薅草锣鼓、打闹、调子、号子等，是在农田劳动（如插秧、耕秧、输稻、车水等活动）中产生并流传下来的一种山歌，主要在长江和珠江流域流传。

3. 放牧山歌

放牧山歌主要是牧童在放牧时所唱的山歌，多在内蒙古、西藏、云南等地流传。这类山歌的内容主要是牧童对牲口的吆喝或者牧童之间的对话，通常包含许多吆喝性的衬词，旋律生动活泼，富有情趣。

（四）小调

小调，是人们在日常生活中的娱乐、休息、集庆等场合为了抒发情感、嬉戏消遣而作的民歌。小调又被称为"小曲""小令""俚曲""时调"等。小调与劳动歌和山歌存在以下差异（见表2-7）。

表2-7 小调与劳动歌和山歌的差异一览表

分类	产生场所	产生过程	创作人	旋律特点	流传时间和范围
小调	劳动之余	具有规范性，即兴性相对较少	劳动者，职业或半职业曲艺人	旋律更符合大众审美，曲式规整	流传时间长，范围广，因为会被曲艺人或文人记录保存
劳动歌	劳动中	具有很强的即兴性和随机性	无音乐训练的劳动者	无	很多原貌难以保存至今，流传范围受到地域局限
山歌	劳动中	具有很强的即兴性和随机性	无音乐训练的劳动者	无	很多原貌难以保存至今，流传范围受到地域局限

从音乐特点上来看，小调可分为吟唱调、谣曲和时调三类。

1. 吟唱调

吟唱调，顾名思义就是更接近于吟颂或朗诵的唱腔，包括儿歌、摇篮曲（摇儿歌）、哭调、吟诵调、叫卖调等在内的小调都属于吟唱调。其特点是，在日常生活中实用性较强，旋律结构相对简单，但往往只有几句话，完整性和独立性较差。

（1）儿歌

儿歌的歌唱对象主要是低幼儿童，内容以反映儿童在生活、游戏中的情趣为主，传播生产、生活知识的简短歌谣。儿歌的特点为情感真挚、节奏简单、音韵流畅，歌词中借用比兴、拟人、夸张等修辞手法，旋律优美，朗朗上口。

例如，山东儿歌《花蛤蟆》。从蛤蟆的外观入手，详细描绘了蛤蟆的特征：蛤蟆有绿色和花色之分，有大眼睛、阔嘴巴、粗腰和大腿，走路时呈现跳跃状，在水坑中生活，喜欢鸣叫。通过简短的儿歌，让儿童对蛤蟆有了清晰的认识。

（2）叫卖调

叫卖调又叫"货声""吆喝"，是小商贩为了招揽顾客、售卖货物而创作的小调，大多流行于城镇。叫卖调的特点是，曲调上扬，尾音长拖，和当地的语言特色紧密结合在一起，带有强烈的地域性特点。

2. 谣曲

谣曲是和日常生活紧密结合的歌谣，是人们在生活中娱乐或消遣而作的小调。谣曲特点是，创作者大多为社会底层人民，常常体现某一地区某一类人群的生活，地域特征明显。从音乐结构上说，谣曲乐段完整，比吟唱调更加独立和成熟，虽然没有吟唱调的实用性强，但是生活气息较为浓厚。

（1）诉苦歌

诉苦歌是城镇底层劳动者抒发情感的歌曲，其特点曲调简朴，情感真挚，往往表现出强烈的男性气概，面对愁苦的生活也不服输的精神。

例如，陕北的《揽工调》。虽然揽工很难，正月里就要动身上工，一直到十月才做满工，吃苦受累却得不到良好的待遇，然而，在这首小调中却没有丝毫矫揉造作的纤细情感。

（2）嬉游歌

嬉游歌，顾名思义就是为了嬉戏游乐而作的歌曲，其内容多为反映休闲逗趣、玩乐启智。其特点是曲调欢快活泼，娱乐性强。其中，最常见的题材的对花谜和计算类内容。

对花谜是一种以问答形式报花名的小调，问话者常常按照四季规律，要求答话者唱出什么花在什么季节开放。或者是问话者描述鲜花的特征以及开在什么时节，要求答话者据此唱猜出花名。例如青海的《十二月对花》，安徽的《对花谜》，以及辽宁长海的《猜花》等都属于此类小调。

计算类内容是嬉游歌中的另一类题材，其内容多为通过歌曲中描述的动物的眼睛、腿等内容来比赛心算速度。例如云南的《蛤蟆调》和湖北的《碎蛤蟆》，此外还有《螃蟹歌》《数鸭蛋》等都属于此类小调。

例如云南嵩明的《蛤蟆调》：除了以上两种，嬉游歌中还有一类诙谐小调。其特点是以逗趣、幽默为主，间以讽刺、鞭挞，用这种方式来抨击时弊，揭露社会不公和黑暗，这类小调也颇受百姓的喜爱，传唱度很高。

3. 时调

时调是小调中最受欢迎的一种，也是发展最为成熟的类型。时调的内容一部分来源于谣曲，一部分来源于山歌或其他民歌体裁。有手工艺者自编自唱的小调，也有底层脚夫自吟自唱的小调，还有三教九流大众自己编曲作乐的小调，这些小调刚开始在底层百姓中流传，后来职业或半职业的曲艺人对此进行了多次加工，使其成为更适合艺人演唱售艺，换取报酬的小调。

在古代，时调往往流行于街头巷尾、茶馆酒肆，以及城镇集市等场合，被称为难登大雅之堂的"俚曲"。后来，经过职业艺人的不断加工，时调的曲式结构更加严谨，节奏旋律更加富于变化，唱腔也更加富有特色，形成了不同的曲牌，根据地域不同，曲牌的表现也有所不同，形成了不同地方的曲艺。到了清朝末年，曲艺形式更加成熟，时调艺人更加专业化，出现了专门的曲艺艺人。

概括来说，流传广、影响大的时调有以下三种。

（1）孟姜女调

孟姜女调俗称"唱春调""梳妆台""四季调""十二月花名"等，是在春节农闲时节唱的喜庆小调，也是我国影响最大、流传最广的一种时调。其特点是，一般按照四季一二个月的时间划分为十二迭，每迭七言四句，一般韵脚整齐。

（2）剪靛花调

剪靛花调，最初是一首流行于南方的"码头调"，明朝末年随着京杭大运河上的船只往来，这首小调传到了北方后又名"剪剪花""剪甸花""靛花开"，成为北方地区一首颇为流行的俗曲，曾先后被收录在《霓裳续谱》《白雪遗音》等俗曲集中。其特点是，情绪欢快、风趣幽默，令人闻之而喜。典型曲目有《放风筝》《摔西瓜》等。

（3）鲜花调

明末清初，随着凤阳花鼓在全国的流行，鲜花调也随之流行开来。鲜花调又称"茉莉花""双叠翠",是一首备受大江南北民众喜爱的小调,其基本形态为流行于江苏扬州的《茉莉花》,在不同的地方又衍化出了不同的唱法。

三、民间歌谣的特征

民间歌谣具有以下特征。

(一)创作特征

民歌的出现早于文字,刚开始时,是原始人在祭祀、打猎等活动中发出抑扬顿挫的音节。其创作具有以下几个特征。

1. 集体性

民歌源于原始社会,最初表现为祭祀和打猎等活动中发出的音节,后来发展为劳动人民的即兴创作和演唱。民歌在传唱过程中,会不断被改编和加工,因此,其实际上是集体创作的产物。此外,由于古代劳动人民的教育条件受限,创作的民歌没有记谱,曲调和歌词都没有定式,这为民歌的集体再创作提供了条件。

2. 即兴性

民歌的创作完全是即兴的,没有固定的形式。一首民歌可能开始于某个人在特定场合的即兴演唱,然后经过无数次传唱和改编,成为一首集体的歌曲。

3. 变异性

古老的民歌经过了时间的淘洗、无数人的加工,往往具有强大的生命力,产生了一批经典的民歌。

这种创作—流传—再创作—再流传的特点,使我国民歌在口头传唱的形式下经历着种种流传与变异。

在传唱过程中,民歌会经历各种变异。

（1）地域性变异

地域性变异会因方言的不同引起曲调的改变,一支曲调流传至外地,由于各地方言的不同,引起曲调的改变,出现"同歌曲,不同曲调"的现象。

中国有 56 个民族，129 种方言，除回族外，各民族均有汉语以外各自的语言，共分 11 个语族，归属 5 个语系。语言习惯必然影响到歌唱习惯，民歌既然是原汁原味的乡土文化，就必然要用当地原汁原味的方言来演唱。

（2）情绪性变异

民歌在流传过程中，其情绪从一个人的情绪发展成为一个群体、一个阶级、甚至一个民族的共同情绪，从而导致民歌的情绪产生变异。

一首民歌刚开始时可能是一个人在某种特定场合下受到某种情绪的影响，脱口而出的歌曲。这时这首歌曲还带有明显的个人情绪，抒发的是个人感想。其他听到这首歌曲的人在传唱过程中，又会根据个人的理解和记忆对歌曲进行新的加工或修改。这时，歌曲中的情绪就会成为两个人的共同情绪，当这首歌曲风靡一个地区时，已经经过了无数次加工和修改，歌词和情绪与刚开始时相比已经发生了很大变化，甚至可以用面目全非来形容。这时，一首民歌的情绪就从一个人的情绪发展成为一群人的情绪、一个阶级、甚至一个民族的共同情绪，所以民歌往往具有鲜明的风格和民族特色。

（3）功能性变异

功能性变异则会根据歌词的变化改变歌曲的功用。同是一曲，填上不同词变成具有不同功用的曲子，比如同是时调小曲《叠折桥》，既可表现女子相思的哀怨，又可表现新娘上花轿的喜悦，如《花轿到门前》，也可表现劳动者的繁忙与愉快。

这些变异现象正是民歌集体性特征的功能体现。民歌的这种共同创作特性，使民歌具有了强大的生命力，其传播力度甚至超过了统治阶级刻意推广的歌曲。

（二）语言特征

民歌的音乐语言、艺术形式和表现手法都简明扼要。由于民歌是口口相传，创作和传播的过程无法使用复杂的句式和语言，因此民歌的用词往往简单明了。早期的民歌大多是四句五言或七言的形式。但即使语言简洁，民歌也能精准地把握和传达作者的情感。

例如，《诗经》中的《硕鼠》有三句，其中大部分是重复的内容，而在不同的句中用不同词语表现创作者的不同情感递进。所以民歌的语言虽然简练，但是却是经过反复提纯或加工的，能够一针见血地表达作者的情感。

（三）生活特征

民歌来自人民，传播于人民，服务于人民，是人们对自己生活的真实反映。例如，《绣荷包》是一首云南民歌，描述的是一个青春少女给意中人绣荷包时的所思所想。在古代，送荷包给意中人是一种普遍的表达爱意的方式，这个民歌也体现了当地的一种大众行为。

又如，《回娘家》，表现了一个小媳妇带着新生的孩子回娘家时喜悦又慌乱的场景，这首歌曲曲调活泼、歌词通俗、简单、朗朗上口、趣味性强，又具有普遍性，所以传唱度高。而《康定情歌》《阿里山的姑娘》则歌颂了不同地区的青年男女对爱情的渴望。

此外，民歌也表达了一些更加深沉的情感，例如，《匈奴民歌》就描绘了匈奴人在失去家园后的悲痛情感，反映了特定历史时期的人们的情感体验。

第五节　民间叙事诗

民间叙事诗是民间文学的重要体裁之一。本节主要对民间叙事诗的定义、类型和特征进行详细分析。

一、民间叙事诗的定义

民间叙事诗的定义，学术界并没有统一的说法。目前，学术界对于叙事诗的定义，主要存在三种不同观点。

（一）广义的说法

所有以韵文形式叙述某一事件或情况的诗都可以被称为叙事诗。这是一个非常包容的观点，将所有的叙事型民间诗歌都纳入了其定义之中。

（二）相对狭义的说法

叙事诗除了需要使用韵文形式和叙述事件之外，还需要包含情节和人物。虽然相较于广义说法有所限制，但这个定义仍然将史诗和韵文形式的神话包括在内，因此也显得相对宽泛。

（三）更狭义的说法

对叙事诗的定义不仅需要在形式、内容上有所限制，而且还应该考虑作品的时代和内容背景。其强调叙事诗是在阶级社会出现后形成的，其内容主要反映的是人世间的矛盾斗争和各种生活变化。这是一个相对具体和清晰的定义。本书认同这一定义。

二、民间叙事诗的类型

民间叙事诗从内容着手，可以划分为英雄叙事诗、时政叙事诗、爱情叙事诗、生活叙事诗几种类型。

（一）英雄叙事诗

这种类型的诗以讲述英雄故事和塑造英雄人物为中心。这些诗通常具有复杂的结构和较长篇幅，并且其主题和史诗有着密切的联系。虽然叙事诗中的英雄已经从神坛走下来，成为现实生活中的人物，但这类诗依然体现了历史和艺术的真实性。这类叙事诗充分体现了民族精神和信仰。

（二）时政叙事诗

这类诗包括所有与时政内容相关的叙事作品。其反映了社会政治对人们生活的影响，并对社会不公、黑暗政治等进行批判。其的结构相对简单，篇幅也不太长，更注重对感情的直接表达。

（三）爱情叙事诗

爱情是人类生活和文学艺术的永恒主题。爱情叙事诗描绘了社会下层人民在婚姻爱情生活中的苦难和不公，以及对真挚、纯洁、美丽的爱情的追求。这些诗的情感丰富、感染力强。

（四）生活叙事诗

这类诗直接反映了人们日常生活的琐事和经历。其既有悲痛哀伤、艰辛无奈，也不乏欢乐与幽默。这类诗语言质朴生动，充满了民间的智慧和趣味。

三、民间叙事诗的特征

民间叙事诗具有在内容、形式、传播方式以及其在多学科中的价值等多个方面的特性。

（一）内容特色

多民族民间叙事诗的内容常带有较浓厚的神话传奇色彩，情节曲折怪异，于写实中见幻化，表现出深厚的文化内涵。一些民族，如傣族的叙事诗在民族文学构成中占有重要的地位，而且数量丰富。这反映出民间叙事诗是民族文化的重要载体。

（二）规模特色

多民族民间叙事诗的篇幅普遍较长，显示出丰富的叙述深度和广度。这种长篇叙事的形式使得诗歌能够全面且深入地描绘故事，表现更为丰富的人物性格和复杂的情节。

（三）主题特色

民间叙事诗的主题主要分为政治和爱情两大类。在政治主题的叙事诗中，作者揭露统治者的暴行，歌颂反抗的英雄和民众，这种主题的作品往往具有历史背景，具有很高的史料价值。在爱情主题的叙事诗中，作者通常反抗封建礼教，主张婚姻自由，这种主题的作品在民众中广受欢迎，其思想性和艺术性都达到较高的程度。

（四）艺术形式

多民族民间叙事诗虽然故事情节曲折复杂，但结构方式比较简单，大体按时序铺陈，单向推进，这种简洁的结构方式使得故事容易理解，同时也有助于突出主题。另外，民间叙事诗在铺陈故事、塑造人物时，经常采用反复吟咏的句式结构，这种句式结构既能够强化故事情节的连贯性，也能增强诗歌的节奏感。

（五）多学科价值

民间叙事诗不仅在文学上有价值，也具有神话学、民俗学、历史学、宗教学、民族学，乃至社会学、人类学、语言学等多方面的研究价值。这是因为民间叙事诗是一个民族文化的重要组成部分，反映了一个民族的历史、信仰、生活习俗和价值观。因此，研究民间叙事诗可以帮助更深入地理解一个民族的文化背景和社会现象。

（六）音乐性和口头性

许多民间叙事诗在创作和传播时，常常与音乐、舞蹈等艺术形式结合，表现出强烈的音乐性。同时，其多由口耳相传，而非书面记录，这种口头性的特点使得民间叙事诗具有更活泼的生命力，更加贴近民众生活，且更易在民间流传。

第六节　民间谚语和谜语

民间谚语和谜语是民间文学的重要体裁之一，本节主要对民间谚语和谜语进行详细分析。

一、民间谚语的定义

民间谚语是人民口头创作中的一种很有特点的体裁。其形式短小，形象生动，是劳动人民智慧的结晶，其中有不少包含着丰富的生产知识和生活经验，有的还具有深刻哲理和教训的意味。

民间谚语和俗话、成语、格言、歇后语、谜语、惯用语、宣传语（标语、口号、豪言壮语等）、行业话（含行话、暗语、宗教语及与之相关的口头禅、咒语、忌讳语）等，以至短小歌谣等之间存在较强的相似性。本书特对此进行辨析（见表2-8）。

表2-8　民间谚语与邻近概念辨析一览表

语言类型	描述	例子
民间谚语	表达普遍的生活经验或观察的传统短句	"人怕出名猪怕壮"
俗话	非正式的、常用的、包含对生活中的情况、情绪或人物的简单、直接描述的表达方式	"好人难做"

语言类型	描述	例子
成语	通常由四个字组成，表达一个完整的意思或故事的汉语独特形式	"画蛇添足"
格言	经过长期检验并被公认为有价值的道德、哲理或人生观察的短语	"天行健，君子以自强不息"
歇后语	包括两部分：前半部分是描述，后半部分是含义或解释的语言形式	"打草惊蛇——事情没做完，反而把问题激化了"
谜语	用词语或者句子形成的问题，需要逻辑推理、联想或者深入了解某一主题才能找到答案	"绿头红身，人人爱看，人人恨得，是什么？（答案是电视）"
惯用语	在特定语境中常常被使用的词组或者句子	"一举两得"
宣传语	为了传达特定信息或者观点，通常用在广告、政策宣传等场合的短句	"人人为我，我为人人"
行业话	特定行业或领域中常用的词汇或表达方式	在计算机科学中，"编程""数据库"等词汇
短小歌谣	通常是由几行诗歌组成的，可以有节奏或者韵脚，常常用来娱乐或者教育	"一二三四五，上山打老虎"

二、民间谚语的类型

根据民间谚语的内容，可以将民间谚语划分为以下几种类型。

（一）农业生产谚语

中国的农业历史悠久，农民们在漫长的农耕生活中积累了丰富的经验，并将其融入谚语中。这些谚语揭示了农业生产的规律，如播种和收获的最佳时间、作物的管理方法、天气和农作物生长的关系等。

例如，"春雨贵如油"强调了春季雨水对于农作物生长的重要性。这些谚语虽然看似简单，但其中蕴含的科学道理对于理解和实践农业生产活动具有重要价值。

（二）事理谚语

事理谚语是人们在日常生活中积累的人生哲学和社会规则。其旨在引导人们如何正确地做人做事，处理人际关系，以及怎样去理解和应对生活中的各种情况。

例如，"三个和尚没水喝"这个谚语表达如果大家都推诿责任，结果往往是事情无法完成。事理谚语通过简洁易懂的语言传达深刻的人生哲理，对于培养人们的道德观念和社会责任感有着重要作用。

（三）气象谚语

气象谚语是人们对天气变化规律的观察和总结。由于中国地理环境复杂多样，各地的气候特点各不相同，因此，这些谚语往往具有强烈的地方性。

例如，"春江水暖鸭先知"揭示了春天到来的自然迹象，反映了人们对环境变化敏锐的观察力和生存智慧。这些谚语对于理解中国各地的气候特点和农耕文化具有重要参考价值。

（四）讽诫谚语

讽诫谚语包含了对社会现象的批评和对人们行为的指导。其旨在让人们明辨是非，赞美正义，批判邪恶。

例如，"近朱者赤，近墨者黑"这个谚语就告诉人们，人的品质和行为受环境影响很大。讽诫谚语通过犀利的语言揭示社会现象，指导人们的行为，对于培养人们的道德观念和社会责任感具有重要作用。

（五）风土谚语

风土谚语是对各地风土人情、景物、特产等特点的描述和总结。

例如，"烟台苹果，威海鱼，青岛啤酒，好酒菜"这个谚语就概述了山东三个城市的特产。这些谚语帮助人们了解各地的风土人情和地方特色，具有很大的参考价值和指导意义。

（六）生活知识谚语

生活知识谚语是对日常生活中各种常识和技巧的总结。

例如，"不怕一万，就怕万一"就告诉人们在日常生活中要防患于未然。这些谚语涵盖了生活中的各个方面，帮助人们解决日常生活中的各种问题，提高生活质量。

（七）卫生保健谚语

卫生保健谚语是人们对健康生活方式和预防疾病的经验总结。

例如，"早睡早起身体好"这个谚语就强调了良好的作息习惯对健康的重要性。这些谚语提醒人们注意身体健康，预防疾病，对于提高人们的生活质量具有重要作用。

三、民间谚语的基本特征

民间谚语与其他民间文学体裁相比，具有以下特征。

（一）口语性

谚语大多源自人民群众的生活实践，以简洁、生动、通俗的形式总结了生活中的经验教训和智慧。这种口语性不仅体现在其语言形式上，更体现在其传播方式和使用场景上。谚语的传播主要依靠口口相传，而在日常生活中，人们也常用谚语来阐述道理、表达观点。因此，谚语的口语性使得其在日常生活中得到广泛使用。

（二）思想性与科学性

在谚语中，人们表达出对生活、社会、自然等各方面的理解和认识。这些理解和认识往往包含了深刻的道理，因此，谚语具有较高的思想性。同时，谚语也具有科学性。在长期的生活实践中，人民群众总结出许多科学的经验规律，并以谚语的形式传承下来。

（三）对称性

谚语的对称性是其结构上的一个显著特点。这种对称性既体现在谚语的字数上，也体现在谚语的语法结构上。这种对称性使得谚语读起来更为流畅，更易于记忆。同时，谚语的对称性也使得其表达的内容更加准确、生动。

（四）韵律性

许多谚语在结构上讲究押韵，这使得其在语音上具有一定的美感。这种美感不仅让人在听到或说出谚语时有一种愉悦感，而且使得谚语更易于传播和记忆。

（五）修辞性

民间谚语往往运用大量修辞手法以使其表达更加生动、形象，具有较强的修辞性特征。民间谚语的修辞性特征主要体现在以下几个方面：

1. 比喻

谚语通常使用直观的事物或情况来形象地说明抽象或深奥的道理，使其更容易理解和接受。

2. 夸张

谚语中常用夸张的手法来表达，通过夸大事物的性质或特点，以此传达更深层的含义。

3. 对偶

许多谚语都使用了对偶的手法，即前后两句结构相似、字数相同，增强了语言的韵律感和表达力。

4. 比拟

谚语中的比拟手法是将事物人格化，增强了语言的生动性和感染力。

5. 摹状

谚语通过描绘事物的状态、颜色、声音等来表达其特点，使得形象更为生动。

6. 排比

谚语中常常用到排比的修辞，三个或三个以上的短句并列使用，以此来强调某一点或者使语义更加鲜明。

7. 借代

谚语中有时会使用相关的事物来代替或指称直接的事物，以增强表现力。

8. 顶针

谚语中的顶针手法是前后短句的最后一个字或词恰好是后一个短句的第一个字或词，增强了表达效果。

9. 回环

谚语使用前后两句语序的回环往复的形式来表达某种哲理，增强其深度。

四、民间谜语的定义、类型和特征

民间谜语，俗称谜谜子，现在人们通常将其称为灯谜，是我国劳动人民创造的一种优秀的民间文学体裁。

（一）民间谜语的定义

谜语是劳动人民（包括一些专业文艺工作者）以某一事物、某一诗句、成语、俗语、人名、地名、典故或其他文字为谜底，用隐喻、形似、暗示或描写其特征的方法作谜面，用以表达和测验人们智慧的一种短小而又饶有风趣的口头文学样式。[①]

民间谜语起源于民间，来源于民众对事物的观察和理解，集中反映了民众的智慧和经验。

（二）民间谜语的类型

民间谜语可以划分为描述性谜语、玩笑谜语、智力问答、恶作剧谜语、故事谜语、画谜、运作谜语等类型。

1. 描述性谜语

这类谜语通常以描述一种或多种事物为主，然后让解谜者去猜测这些描述是代表哪些事物。其中又可以细分为单谜、组谜和连环谜。

---

① 梁前刚：《谜语常识浅说》，甘肃人民出版社，1983，第1页。

单谜通常只描述一种事物，例如：

大牛大牛真稀奇，
一根鼻子拖到地。
（答案是大象）。

组谜则描述两种或以上的事物，例如：

大哥天上叫，
二哥把灯照，
三哥流眼泪，
四哥到处跑。
（答案是雷、电、雨、水）。

连环谜的谜底则又是一个新的谜语。例如：

团扇不怕火，
灯芯里面着。
（答案是灯笼）
灯笼不灯笼，
扶线上青云。
（答案是风筝）
风筝断了线，
美人手里站。
（答案是团扇）
团扇不怕火，
灯芯里面着。
（答案重新回到灯笼）

这是一组环状式结构的连环谜语。从第一个谜面开头，结尾又回到第一个谜面，首尾相接，结构如环状。

2. 玩笑谜语

这种谜语更像是一个有趣的游戏，其目的并不在于解谜，而在于提供娱乐。这种谜语的答案通常很直观，不需要深思熟虑，也没有标准的答案。玩笑谜语可以用于轻松的社交场合，让人们开怀大笑，放松气氛。

3. 智力问答

智力问答谜语主要侧重于测试人们的思维敏捷性和创新能力。这种类型的谜语通常没有一个明确的答案，解谜者需要利用现有的信息和自己的思维能力来找出解答。智力问答谜语可以用来锻炼人们的思维能力，提高的创新意识和解决问题的能力。

4. 恶作剧谜语

恶作剧谜语主要是为了逗乐和捉弄其人。这种谜语的答案常常是令人意想不到的，甚至有些答案是不合逻辑的。这种谜语通常被用于社交活动，增加互动和趣味性。

5. 故事谜语

故事谜语的特点是融入故事引出谜题，通常需要解谜者对故事中的人物、情节和背景有深入的理解才能找出答案。这种谜语能够激发人们的想象力，也能提高人们对故事细节的敏感性。

6. 画谜

画谜是通过画面来提供谜题的，解谜者需要理解画面中的元素和象征含义才能找出答案。这种谜语更加注重视觉表达，通常需要解谜者具有一定的艺术欣赏能力和想象力。画谜是艺术和游戏的结合，可以让人们在欣赏艺术的同时，也享受到解谜的乐趣。

7. 动作谜语

动作谜语是通过解谜者的动作来提供谜题的，解谜者需要理解这些动作的含义才能找出答案。这种谜语通常需要解谜者有较高的观察力和对日常生活中常见动作的理解。动作谜语是一种互动性很强的谜语，能够让人们在玩游戏的同时，也锻炼的观察力和思维能力。

（三）民间谜语的特征

民间谜语具有以下主要特征。

1. 描述含糊

谜语常常通过提供不够具体的描述，留下一定的解读空间，以增加解谜的难度。

例如，"不上不下"（谜底为"卡"），在描述上并没有明确的信息提示，让猜谜者需要自我推理和联想。

2. 描述过于具体

与第一个特征相反，谜语有时会通过过分渲染某些细节来增加解谜的困难度。

如"上靠下，下靠上。拆开看，都不像，让了上，亏了下，让了下，亏了上"（谜底同样为"卡"），其描述细节复杂，但实际上并没有直接给出谜底的明确提示，让猜谜者需要深入理解和分析。

3. 故意误导

谜语会通过提供一些故意的误导信息，让猜谜者容易做出错误的判断。这种类型的谜语常常出现在有深度的误导性谜题中。

这些特征共同构成了谜语的特质，让谜语成为一种具有挑战性和趣味性的语言游戏。然而，也正因为谜语的这些特点，使得解谜者需要具备一定的知识储备、推理能力和联想能力，才能成功解开谜题，享受解谜的乐趣。

第七节　民间说唱

民间说唱，又称民间曲艺。民间艺人演说的各种口头文学，也是民间文学的体裁之一。本节主要对民间说唱进行详细分析。

一、民间说唱的定义

民间说唱，无疑是一种重要的、具有鲜明民族特色的艺术形式。融合了音乐、口头叙述、戏剧性表演等多种艺术形式，通过富有韵律和节奏感的表达方式，描绘出了各种生活场景，讲述了丰富多样的故事，传达了深刻的道德观念和生活哲学。这些都使得民间说唱成为人们文化生活的重要组成部分。

自古以来，民间说唱以其生动有趣、富于情感的表达方式，广受各地人民的喜爱。其是由普通群众自己创作、自己表演的，因此更能贴近人们的生活，反映出人民群众的愿望和感情。在田间地头，市集茶社，人们聚集在一起，一边享受着说唱艺术带来的乐趣，一边倾诉自己的生活经历和感情。

中华人民共和国成立以来，民间说唱也得到了更广泛的推广和发展。走出了乡村和市集，登上了大雅之堂，走上了舞台，甚至走进了电视机，成为主流文化的一部分。这说明，无论社会怎么发展，民间艺术的生命力始终不减。

二、民间说唱的类型

中国民间说唱的表演形式品种繁多。据 1982 年调查统计为 341 种，有关学者估计实际品种大约 400 种。大体可以划分为评书、快板、相声、鼓曲等类型。

（一）评书

评书，源于中国古代的民间口头艺术，以讲述历史或虚构的长篇故事为主。这种形式通常包含丰富的史诗、社会批判、人物塑造和戏剧元素。

评书的题材多种多样，可以追溯到古代的历史，也可以讲述现代的虚构故事。常见的主题包括历史朝代更迭、英雄征战和侠义故事。评书的故事通常富有戏剧性，经常包含复杂的情节和动人的人物塑造。其内容深度和广度，使评书成为一种独特且丰富的艺术形式。

评书的表演者常常以口述和手势来展现故事。有时会用到简单的道具，如扇子、擀面杖等，帮助展现故事的情节。此外，评书也有时会采用音乐、歌唱、舞蹈等其他艺术形式，以增加故事的吸引力。

评书的讲述技巧在于通过口头讲述，将情节、人物、环境生动具体地描绘出来，使听众仿佛亲眼看到一切。讲述者的语音、语调、节奏、停顿等都非常重要，能够大大增加故事的吸引力和说服力。

其中，评书讲述过程中的关子和扣子，是评书的重要技巧。所谓关子，即在故事情节发展到关键处，讲述者会刻意停顿，将情节暂时悬挂起来，制造悬念，引发听众的好奇心和期待。这种手法能吸引听众的注意力，让更期待故事的后续发展。扣子则是在故事的结尾部分，引入一个新的情节或者问题，为下一部分的故事铺垫，使听众期待接下来的故事。

评书不仅是一种艺术形式，也展现出社会现象。其反映了社会的风俗习惯、思想观念、道德标准等，从某种程度上，是社会的一面镜子。同时，评书也能影响听众的思想和情感，让更加理解和接受社会的复杂性。

（二）快板

快板，原名数来宝，又被称为顺口溜，是一种流行于中国北方的曲艺表演形式，具有深厚的地域文化色彩和社会生活气息。快板艺人通常在一副竹板的伴奏下，进行即兴编词演唱。竹板的敲击节奏与说唱的文字节奏相互配合，营造出丰富而有趣的表演效果。

快板的表演形式多样，可以是一人独唱，也可以是两人对唱的"对口快板"，或者多人演唱的"快板群"。一人独唱的快板艺人通常需要具备较强的即兴创作能力，因为需要根据场景、主题和听众反应，随时改变或调整演唱的内容和方式。对口快板则需要艺人们之间有默契的配合，以确保表演的流畅和有趣。快板群的表演则更加复杂，不仅需要艺人们之间的配合，还需要对整体的节奏和情绪有精确的掌控。

快板的内容通常来源于生活，可以是人们的日常生活、社会现象，也可以是历史事件、人物传记等。通过即兴创作，快板艺人将这些内容转化为生动有趣、富有教育意义的表演。因此，快板既是一种娱乐手段，也是一种社会教育的工具。通过快板的表演，艺人和观众可以共享一种共同的文化经验，增强地域的凝聚力。

快板的特点是语速快、语言简洁、情感丰富。因为需要配合竹板的节奏，快板的语速通常较快，而且需要艺人用尽可能简洁的语言来表达丰富的情感和情境。这种表演方式既考验艺人的语言技巧，也考验的情感表达能力。快板艺人需要准确而生动地描绘各种人物和场景，以吸引听众的注意力。

（三）相声

相声，包括"捧哏"和"逗哏"，是一种起源于清朝的表演艺术形式。其以对话为主要手段，通过演员的语言技巧和身体表演，旨在给观众带来欢笑。相声艺术最初是由茶馆、市井中的说书人和乐师演变而来的，在说书或弹唱间隙中表演段子和笑话，逐渐形成了相声的基本形式。

相声通常由一人或两人参与表演，有时也有三人或四人的表演团队。在两人表演的相声中，通常有一人负责"捧哏"，一人负责"逗哏"。捧哏的人主要负责设置情境，提供信息，逗哏的人则通过巧妙的语言和身体表演制造笑料。这两种角色需要紧密配合，才能确保表演的连贯性和幽默感。

相声表演内容丰富多样，既可以是揭露社会现象的讽刺短剧，也可以是赞美人和事的故事。讽刺短剧通常用来批判社会的不合理现象或个人的过分行为，而赞美的故事则更多是用来表现正面的价值观和人生观。相声的内容既可以来自现实生活，也可以来自历史传说和虚构故事。无论是哪种内容，相声都需要艺人以独特的角度和语言风格来进行表演，以产生强烈的喜剧效果。

相声的表演语言特点是口语化、通俗化，强调语言的生动性和形象性。相声艺人需要具备高超的语言技巧，包括词藻的丰富、语调的变化、语速的控制等。需要通过语言和身体表演，将抽象的想法和情感转化为具体的表演，从而吸引和感染观众。除此之外，相声艺人还需要有广泛的知识和独特的见解，才能创作出具有深度和广度的作品。

与其他的喜剧艺术形式相比，相声更强调语言的运用和人物的心理活动。相声的成功并不完全依赖于情节的设计和道具的使用，而是依赖于艺人的语言技巧和表演能力。因此，相声艺人需要不断磨练自己的技艺，积累自己的知识，才能在相声的舞台上脱颖而出。

（四）鼓曲

鼓曲是一种源于中国民间的表演艺术，以唱曲和说故事为主要表现手段。包括山东大鼓、京韵大鼓、弹词等多种形式，是中国传统曲艺文化的重要组成部分。在形式上，鼓曲表演由一位演员（也有两位或三位的情况）负责所有角色的表演，是"一人多角"的独唱表演艺术。

鼓曲以讲述故事为主，故事题材包罗万象，涵盖历史、神话、民间传说、生活小事等，具有浓厚的生活气息和社会色彩。鼓曲演员通过娴熟的唱词技艺、生动的表演、以及富于变化的鼓点伴奏，将故事的情节和人物性格生动地展现出来，给观众带来视听享受。

鼓曲的表演语言既富于诗意，又充满口语化的特点，亲切、自然，容易引起观众的共鸣。演员在演唱过程中，会运用不同的唱腔、语调和节奏，表现出人物的喜怒哀乐，以及情节的变化，使故事具有紧张而富于变化的节奏感。

在鼓曲表演中，演员的个人艺术造诣和技巧起着至关重要的作用。鼓曲演员需要熟练掌握各种唱腔，精通曲艺知识，具有较强的即兴创作能力和表演力，能够根据故事情节和人物性格的需要，灵活变化唱腔和演唱技巧，以便更好地塑造人物和推动故事情节的发展。

鼓曲表演艺术的一个显著特点是其强烈的社会参与性。通过对各类社会现象和人物性格的生动刻画，鼓曲传递了深厚的社会和道德价值观。其是对现实生活的一种反映和批判，也是人们娱乐、教育和精神生活的重要内容。

鼓曲艺术在中国曲艺文化中占据了重要地位，其承载着丰富的民间文化和社会生活内容，是中国传统文化的重要传播手段。然而，随着社会的变迁和文化的发展，鼓曲艺术面临着一些挑战，如观众群体的减少、传统技艺的丧失等问题。这就需要更加重视和保护这一独特的艺术形式，让其能够在新的时代环境中继续发展和繁荣。

三、民间说唱的特征

民间说唱具有以下特征。

（一）叙述体的讲唱

民间说唱艺术以第三人称的叙述方式进行故事的讲述，刻画人物，评判是非。这种方式的特点是，演员与观众站在同一视点上，能够直接与观众交流感情，调动观众的丰富联想，达到良好的艺术效果。

（二）虚拟性的表演

虽然民间说唱艺术中会有摹拟性的表演，但这种表演并不同于戏剧中角色化的表演。民间说唱艺术的表演是"一人多角"，时而是英雄、时而是温柔的女子、时而老态龙钟，甚至能够模仿老虎、狮子等动物。这种表演追求灵活多变，惟妙惟肖，与叙述配合，能在听众心中形成艺术意境，达到"虚中求实"的目的。

（三）说唱结合的手段

民间说唱艺术表演中，常常采用说唱兼用的手法。在表演过程中，既有唱词的部分，也有说白的部分，形式灵活多变。此外，还会配以简单的伴奏乐器，如丝弦乐器、琵琶、月琴等。

（四）单纯性的听觉效果

民间说唱艺术主要诉诸听觉，而非视觉。演员通过自己的嘴巴进行叙述，让观众通过听觉上的感受进行联想再造，这与戏剧、电影等直观的表演形式是不同的。

以上四个特点，彼此相互融合，共同塑造了民间说唱艺术的独特魅力，使其成为广大民众喜闻乐见的艺术形式。

第八节　民间戏曲

民间戏曲是一项综合性艺术，属于民间文学范畴，是民间文学的重要体裁之一。本节主要对民间戏曲进行详细分析。

一、民间戏曲的定义

民间戏曲来源于原始歌舞。民间戏曲是一种具有剧情的以歌舞表演故事的综合艺术形式。其包含了歌唱、念白、舞蹈、乐队伴奏等多种因素。民间戏曲通常在农村或小城镇中流传广泛，以乡土生活为表现题材，被看作是民间艺术的一种。

在中国传统农业社会中，民间戏曲的创作者、演员和观众往往是同一群人，以方言土语表演身边的人和事，使得其内容通俗、生动而且平易近人。因此，民间戏曲的演出往往具有很高的观赏性和互动性。

民间戏曲的形成、发展和流传都与特定的地理、语言和文化环境密切相关。因此，每一种地方性的民间戏曲都有其独特的艺术风格和表现形式，充分反映了中国各地方和民族的文化多样性。

二、民间戏曲的类型

中国地域辽阔、民族众多，语言差别大，不同地区和不同民族的生活环境及传统文化等诸多方面的差异，不仅使得民间戏曲的民俗性特征彰显无遗，同时，不同地域、不同民族的生活方式以及语言差别促成了不同的唱腔特色，形成了民间戏曲的多样性。

根据民间戏曲的唱腔、形式，民间戏曲可以划分为多种类型。

（一）傩戏

傩戏是中国古老的民间戏曲种类，被誉为戏剧的活化石。其起源可以追溯到原始人的"万物有灵"观念，当时的人们认为灵魂不灭，祖先的魂魄依然存在。为了驱鬼逐疫，祈求祖先的保佑，人们举行祭祀活动来祭拜祖先的亡灵。在周代，酬神祭祀活动盛行，由巫师担任并形成了固定的形式。唐宋时期，这种仪式歌舞表演得到了较大的发展。元明时期，"傩愿神戏"进一步发展，由民间巫师进行带有浓厚宗教仪式色彩的表演。清代至民国时期，傩戏逐渐形成了祭祀内容与百戏歌舞的戏剧性结合。随着历史的发展，这种戏剧性连缀不断叠加，并延续至今。

据调查，全国近 20 多个省区都有傩戏的存在，如贵州、湖南、江西、广西、四川等。由于各民族地理、经济、文化、交通等发展的不平衡，傩戏分为原始傩戏、准傩戏和成熟傩戏三种形态。

傩戏的形式、道具、服装和音乐舞蹈都体现了其古老的特点。面具是傩戏中重要的道具之一，演员戴上面具后通过面具上的小孔表演。面具的形状是根据剧本中人物的需要进行雕刻的，面具的制作水平直接影响到演出效果。傩戏的音乐舞蹈呈现出一定的程式化表演，如锣鼓的不同打法和各种唱腔，以及舞蹈动作的固定形式。

（二）秧歌戏

秧歌戏在宋代已经很盛行，目前在山西、陕西、河北、山东以及东北三省等地流行。秧歌戏在传承中形成了许多具有地方特色的支派，其中以山西最为普遍流行，种类也最多。早期的秧歌戏是由民歌小曲和社火结合而形成的，但在后来的发展中，秧歌戏的娱神成分逐渐淡化，甚至完全没有了娱神的元素。

在东北地区的道光初年，满族的花会与热河五音大鼓、地秧歌、莲花落相融合，形成了东北二人转。秧歌戏二人台广泛流传于内蒙古自治区、山西省北部以及河北省张家口地区。其是在清光绪年间蒙古族、汉族民歌和丝弦坐腔的基础上，吸收山西河曲地区的民间歌舞发展起来的。演员扮演的角色通常是丑角和一旦，服饰和化妆模仿山西梆子。道具包括霸王鞭、折扇、手绢，乐器包括四胡、扬琴、笛子和四块瓦或梆子。二人台的曲调多来自民间，如《五更》《四季》《十二月》等小调。清末民初，内蒙古土默特地区开始出现职业班社，每班大约有五至七人。这一时期具有代表性的作品是《走西口》。

（三）采茶戏

采茶戏是江苏、浙江、安徽等地流行的民间戏曲形式。起源于采茶的民间劳动，表达了人们在采摘茶叶过程中的欢乐和生活情趣。采茶戏的曲调多以江南民歌为基础，舞台表演形式活泼生动，以描绘采茶场景和农民生活为主题。演员扮演的角色通常是采茶女工、茶农、茶叶商等，服装多采用当地农民的服饰。采茶戏中常使用茶筐、茶壶等道具，乐器有扬琴、二胡、笛子等。采茶戏的演唱方式活泼欢快，舞蹈动作轻快流畅，展现了江南地区特有的柔美风情。

（四）花鼓戏

花鼓戏，源于中国中部地区，主要流行于湖北、湖南和安徽等省份，且在各个地区有不同的形式和变体，如长沙花鼓、邵阳花鼓、零陵花鼓、岳阳花鼓、常德花鼓、荆州花鼓、黄孝花鼓、随县花鼓、凤阳花鼓、皖南花鼓、商洛花鼓等。其创作和演绎受到了当地花灯、车马灯、采茶灯等民俗艺术形式的影响。

花鼓戏的表演形式三富多样，包括唱、念、做、打、舞等多种表演形式。其以生动的表演，朴实的语言，丰富的情节，吸引了众多观众。在花鼓戏的表演中，演员手拿一面彩色的小鼓，这是最具特色的表演道具，因此得名"花鼓戏"。其歌曲节奏欢快，语言通俗易懂，亲民的特点深受广大农民的喜爱。其中以长沙花鼓影响最大，代表剧目有《刘海砍樵》《扯萝卜菜》《打鸟》《摸泥鳅》《捡菌子》《补被褡》《扯笋》《双采莲》等。

（五）道情戏

道情戏是流行于山西的一种传统戏剧形式，其历史可以追溯到明朝末年。这种戏剧形式简洁朴素，深受民众的喜爱。

道情戏的演员通常不分生旦净末丑，只根据演员的能力和演出需要来分配角色，而不受性别、年龄或身份的限制。这一点使得道情戏在剧目选择和角色安排上具有更大的灵活性。

道情戏的表演方式也非常特殊。演员们在舞台上唱歌、讲故事，既有丰富的人物刻画，又有深入人心的情感传递。演员们通常需要掌握多种表演技能，包括唱、说、做、打，以及音乐、舞蹈和杂技等。

道情戏的剧目内容丰富多样，包括历史、神话、民间故事等，既有悲剧，也有喜剧，既有传统的情节，也有现代的元素，充分反映了人们的生活、思想和情感。

（六）傀儡戏

傀儡戏，或称木偶戏，是通过操纵木偶进行表演的戏剧形式，具有丰富的视觉效果和表现力。这种戏剧形式在中国有着悠久的历史，是中国文化的重要组成部分。

傀儡戏的表演需要非常高的技巧。演员们通过精巧的操纵，使木偶可以模拟各种复杂的人物动作，如走、跑、跳、打、跌等。同时，还需要配合灯光、音乐、声效等，创造出生动、逼真的舞台效果。

傀儡戏的剧目内容丰富多样，包括神话、历史、民间故事等，既有深入人心的情感表达，也有热烈激昂的战斗场面，反映了人们的生活、思想和情感。

（七）皮影戏

皮影戏是一种操纵皮影进行表演的戏剧形式。这种表演形式在中国有着悠久的历史，是中国传统艺术的重要组成部分。

皮影戏的演出需要非常高的技巧。演员们通过精巧的操纵，使剪刻成人物形象的皮影可以模拟各种复杂的人物动作。同时，还需要配合灯光、音乐、声效等，创造出生动、逼真的舞台效果。

皮影戏的剧目内容丰富多样，包括神话、历史、民间故事等，既有深入人心的情感表达，也有热烈激昂的战斗场面，反映了人们的生活、思想和情感。

（八）藏戏

藏戏，藏语称为"阿吉拉姆"，意为"仙女姐妹"。这是一种源自中国西藏地区的古老戏曲形式。据传说，藏戏最初是由七位仙女表演的，剧目内容大多取自佛经中的神话故事，因此得名。

藏戏的唱腔种类丰富，共有20多种。每种角色的唱腔都不同，唱腔高亢雄浑，腔调以人定调。藏戏的舞蹈多来自藏族的民间舞蹈，舞蹈与唱词和剧情紧密配合，动作粗犷豪迈而夸张。传统的藏戏表演只用一鼓一镲作伴奏，每个角色的每句唱腔结尾，都会由其他演员或专门的伴唱伴舞队帮腔。

藏戏的剧目种类繁多，包括佛经故事、民间故事、传说和历史故事等。

（九）吹吹腔

白族吹吹腔，又称白戏，确实是白族的一种传统戏曲艺术形式，源于大本曲，有着悠久的历史。这种艺术形式在云南省的多个地区，如云龙、漾濞、洱源、鹤庆、剑川、大理等地，都有广泛的流传。

吹吹腔的表演场合极其丰富，包括逢年过节的庆祝、栽秧时节的娱乐、新娘过门时的迎接，甚至在办理丧事时，也会以吹吹腔来唱哀歌，读白语祭文，彰显白族人民的情感寄托和文化传承。

吹吹腔的角色分类丰富，分为生、旦、净、丑四大行。每一行又根据年龄、身份、性格有更细的区分。唱腔种类多，风格独特，具有强烈的表现力。音乐伴奏主要是唢呐、板鼓、钹、锣等乐器，富于节奏感和生动性。

在剧本内容上，白族吹吹腔丰富多样，既有基于白族生活、历史、神话、民间故事改编的剧本，也有根据汉语古代作品和民间传说改编的剧本，如《三国》《杨家将》《白蛇传》等，极大地丰富了白族吹吹腔的艺术内涵。

（十）壮戏

壮戏是壮族人民在长期的生活劳动中创造和发展起来的一种表演艺术形式。其源远流长，具有深厚的民族文化底蕴。由于地理环境、语言方言、音乐唱腔、表演风格以及伴奏乐器的差异，壮戏演变出多个分支，包括广西的北路壮戏、南路壮戏、壮族师公戏，以及云南的富宁壮戏、广南壮戏等。

（十一）傣戏

傣戏源于傣族民间歌舞和文学，后来又吸收了京剧、滇剧、皮影戏等元素，形成了独特的表演艺术形式。侗戏则以侗族叙事大歌、琵琶歌等民间音乐艺术为基础，同时也受到汉族地区戏曲的影响。

（十二）地戏和谷艺

地戏和谷艺流行于布依族和仡佬族地区，是从早期的傩戏演变而来，仍保留有一些傩戏的特征。这些戏剧形式的角色丰富多样，演出程序固定，唱词多为七言，反映出了当地的风土人情和历史故事。

三、民间戏曲的特征

民间戏曲具有以下主要特征。

（一）小

这是指角色设置简单和演出班子人数较少。常常只有"二小"或"三小"。所谓"二小"是指小生、小旦或小旦、小丑；"三小"是指小生、小旦、小丑。演出班子通常不超过十人，与"大戏"相比，人员分工不那么细致，道具和化妆也更为简单。

民间戏曲中的"小"代表着一种朴素和基本的审美观，这与民间戏曲的起源和主要受众有关。许多民间戏曲在乡村或小镇上进行，其受众主要是普通的农民或市民，没有接受过专业的艺术教育，所追求的是一种直接和易于理解的艺术形式。因此，角色设定简单，方便观众理解和鉴赏。另外，相比"大戏"丰富的角色和复杂的剧情，民间戏曲的"小"也代表了其创作和演出的实际条件。在经济条件有限的情况下，小规模的演出团体和简单的道具设备，使得民间戏曲能够在任何时间和地点进行演出，这无疑增加了其艺术生命力。

（二）俗

民间戏曲源于民众，服务于民众，其目的是娱乐，因此必须讲究通俗易懂，与民众的生活经验紧密相连。从语言上看，"俗"表现为使用方言进行演出，这使得戏曲更具有地方特色，更能打动当地观众的心。从内容上看，"俗"表现为剧情的简单和直接，多取材于普通人的日常生活，如劳动、婚恋、家庭矛盾等，这使得观众能够立刻进入剧情，产生共鸣。

（三）观众与演员的互动

这是民间戏曲区别于其他表演艺术的重要特点。在民间戏曲的演出中，观众不仅仅是被动的观看者，也是演出的一部分。可以随着剧情的发展，表达自己的情绪，甚至可以与演员进行直接的交流。这种互动性赋予了民间戏曲强烈的生命力和艺术魅力。使得演出不再是单向的传递，而是多向的交流，这对于加深观众对剧情的理解，提高观众的参与度，都有着积极的作用。

（四）与乡里社会生活习俗的紧密关联

民间戏曲是民众生活的一部分，与民众的生活习俗密切相关。无论是节日庆典，还是婚丧嫁娶，民间戏曲都会被作为表达情感、增进交际的重要工具。这种关联性使得民间戏曲更具有生活气息，也使得其成为地域团结和凝聚力的重要源泉。同时，通过参与民间戏曲的演出，民众也可以了解和学习社会的规则和价值观，从而更好地融入地域生活。

（五）简易的演出舞台

民间戏曲的演出舞台通常非常简单，可能会在地势较高的地方用布幔围成象征性的舞台，甚至在条件差的地方就摆地摊演出。这种简易的舞台既是由于经济条件的限制，也反映了民间戏曲的质朴，拉近了观众和演员的距离，增强了表演的互动性和表现力。

在简单的舞台上，没有复杂的舞台设计和灯光效果，演员必须依靠自己的演技和剧本的力量来吸引观众。这对于提高演员的表演技巧和观众的欣赏水平都有着积极的推动作用。同时，简易的舞台也强化了民间戏曲的实用性和互动性，其使得观众可以近距离地观看和感受演出，甚至可以参与到演出中来。

第九节　其他民间文学体裁

除了以上类型之外，民间文学还包括民间碑文等体裁。本节主要对民间碑文进行详细分析。

一、民间碑文的定义

民间碑文，是一种刻在石碑上的文字，用于纪念或者记录重要的人物、事件、事迹或者理念。民间碑文通常是由专业的书法家或者文人创作，然后由石匠按照原样刻在石碑上。这种形式既是历史记录的一种方式，也是书法艺术的一种表现形式。民间碑文的内容往往包含了大量的历史和文化信息，因此也是历史和文化研究的重要资料。同时，石碑的材质使得民间碑文能够长期保存，对于历史记载和传承具有重要意义。

二、民间碑文的类型

民间碑文的类型主要可以从内容和形式两方面来分类。

（一）内容上的分类

1.纪实性民间碑文

记录历史事实或者人物事迹的民间碑文。例如，记录战争胜利或者建筑工程的民间碑文。

2. 纪念性民间碑文

纪念某个人物、事件或者理念的民间碑文。例如，纪念伟大领袖、纪念重要事件的民间碑文。

3. 表彰性民间碑文

用于表彰某个人或者群体的民间碑文。例如，表彰功臣或者功勋企业的民间碑文。

4. 祭奠性民间碑文

用于祭奠死者的民间碑文。例如，墓碑上的文字就是一种祭奠性民间碑文。

5. 教育性民间碑文

教育性民间碑文是指那些被用于教育和启示的民间碑文。这类民间碑文通常记录着重要的历史事件、道德观念或者社会理念，用以启示后人，传承文化和知识。

在内容上，教育性民间碑文常常强调历史事件的意义和影响，提炼出的深刻道理或者核心价值观，使读者在理解历史事件的同时，也能了解精神实质。

在形式上，教育性民间碑文往往会使用浅显易懂，具有感染力的语言，使得读者在阅读过程中更容易接受和理解其主旨。同时，为了吸引读者的注意力，教育性民间碑文的设计通常也会充满艺术性，如精美的雕刻、漂亮的字迹等。

在位置上，教育性民间碑文通常被设置在公众可以轻易接触到的地方，如学校、公园、博物馆等，以便于传播其教育意义。

以劝学碑为例：

劝学碑是一种具有教育意义和鼓励作用的文化遗产，常见于学校、图书馆、文化广场等公共场所。其通过简洁明了的文字，向人们传递学习的重要性、价值和方法。劝学碑的存在提醒着人们不断追求知识和进步，激发学习的动力和热情，在传承文化、引领精神、教育社会等方面发挥着重要的作用。

（1）教育鼓励

劝学碑以其独特的形式和内容，向人们传递教育的价值观和鼓励。通过鲜明而简洁的文字，劝学碑提醒人们学习的重要性，激发人们的求知欲望和学习动力。提醒人们学习是一种持久的追求，需要坚持不懈的努力。

（2）文化传承

劝学碑作为文化遗产的一部分，承载着历史和文化的积淀。其传承了古人的智慧和思想，将这些珍贵的教诲传递给后人。劝学碑中的文字往往是经典的名言警句、格言箴言，代表着古代文化的精髓和智慧。

（3）精神引领

劝学碑通过其独特的存在和鼓励作用，具有精神引领的功能。其提醒人们学习是一种崇高的行为，是人生追求真理和提升自我的重要途径。劝学碑通过引导人们培养积极向上的学习态度和行为，影响着人们的思想和行为习惯。

（4）社会教化

劝学碑的存在对社会起到一定的教化作用。其在公共场所广泛展示，为人们提供了一个学习的场所和氛围。劝学碑通过向社会传递学习的价值观，倡导了整个社会对学习的重视和支持。

综上所述，劝学碑作为一种特殊的文化符号和教育载体，以其独特的形式和内容，鼓励人们坚持学习，不断追求进步。此外，劝学碑中还蕴含着古人在社区教育方面的独特尝试，这些均值得现代人的借鉴。

（二）形式上的分类

1. 立碑式民间碑文

立在地面上的碑石，一般比较大，内容丰富。

2. 壁碑式民间碑文

刻在墙壁上的民间碑文，通常是用于纪念或者祭奠。

3. 地碑式民间碑文

镶嵌在地面上的民间碑文，一般为平面民间碑文。

民间碑文的分类并非固定不变，随着历史和社会的发展，民间碑文的种类也会有所变化。例如，现在的公园或者纪念地点中，也会有有电子屏幕或者互动设备展示的"民间碑文"，这也可以看作是一种新型的民间碑文形式。

三、民间碑文的特点

民间碑文是文化遗产的重要组成部分，主要有以下几个特点：

（一）纪实性

民间碑文的首要特点就是纪实性。无论是记录事件、记录活动、还是纪念人物，民间碑文都以事实为基础，准确地反映出历史现象和社会现实。纪实性是民间碑文成为历史研究资料的重要因素，通过详细、准确、客观的记录，民间碑文提供了研究历史的重要线索，同时也让历史更加真实地呈现在人们面前。

（二）持久性

民间碑文的一个重要特征是其持久性。由于民间碑文多使用石材或金属等耐候性好的物质，使得其在历史长河中得以保存。即使经过风吹日晒，雨打雪淋，也不容易被磨损或损坏。这种持久性，使得现今还能看到古代的民间碑文，成为连接过去和现在的一种方式。

（三）公共性

民间碑文多设立在公共场所，如广场、公园、学校等地，使得更多的人能够阅读并理解民间碑文的内容。这种公共性使得民间碑文能够起到宣传、教育和激励的作用，让更多的人了解和记住那些重要的历史事件和人物。

（四）权威性

民间碑文的立碑和内容的编撰一般由权威机构或重要人物负责，因此，民间碑文所传达的信息具有较高的权威性。这种权威性不仅在于内容的真实性和重要性，更在于对社会和公众的影响力，其所蕴含的价值观和理念能够对社会产生深远影响。

（五）艺术性

许多民间碑文本身就是艺术品。从内容编排的巧妙，到文字的用字造句，再到碑石的设计雕刻，都充满了艺术性。特别是一些融合了传统书法艺术的民间碑文，更是展现了极高的艺术水平。

（六）仪式性

民间碑文的立碑往往伴随着一定的仪式，这些仪式赋予了民间碑文更深的象征意义和纪念意义。仪式也是社会生活的一部分，体现了人们对于某个事件或人物的重视程度和态度，通过公开的形式，让更多的人参与和共享这种纪念和象征。

第三章 民间文学的创作与流传

第一节 民间文学的创作

民间文学创作与主流文学创作相比，具有许多独特之处，本节主要对此进行详细分析。

一、民间文学创作的主客体关系

民间文学以其深厚的生活根源和民众创作的纯朴直观，映射出社会生活的鲜活画卷。民众既是创作者，也是创作的主体和对象。这种主、客体关系的深度融合使得民间文学作品中人与社会、人与自然、人与历史的关系被精准地捕捉并展现出来。

主体是民间文学创作的动力和源泉。民间文学不同于其他文学形式，其最鲜明的特点就是其的创作者——普通民众的思想感情、生活经验以及文化传统都被融入了创作中，成为作品的灵魂。这种特殊的创作主体决定了民间文学的独特魅力：其是对生活最真实的写照，是对人性最深刻的剖析。

然而，主体的创作并不是孤立的，其总是围绕着一定的客体展开。客体在这里指的是创作者所生活的社会环境，这包括所面对的自然环境、社会关系和历史变迁。客体为创作提供了丰富的素材，也赋予作品特定的时代色彩和地域特征。在创作中，主体对客体的理解和描绘，无疑是推动作品形成的重要力量。

同时，主客体关系也体现在作品的接受者身上。在民间文学中，创作者往往也是作品的接受者，这构成了主客体的双重身份。这样的特性使得民间文学具有亲民和贴近生活的特点，使其在民众中受到广泛流传和喜爱。

在探讨主客体关系的过程中，也要注意到，主客体并非一成不变的，在特定的社会历史环境下发展变化的。主体在创作过程中，不断地塑造和丰富自我，同时，对客体的理解也在不断深化和扩展。这种动态的主客体关系使得民间文学成为一种社会现象，永远具有生命力和活力。

回顾历史，可以发现，无论是古代的神话传说，还是现代的民谣、童谣等体裁的民间文学都是以其深厚的生活根源、丰富的艺术形式和鲜明的民族特色，展示出了主客体交融的生动画面。每一个作品都是主体对客体的独特理解和再创造，无一不在揭示人与自然、人与社会、人与人之间的复杂关系。

以劝学碑为例。

劝学碑的主体通常是碑文的创作者、刻石者以及那些参与或赞助这一刻石行为的人，他们通过创作碑文来表达自己的思想、信仰、情感或者记录重要的历史事件。这些人可能包括普通民众、社区领导者、富有的商人、尊贵的家族等。

劝学碑的客体则是那些通过阅读碑文接受信息、被影响或受教育的人。这些人可能包括当地的居民、来访的旅客、未来的历史研究者等。他们通过阅读碑文，理解和接受主体通过碑文传递的信息，形成对历史、社会、文化的认识。

在这个主客体关系中，劝学碑就像是一个媒介，连接了主体和客体，通过这个媒介，主体把他们的思想、情感、信仰、历史记录等传递给客体，而客体通过接收和理解这些信息，又对主体和他们所处的社会文化环境有了更深的认识。

在当今时代，随着社会的快速发展和科技的进步，民间文学的创作主客体关系也呈现出新的变化。网络成为新的创作平台，新的主体和客体也应运而生。无论是网络小说、网络诗歌，还是网络段子、网络漫画等，都在以全新的形式和视角展示着主客体关系的魅力，也在为民间文学的发展注入新的活力。

二、创作的自由性

民间文学创作的自由性是显著特征之一，表现在创作主体、内容、形式、传播等各个方面，体现了民众的独特视角和创新精神。

民间文学的创作主体是广大的民众，不受专业训练和形式规则的束缚，有着无比的自由。可以根据自己的思考、感受和生活经验进行创作，表达自己的情感和观点，揭示生活的真谛。大多作品具有鲜明的个性特色和地域风貌，呈现出生动、真实、多元的社会生活。

民间文学的内容自由多样，涵盖了生活的各个方面。可以是婚丧嫁娶的礼仪习俗，可以是农耕狩猎的劳动场景，也可以是神话传说的奇幻世界。这些内容都是民众生活的真实写照，可以自由选择、创新和传播，体现了民众对生活的深刻理解和积极参与。

民间文学的形式自由丰富，包括口头传说、歌谣、故事、谜语、寓言等，形式各异，风格独特。这些形式灵活多变，既可以口传心授，又可以书写记录，适应了不同的传播方式和接受者需求。这种形式的自由性，使民间文学充满了活力和生命力，成为民众精神生活的重要组成部分。

民间文学的传播方式也十分自由。无论是口耳相传，还是通过民间艺术活动，如庙会、社火、歌舞等进行传播，都能使民间文学在民众中广泛流传，形成强大的地域影响力。同时，随着互联网的发展，线上传播也成为民间文学新的传播方式，使得民间文学的传播范围和影响力更加广泛。

三、民间文学创作的协作性

民间文学的协作性是其最重要的特征之一，不同于传统意义上由单一作者创作的文学作品。在民间文学创作中，作者不是单一的个体，而是一个地域、一个群体，甚至是一个民族。这些作品经常在一种集体、合作的环境中诞生，然后被口头传播和发展，历经数代人的加工、修正和推敲，不断演变、丰富和完善。

民间文学的协作性体现在其是一种群体的创作活动。大家共同参与，不断地在传统的基础上进行改编和再创作。每一个参与者都在一定程度上对作品的内容、形式和风格进行了影响和贡献，使得作品具有了鲜明的地域或民族特色。例如，民间故事、民间歌谣、民谣等，都是由无数个创作者在长时间内共同创作和完善的。

民间文学的协作性也体现在其是一个持续的创作过程。这种创作不仅限于创作初期，而是持续的、开放的。一个民间故事或民歌在被创作出来后，并没有结束，而是会不断被其他人引用、修改、补充，甚至被整合到新的故事或歌曲中。这就是所谓的"版本"现象。因此，往往无法找到一个民间文学作品的"原始版本"，因为其都是在不断的演变和发展中。

民间文学的协作性使得其更具有活力和创新性，而且更加贴近人民的生活，反映了人民的真实情感和智慧。同时，这种协作性也为民间文学赋予了独特的文化价值和社会功能，使其在各种文化传播和社会变迁中具有重要的影响力。

四、民间文学创作的程式化

民间文学创作的程式化，是指民间文学在创作过程中倾向于遵循一些固定的形式、结构或者故事模式。这种程式化是因为民间文学多数由口头传播，讲述者在传递故事时，为了方便记忆和讲述，通常会采用一些固定的模式和结构。

民间文学创作的程式化特征通常体现在以下几个方面。

（一）故事结构

民间文学的故事结构通常遵循一定的模式。这种模式是一个线性的、起承转合的模型，包括"开头—冲突—高潮—解决—结局"五个部分。在开头，通常会设定故事的背景和人物，以便读者或听众了解故事的基本情境。随后会引入一些冲突，通常是主角面临的困难或挑战，以引发读者或听众的兴趣。在故事的高潮部分，主角通常会面临最大的挑战，这时的情节往往最为激动人心。在解决阶段，主角通过自己的智慧和勇气解决了问题。最后，故事以一个满意的结局结束，通常是主角得到了奖励，或者达到了其的目标。这种经典的故事结构不仅有助于讲述者记忆和叙述，也有助于读者或听众理解和接受故事。

（二）人物设定

在民间故事中，人物设定往往固定和类型化。例如，英勇的英雄、美丽的公主、邪恶的巫婆等。这些人物类型反映了民间社会的某些固定观念和朴素价值观。例如，英勇的英雄代表了勇气和智慧，美丽的公主代表了美和善良，邪恶的巫婆则代表了邪恶和危险。这些人物设定不仅有助于讲述者快速塑造人物形象，也方便读者或听众快速理解人物角色和性格。

（三）主题和故事线

民间故事的主题和故事线通常反映了某些社会、文化价值观，例如正义、勇气、智慧等。这些主题和故事线在不同的故事中反复出现，构成了民间文学创作的程式化元素。例如，很多民间故事都以英雄挫败邪恶势力，维护正义为主题，这种主题反映了社会对正义和勇气的尊重和追求。通过这种反复出现的主题和故事线，民间文学传达了社会的核心价值观，影响了人们的思想和行为。

（四）语言和风格

民间文学在语言和风格上也具有一定的程式化。民间故事的叙述通常使用简单明了、易于记忆和传播的语言，这种语言既有助于讲述者记忆和叙述，也方便读者或听众理解和接受。此外，一些民间故事在结构上还会采用反复句、对仗句等修辞手法，这些手法既增加了故事的韵律感，也增强了故事的艺术效果。例如，反复句可以强化某种情绪或主题，对仗句则可以形成鲜明的对比，突出某种主题或情绪。无论哪一种体裁的民间文学均具有较强的程式化特点。

以劝学碑文为例。

劝学碑通常会被设立在学校、书院或者公共场所，通过公开展示，来达到传播教育理念、宣扬学习精神的目的，其创作也具有较强的程式化特点。主要表现在以下几个方面。

1. 内容程式化

劝学碑的内容主要围绕着教育和学习的主题，比如强调学习的重要性、知识的价值、人才的培养等。它们通常会引用经典的教育理念或者寓言故事，来加强说服力。

以河南省两则书院碑文《重修嵩阳书院记》和《移修东里书院记》为例。

重修嵩阳书院记 ①

【碑阳】

天下之事，与之相习，则相忘；与之相观，则相益。夫人从事道德之途，苟无人焉；观摩效法，相率而就，于颓落闻有人焉。其行能超越寻常万万上焉者，必赢粮景从，其次亦闻风而励矣。不幸而当世无之，则诗书之内有传人，其行能超越于今世万万也，考论尚友，望古而自淑，不亦可以跻进于圣贤之域也哉！

登封接迹伊、洛，其学术风教不甚相悬。又嵩岳多奇，四方达人高士自远而至，学者苟有向往之心，不患无观摩之益。而自宋以来五六百年，卒未有起而名世者，由于振兴之无自也。先是崇福宫有太室书院，建自五代周时，宋至道间赐《九经》，景佑间重建，改称嵩阳书院。废于金、元。明嘉靖间，知县侯泰即嵩阳观故址复建书院，祀二程先生，仍曰嵩阳，诸生以时讲业其中。又废于兵燹，无半椽片盐之存，即汉封将军三柏亦焚其一。予每过，徘徊慨息，思兴复之未暇也。今年二月，始相度故基东南十许步，筑堂三楹，庖溜门阶，以次而及，缭以周垣五十丈，并护二柏。于内有宋韩公维、吕公诲、司马公光、程公巅、颐兄弟、刘公安世、范公纯仁、杨公时、李公纲、李公丙、倪公思、王公居安、崔公与之，凡提举主管崇福宫者，皆大贤名世，可为吾党矜式，以名宦中无祀，祀于此。落成，为之言曰：贤人君子之在天下如蛟龙然，所至蒸云沛雨以泽生民，即潜伏在渊，而灵异之踪数千祀后人犹知敬Z。夫程、吕、马、范诸公，嵩不能有之也，弃之朝廷，而嵩始得而有之。即嵩亦不能常有之也，或一至焉，或再至焉，或系衔及之，隔之异域，卒不一至焉，而嵩终得而有之若此者，岂非道德文章可师百世而然乎？彼王安石、蔡惇、蔡卞、黄潜善、韩促胄之伦，当其魁柄在握，有生人杀人之权，又未尝不趋畏之，及身败名灭，所至人为之讳，即子孙亦不欲人知之，安望异世之士师法之俎豆也哉！吾党观法于此，而考其学术渊源，光明伟俊之业，以诸先生为师，则在朝朝尊，在野野重，何患观摩兴感之无，自而诵诗读书习习而忘之也。书院西南十余步有丰碑，为唐

---

① 王兴亚：《清代河南碑刻资料1》，商务印书馆，2016，第87页。

相李林甫颂述明皇丹成之辞。文章丽秀，字画精警，未尝不可爱玩，而一闻某姓名，则诋嗤随之，亦未始不可为君吾党戒也。夫树碑以图不朽，迄今千年，而碑尚新，岂非天欲不朽林甫之名也哉！出乎彼则入乎此，请择于斯二者。

　　登封县知县楚黄后学叶封谨撰。

　　邑庠后学焦钦宠书丹。

　　石工常养浩镌刻。

　　康熙十二年秋九月朔日。

（碑存登封市嵩阳书院）

移修东里书院记①

　　郡人阎坛

　　书院之设，所以兴文教，造人材，即古乡学之遗意。郑之乡校，见于《春秋》。郑之书院，由来已久。明以前文献无征，基址莫考。明季鲁公天中书院，城南门之东，即今之鲁公祠是也。鲁公当逆闯焚掠之时，尽心民瘼，有大造于郑。国初，乡先辈吁请上宪为公建专祠，即以天中书院为公祠，酬其德也。迨乾隆十九年甲戌，陇西安公而恭移建于赞宫之西偏，易名东里书院，局势壮阔，惟地甚洼下，当夏月积潦，四面皆水，不无浸卤之患。虽不时修葺，旋修旋圮。遇来课试，辄以贡院代遂日就荒废，无议兴者。光绪七年辛巳冬，山左王公成德号懿斋，以甲科权篆斯土，下车伊始，即以励人材；振文教为急务。访求旧书院，见栋桹摧折，廊庑倾欹，欲就旧址而新之，又恐不能永固，爰择吉卜方，得巽隅公地一区，即南公馆，既爽境，亦宏敞。欣然曰："此文明佳兆。"因约寅绅捐廉为倡，并邀请四乡急公好义者，捐输三千余缗，庄材鸠工，构后阁五楹，讲堂五楹，东西课房各五楹，头门三楹，二门一楹，文昌楼一座，照壁一座，东西两厢楼则仍其旧焉。由是广厦宏开，诸生肄业

---

①　王兴亚：《清代河南碑刻资料1》，商务印书馆，2016，第66-67页。

其中，将见励志前修，逗经致用，处为纯儒，出为良吏，不徒工文艺、掇科名而已。此则王公属望诸生之至意，而诸生所宜自勉也。

光绪十年十月。

（文见民国《郑县志》卷十六《艺文志》）

嵩阳书院和东里书院，均为清代河南省乡间学校。其中，嵩阳书院位于河南省郑州市登封市，始建于北魏太和八年（484 年），初名嵩阳寺，为佛教寺院。宋景祐二年（1035 年）重修太室书院时赐名嵩阳书院。清代康熙年间，登封知县叶封在明代嵩阳书院的基础上进行了扩建，并撰写了《重修嵩阳书院记》。

在《重修嵩阳书院记》碑文中，叶封在开头分析了教育的作用，中间结合自己的经历，讲述了嵩阳书院的历史，描绘嵩阳书院的残破场景，叙述了嵩阳书院重建的缘由，以及修葺和建设的范围。最后，说明重建书院的原因，鼓励书院学子奋进，并用唐代李林甫的书法与为人鼓励学子，在注重才学的同时，也应当注重道德的学习。

东里书院位于河南省郑州市，始建于清乾隆十九年（1754），之后，屡有重修。

清光绪八年（1882）知州王成德会同绅士阎坛、李启元、孟沧、荆克俭、李建三、赵畏三、陈荣缓、李训等捐资移建至南公馆，清光绪十年（1884）移建完成后，阎坛撰写了《移修东里书院记》。在这篇碑文中，阎坛开头使用了"子产不毁乡校"的典故，说明了河南郑州乡校建设的悠久历史。紧接着说明了东里书院建设的历史，重点阐释了原来的东里书院虽然屡次重修但依然不免残破的事实，说明了此次移建的原因，以及重修后的书院建筑格局，最后鼓励学子努力学习，成为为国为民的有用之才。

这两则书院碑文中，均包含着鼓励学生好好学习的意思，因此可以归属劝学碑。同时，这两则书院重建碑文也表明了清代劝学碑的内容程式：即说明书院的历史、传统，书院重修或重建的原因以及重建后的格局，如增加了哪些建筑等，最后，鼓励书院的学子积极学习，同时，阐明劝学碑创作者的教育理念。

2.形式程式化

劝学碑一般都是以碑文的形式呈现，采用楷书、隶书或者篆书等传统书法风格，展现出庄重、肃穆的气氛。碑文的内容一般会先引述经典，然后阐述主旨，最后总结寓意，形成一种固定的写作模式。

3.功能程式化

劝学碑的设立，是为了在社会上宣传教育的重要性，鼓励人们去学习，提高民众的文化素养，从而推动社会的发展。这一功能在历史上一直延续不变，形成了固定的社会功能。

4.社会程式化

在特定的社会背景下，劝学碑还会承担起一定的社会责任，比如在科举考试盛行的时代，劝学碑的设立也是为了鼓励人们去学习，参加科举考试，获得社会地位的提升。

总之，包括劝学碑在内的民间文学创作的程式化赋予了民间文学更强的生命力和传播力，同时反映了民间社会的思维模式和文化价值观。

第二节　民间文学的流传

民间文学的流传是一个复杂的过程，涉及多种因素和途径。本节主要对此进行详细分析。

一、民间文学流传过程

理解民间文学，应当首先了解民间文学是如何流传的。流传是一个动态过程，涉及创作、传播、接受和转述等多个环节。

创作是民间文学流传的源头，由地域中的普通人通过生活观察和生活体验进行创作。创作的过程往往不是一个人独立的行为，而是一个地域、一个集体的共同努力。

在创作完成后，民间文学作品通过口口相传、演唱、表演、讲述、绘画、刻版、刊印等方式进行传播。在传播过程中，作品的内容和形式会因为传播者的理解、情感、技巧、风格等因素的影响而发生变化。这种变化不仅表现在作品的外在形式上，还表现在作品的内容上。外在形式的变化主要表现在语言、音乐、舞蹈、绘画等艺术表现方式的选择和使用上。文学内容的变化主要表现在主题、情节、人物、景象、象征、隐喻等文学要素的构造和处理上。

文学流传的源头，由地域中的普通人通过生活观察和生活体验进行创作。在创作过程中，创作者将自己的观察、感受、思考、想象、情感等化为语言、音乐、舞蹈、绘画等表现形式，形成具有一定艺术性和观念性的民间文学作品。

传播过程中的变化为民间文学作品的接受和转述创造了条件。接受是指地域中的其他成员通过听、看、读等方式接触并理解民间文学作品。在接受过程中，接受者根据自己的生活经验、文化素养、审美趣味、思维习惯等因素对作品进行解读和评价。解读是对作品的主题、情节、人物、地点、象征、隐喻等文学要素的理解和揭示。评价是对作品的艺术性和观念性的认可和评估。在解读和评价的过程中，接受者会对作品产生自己的认识和感受，这种认识和感受会影响对作品的态度和行为。

转述是指接受者将接受的民间文学作品再次传播出去。在转述过程中，接受者根据自己的理解和感受对作品进行再创作和再传播。再创作是对作品的内容和形式进行改编和再现，目的是使作品更符合接受者的认识和感受，更适应接受者的生活环境和文化环境。再传播是将再创作的作品通过口口相传、演唱、表演、讲述、绘画、刻版、刊印等方式传播给其他人。再传播的过程和传播的过程相似，也涉及作品的内容和形式的变化，也会受到传播者的理解、情感、技巧、风格等因素的影响。

以上的分析表明，民间文学的流传是一个复杂的动态过程，涉及创作、传播、接受和转述等多个环节，涉及地域中的普通人、艺人、学者、教师、学生、读者、观众等多个三体，涉及语言、音乐、舞蹈、绘画、刻版、刊印等多种表现形式，涉及三题、情节、人物、景象、象征、隐喻等多种文学要素，涉及生活观察、生活体验、理解、情感、思考、想象、技巧、风格、审美趣味、思维习惯等多种心理和社会因素。这种复杂性使得民间文学的流传具有高度的不确定性和变异性，也使得民间文学的研究具有高度的复杂性和多元性。

二、民间文学的流传特点

民间文学的流传具有以下显著特点。

（一）强烈的适应性

民间文学的流传具有强烈的适应性特点，既体现在民间文学能够适应社会环境和时代变迁，随之改变其内容和形式；又体现在其能够在继承传统的基础上，进行创新发展。这种适应性使得民间文学始终保持着生命力，成为人们精神生活的重要组成部分。

民间文学是由人民群众创作出来的，是生活经验、情感和智慧的结晶。因此，随着社会环境的变化，民间文学的内容也会随之改变，以反映人们的新生活、新体验和新情感。

例如，在农业社会，民间故事、歌谣、谚语等大都围绕着农耕生活、家庭生活等日常生活进行描述，而在工业社会，民间文学的内容则更多地反映了工人阶级的生活和斗争，如城市的建设、工人的生活、工厂的劳动等。同样，随着现代信息社会的发展，网络成为民间文学创作的新平台，网络民谣、网络段子等新型民间文学形式应运而生，以其新颖的内容和形式，吸引了大批网民，展现了民间文学强大的适应性。

民间文学在流传过程中既能继承传统，又能创新发展。民间文学是传统文化的重要载体，通过口口相传、一代代传承，将传统文化传递给后人。其中，无论是故事的主题、角色的塑造，还是歌谣的旋律，都蕴含着丰富的传统文化元素，成为理解和认识传统文化的重要窗口。

民间文学还具有创新发展的能力。面对不断变化的社会环境和生活需要，民间文学能够创新内容和形式，以更好地反映人们的生活状态和情感体验。例如，许多古老的民间故事在传承的过程中，不断地被改编和演绎，以适应不同的表演场合和听众需求。民间歌谣则通过引入新的主题和旋律，表达人们对新生活的欢喜和期待。网络民谣、网络段子等新型民间文学形式，更是在创新和发展中，展示了民间文学的活力和魅力。

（二）民间文学流传的多样性

民间文学的流传之所以具有多样性，主要是因为其创作源自生活，且每个个体都有可能成为创作者。这种创作的广泛性和多样性使得民间文学成为一种真实反映社会生活和人民情感的艺术形式。这种多样性主要体现在内容、形式、风格和传播方式等方面。

从内容视角来看，民间文学的多样性表现在能够涵盖生活的各个方面。由于民间文学的创作主体是广大的民众，因此创作出来的民间文学作品也同样丰富多彩。无论是关于劳动的歌谣，还是描绘恩爱夫妻、孝顺子女的故事，或是包含智慧和哲理的谚语，都是人们生活的真实写照，既展现了人们生活的艰辛和挑战，又表达了人们对美好生活的向往和追求。

从形式视角来看，民间文学的多样性主要体现在其丰富的艺术形式和表达方式。民间故事、歌谣、谚语、俚语、寓言、神话、传说、戏曲、曲艺、舞蹈、绘画等，都是民间文学的表现形式，各有其特色和魅力。这些形式既有口头的，也有文字的；既有语言的，也有视觉的；既有单一的，也有综合的。这种多样的形式，既丰富了民间文学的表现手段，也增加了其艺术的吸引力。

此外，从风格来看，民间文学的多样性体现在各地区、各民族的民间文学都有其独特的风格和特点。我国是一个多民族的国家，各民族和地区都有自己独特的生活方式和文化传统，因此，创作出的民间文学也各具特色。

（三）民间文学流传的地域性

民间文学是在民间流传的文学形式，包括民谣、谚语、神话、寓言、故事等。以口头或书面的方式在不同的地区、社区和文化中流传下来。由于民间文学的流传受到地域文化、历史、地理、社会环境等多种因素的影响，所以其流传具有明显的地域性特点。

以民间碑文中的劝学碑为例。

劝学碑文是中国民间文学和历史文化的重要载体之一，其流传具有明显的地域性特点。劝学碑文的流传地域并不局限于一个地方或区域，而是遍布全国。各地的劝学碑文都反映了当地的文化特色、教育理念以及对学习的尊重和推崇。

1.地方特色

劝学碑文在全国各地都有分布，不同地域的劝学碑文可以展现该地的特色。例如，儒家文化深厚的地区，其劝学碑文常引用儒家经典。同时，一些地域因地方重要人物或事件，劝学碑文也会反映出这些特殊的历史背景。

2. 教育理念

不同地域的教育理念可能会在劝学碑文中体现。例如，一些强调实用主义教育的地方，他们的劝学碑文可能强调知识的实用性和求学的目的性。而在强调全面教育理念的地方，劝学碑文可能会强调德智体全面发展和谐人际关系等。

3. 对学习的推崇

虽然全国各地都有劝学碑文存在，但不同地域对学习的推崇程度可能存在差异。例如，一些地方的学习风气较好，重视学校教育，则这一地方的人们对学习的推崇可能更为明显，劝学碑文也更加普遍。而有的地方对教育的重视程度不高，则这一地方的劝学碑则相对较少，或内容上对学习的推崇可能较不明显。

第三节　民间文学与主流文学

民间文学与主流文学，即作家文学之间存在密不可分的关系。本节主要就民间文学对主流文学的影响，以及民间文学与主流文学之间关系的特点详细分析。

一、民间文学与主流文学之间的关系

民间文学和主流文学共同构成了民族文化的重要组成部分，相互影响和交融。民间文学是主流文学的源泉和基石，为作家提供了创作的素材和灵感；而主流文学则通过个人创作和艺术加工，使民间文学得到了发展和传承。两者之间的联系既体现在创作内容和题材上，也表现在创作方式和艺术风格上。这种联系促进了民族文化的繁荣和多样性，丰富了文学创作的内涵和形式。

民间文学是主流文学的重要源头和基础。民间文学是人民群众的集体创作，记录了人们的生活、价值观和文化传统，为作家提供了丰富的创作素材和灵感。作家在创作过程中可以借鉴、吸收和再创造民间文学的元素，丰富自己的作品。

民间文学和主流文学在主题和内容上是相互渗透和互相借鉴的关系。主流文学可以选择民间文学中的传说、神话、民间故事等作为创作题材，通过艺术手法进行加工和再现，形成具有艺术性的作品。在很多作家的作品中，也常常可以找到民间文学中的影子，包括民间故事的情节、形象和意象，这些元素在主流文学中得到了艺术化的再创造和发展。

民间文学和主流文学在创作方式和艺术风格上存在差异和联系。民间文学主要通过口头传承和口头创作的方式存在，具有朴实自然的特点，强调真实感和群众性。而主流文学则以书面形式呈现，更注重个人创作和艺术表达，有着更加精细和深入的描写。但在一些通俗文学作品中，民间文学的艺术风格和表现形式得到了保留和延续。

以劝学碑为例。

劝学碑文是古代中国教育和文化的重要组成部分，也是民间文学的重要组成部分，它与主流文学之间有着紧密而复杂的关系。

（一）文学形式的借鉴与反馈

在文学形式上，劝学碑文广泛借鉴了主流文学的形式，同时也对主流文学产生了影响。

1. 借鉴主流文学形式

劝学碑文的形式多样，诗词和散文都有涉及，这与主流文学中的诗词散文形式是相吻合的。例如，许多劝学碑文以诗的形式来表达学习的价值，利用诗的艺术表现力来加强教育意义。另外，许多劝学碑文也采用了散文的形式，详细阐述读书的意义，这也借鉴了主流文学中散文的特点。

2. 对主流文学的反馈

劝学碑文的流传和普及对主流文学也产生了反馈。

第一，劝学碑文中的优秀词句和观点可能被主流文学作家引用，从而丰富他们的创作素材。例如，许多劝学碑文中的观点对于尊师重教、勤奋学习等都有深刻的表述，这些表述可能被主流文学作品引用，从而提高了作品的教育意义。

第二，劝学碑文的流传和普及也可能影响到主流文学的创作。例如，一些主流文学作家可能会受到劝学碑文的影响，从而在自己的作品中也加入了对学习的赞美和尊重。

（二）文化价值观的传递

劝学碑主要产生于我国古代，以儒家文化为主流的社会环境中。从价值观的传递上来看，劝学碑文和主流文学在价值观传递上是相辅相成的，两者共同弘扬了儒家文化的学习价值观，并通过各自的方式将这种价值观深入到了民众的心中。

劝学碑文作为一种教育工具，直接向民众传播儒家的学习价值观。它以直接明了的方式告诉人们读书学习的重要性，使这种价值观深入人心，影响到日常生活的每个层面。

古代主流文学作品，如诗词散文等，同样承载着儒家文化的价值观。许多文学作品都包含了对知识和学习的赞扬，弘扬了知识可以改变命运、学习可以使人得到道德提升的观念。而这些作品的艺术性使得它们更具吸引力，更易于被人们接受。

劝学碑文更直接、明了地传递价值观，主流文学则通过艺术的表达，使价值观的传递更加生动、深刻。两者的方式各有优点，能够相互补充，使得儒家的学习价值观更加深入人心。

（三）社会功能的补充

在古代中国，文学的功能不仅仅限于艺术表达，还兼具教育、社会管理等诸多功能。劝学碑文与主流文学在同一背景下，各自扮演了不同的角色，形成了相互补充的关系。

古代的主流文学，如诗词、散文、小说等，通常更注重艺术性，通过富于想象和创新的表达方式，描绘了丰富多彩的人生图景。它们借助于对人性的深度洞察和生活的细致描绘，反映了社会的现实状况，抒发了作者的情感和观念。主流文学的这些特性使得它能够广泛地影响和吸引读者，从而对社会风气、价值观有着深远的影响。

　　劝学碑文更注重实用性和教育性，其主要目的是通过鼓励学习、弘扬儒家学说来培育良好的社会风气。它们通常采用简洁明了、易于理解的语言，直接面向社会大众，特别是未受过良好教育的农民阶级。劝学碑文的实用性和教育性在推动社会进步、改良社会风气方面发挥了重要作用。

　　在社会功能上，主流文学和劝学碑文形成了有趣的互补关系。主流文学通过艺术性的表达方式影响读者，塑造社会价值观；而劝学碑文则更直接地向大众传递了教育信息，对社会风气进行了引导。这种互补关系使得两者能够共同促进社会的发展和进步。

　　综上所述，劝学碑文与主流文学在社会功能上形成了互补关系，两者通过不同的方式和手段共同推动了社会的教育、文化和价值观的发展。

二、民间文学对主流文学的影响

　　民间文学对主流文学的影响是全方位的，本节主要从以下几点进行详细分析。

（一）民间文学对主流文学题材和思想内容方面的影响

　　民间文学在题材和思想内容上对主流文学产生了深远的影响。为作家提供了丰富的创作素材和灵感，影响了作家的世界观和价值取向。同时，民间文学中的幻想和想象力激发了作家的创造力，使作品更加丰富多样。民间文学的创作和传承为作家提供了文化氛围和创作背景。这些影响共同推动了主流文学的发展，丰富了作品的内容和形式。

　　1.题材选择的影响

　　民间文学为作家提供了丰富多样的题材选择。民间文学作品包含着丰富的故事情节、人物形象和背景设定，作家可以从中获取灵感。例如，《三国演义》和《水浒传》就是基于民间故事和传说的创作，作家从这些传统材料中提取出有趣的人物和情节，进行改编和创作。民间文学为作家提供了宝贵的创作资源，拓宽了的创作领域。

　　以乐府民歌为例。

　　乐府民歌在汉魏六朝时期内容丰富，题材多样，批判了封建统治阶级的残忍和昏庸，歌颂了人灵敢于反抗压迫剥削的精神。曹操作为建安时期的代表人物，受到了汉乐府民歌的影响。其在文学创作中沿用了乐府古题，创作了《薤露行》《蒿里行》《苦寒行》《却东西门行》《短歌行》等乐府诗，反映了汉末军阀混战、社会动荡不安的现实，表达了其统一天下的雄心壮志。

2. 思想内容的影响

民间文学反映了人民大众的世界观、人生观和价值观，对作家的思想观念产生了影响。在民间文学中，包含着朴素的天人观、善恶观等思想观念，这些观念影响了作家的世界观和价值取向。作家在创作中常常表达对国家、社会和人民命运的关注，批判不公正和不公平的现象，呼吁人们追求美好的生活和社会进步。民间文学中凝聚的淳朴、善良、自强不息、乐观进取的民族精神也常常成为作家人格的重要组成部分。

以唐诗中的现实主义传统为例。

李白和杜甫是唐代两位伟大的诗人，都能继承民歌中的现实主义传统，关心人民疾苦，同情下层人民，揭露封建统治集团的腐败，抒发济世救民的崇高理想。李白的诗篇如《侠客行》《丁都护歌》《战城南》《宿五松山下荀媪家》等表达了对侠客、戍边将士和劳动妇女的赞颂、同情和关怀。杜甫则以《兵车行》《丽人行》《赴奉先县咏怀》等诗篇表现了对社会动荡和人民疾苦的深刻关注，达到了唐朝现实主义诗歌创作的高峰。

3. 想象力的影响

民间文学中的幻想和想象力对作家的创作产生了重要影响。民间文学中的神话故事和奇特的幻想激发了作家的想象力，启发了创造力。作家通过吸收民间文学中的幻想元素，将其融入自己的作品中，使作品更具艺术性和想象力。这种影响使得作家的作品在创作风格和形式上更加丰富多样。

以屈原为例。

屈原是我国伟大的诗人，其的诗歌创作标志着我国诗歌发展进入个人创作的阶段。屈原吸收了楚地民歌和神话传说的元素，创作了《离骚》《天问》《九歌》《九章》等一系列作品。这些作品中直接运用了民间神话传说和古史材料，对天地万物和社会现象提出了许多疑问，表现了诗人博大的思想和勇于探索的精神。

其中，《离骚》借用了神话人物和丰富的想象力，表达了对国家和人民的热爱，抒发了怀才不遇的愤懑情感，展示了顽强的生命活力和不断进取的民族精神。

4. 文化氛围的影响

民间文学的创作和传承为作家提供了文化氛围和创作背景。民间文学是人民大众集体创作的产物，反映了人民的智慧和才华。作家在成长过程中接触到民间文学，受到民间文学的熏陶，从中获取艺术熏陶和创作灵感。这种文化氛围的影响对作家的成长和创作产生了积极的影响。

（二）民间文学对主流文学艺术形式和语言的影响

1. 文学体裁的影响

民间文学对主流文学在文学体裁的发展方面具有深远影响。其中一个例子是唐代诗歌的繁荣与民间词调的影响。在唐代之前，文人创作的五言诗逐渐成熟，但民间词调在唐代逐渐流行起来，为宋词的繁荣奠定了基础。民间词调的特点是通俗易懂、朗朗上口，其语言表达方式深受广大民众的喜爱。作家们借鉴了民间词调的艺术形式和语言风格，创作出了许多艺术风格接近民间文学的作品。

比如李白的《长干行》《子夜吴歌》等诗篇，语言流畅自然，读来明白如话，却又余韵无穷。这些作品融合了民间词调的韵味，展现了民间文学对诗歌创作的影响。

以中国古代小说为例。中国的小说源远流长，最早可以追溯到古代的神话和历史传说。在民间文学的影响下，小说从志怪小说、轶事小说、唐代传奇、话本小说到长篇章回小说的发展过程中逐渐形成了自己的艺术形式和语言风格。

例如，民间故事常月的叙事手法如顺叙、倒叙、插叙、连贯、交替等被小说作家广泛运用。这些叙事手法使得小说的情节更加曲折丰富，读者更易被吸引和沉浸其中。《红楼梦》是中国古代小说的经典之作，曹雪芹巧妙地运用了民间文学素材，穿插在情节发展过程中。通过借鉴民间故事、谚语、谜语等，曹雪芹丰富了小说的情趣，并赋予作品独特的艺术魅力。

2. 对艺术表现手法的影响

民间文学中丰富多样的艺术表现手法对主流文学产生了深远的影响。

（1）比兴手法

比兴是一种通过比喻和象征来表达情感和思想的手法。民间文学中广泛运用比兴手法，而作家们也从中汲取了灵感，将其运用到自己的创作中。

举例来说，李白的《长干行》运用了大量的比兴手法。以"红豆生南国"来比喻自己与妻子的离别之痛；用"白日依山尽"来比喻时光消逝的无情，通过比兴手法使诗歌的意境更加深远。这种比兴手法的运用让读者产生共鸣，感受到作者内心情感的传达。

同样，在曹雪芹的《红楼梦》中，比兴手法也得到了广泛应用。通过比兴，曹雪芹巧妙地塑造了一系列鲜明的人物形象和情感场景。比如，黛玉被比喻为石头，与情感亲密的宝玉形成了鲜明的形象对比；宝玉被比喻为莲花，与情感冷漠的王熙凤形成了强烈的对比。这些比兴手法不仅丰富了小说的艺术性，还加深了读者对人物内心世界的理解。

通过借鉴民间文学中丰富的比兴手法，作家们使自己的作品更加生动有趣，情感更具感染力，同时也丰富了作品的艺术层次和深度。

（2）叙事手法

民间文学中的叙事手法也对主流文学产生了深远影响。民间故事常常采用顺叙、倒叙、插叙、连贯、交替等手法，使情节更加曲折丰富，读者更易被吸引和沉浸其中。

这种叙事手法在中国古代小说的发展中得到了广泛运用。以《红楼梦》为例，曹雪芹运用了多种叙事手法，如回溯、插叙、嵌套等，使小说情节扑朔迷离，引人入胜。其通过插叙手法，将一些重要的背景信息和人物心理活动嵌入到故事中，丰富了故事的层次和内涵。这种叙事手法的灵活运用，让读者对故事的发展产生更大的期待和兴趣。

类似地，在古代小说《水浒传》中，也运用了多种叙事手法。故事通过连贯的叙述、交替的情节，展现了一系列英雄豪杰的故事。作者通过插叙手法，向读者展示了不同英雄的背景和成长经历，丰富了故事的内涵和人物形象。

作家从民间文学中借鉴了这些叙事手法，并将其运用到自己的作品中，使作品的情节更加曲折有趣，读者更易被吸引和沉浸其中。通过灵活运用叙事手法，作家丰富了作品的艺术形式，使之更具吸引力和表现力。

3. 对语言风格的影响

民间文学的语言风格对主流文学的语言表达产生了重要的影响。民间文学的语言通常具有刚健清新、朴素自然的特点，这种风格对主流文学的语言表达产生了深远的影响。

（1）通俗化的语言表达

民间文学通常使用通俗易懂的语言表达方式，与广大民众的日常用语相近。作家们从民间文学中吸取了这种语言风格，使作品更贴近读者，更易于被理解和接受。

例如，李白和白居易的诗篇中常常采用口语化的表达方式。运用平易近人的词语和短句，使诗歌读来朗朗上口，容易引起读者的共鸣。这种语言风格的影响使诗歌更具亲和力，让普通民众也能欣赏和理解。

类似地，在《红楼梦》中，曹雪芹通过借鉴民间文学的语言风格，将一些通俗的谚语、谜语、歇后语等融入作品中。这些俗语通常直白明了，带有深刻的哲理，能够简明扼要地表达复杂的思想和情感。这种语言的运用丰富了小说的语言层次，增添了作品的魅力。

（2）生动自然的描写

民间文学常常追求生动自然的描写方式，通过具体细致的描写，让读者能够身临其境，感受到作品中所描绘的情景。

作家们从民间文学中学到了这种描写方式，使自己的作品更加生动有趣。通过对细节的把握和描写的细腻，创造了形象丰满、栩栩如生的人物形象和场景。

举例来说，在《水浒传》中，施耐庵通过对人物的形象描写，使每个角色栩栩如生，具有鲜明的个性特点。其描绘了各种人物的外貌、性格、言行举止等，使读者能够清晰地感受到每个人物的特点和情感。

同样，在《红楼梦》中，曹雪芹通过细腻的描写，刻画了丰富的人物形象和情感场景。对人物的外貌、衣饰、语言、动作等细节进行了精心的描写，使人物形象栩栩如生，让读者能够深入了解的内心世界。

通过借鉴民间文学的语言风格和描写方式，作家们使作品更具生动性和表现力，让读者能够更好地沉浸在作品的世界中。

三、主流文学对民间文学的影响

作家对民间文学的影响是多层面、多方面的。通过记录、保存、再创作和提升，丰富了民间文学的内容和形式，推动了其传承和发展。作家的贡献使民间文学在不同的历史时期和艺术形式中得以延续和演化，同时赋予其现代意义和更广泛的影响力。

（一）记录和保存

作家在记录和保存民间文学方面扮演着关键的角色。通过收集、整理和记录口头传承的民间文学作品，将其转化为书面形式，使其能够长期保存和传承。这项工作对于防止民间文学的遗失、变形或淡忘至关重要。作家的记录和保存努力不仅有助于保护民间文学的独特性和多样性，还为后代研究者提供了丰富的资源和参考资料。

作家的记录和保存工作不仅包括故事和传说的文字化，还涵盖了对民间文学的背景、语言、口音、节奏和情感的记录。力求准确地捕捉和传达口头传统中的细微之处，以便将这些元素转化为书面形式时不失真。通过这种记录，作家承载着将民间文学传统传递给下一代的责任，同时也为其他学者和文化研究者提供了深入研究和分析的材料。

（二）再创作和改编

作家通过再创作和改编民间文学作品，向其注入新的思想和艺术元素，使之更适应现代读者的口味和审美需求。再创作和改编的过程是作家与民间文学作品进行对话、交流和互动的过程，也是个人创造力的展示和发挥。

在再创作和改编中，作家可以选择重塑故事情节、加入新的人物角色、调整故事结构或者赋予作品新的内涵和解读。通过加入个人的情感、观点和审美观，赋予作品更为丰富和复杂的意义。通过对民间文学的再创作，作家既尊重了传统，又将其与现代文化对话，使之在当代社会中焕发新的生命力。

再创作和改编不仅为民间文学作品带来了新的表现形式，还扩展了其受众群体。通过将民间故事转化为诗歌、小说、戏剧、电影或其他艺术形式，作家能够更好地传播和传承这些作品，使之适应不同媒介和文化背景下的观众和读者需求。

（三）文学艺术的提升

作家在接触和研究民间文学的过程中，深入剖析和理解其中的意义和价值。通过对民间文学作品的研究和创作实践，作家努力提高作品的思想深度、情感表达和艺术水平。

作家通过丰富故事的情节发展、深化人物形象、独特的叙述手法和语言运用，使民间文学作品更具有艺术张力和感染力。加入细节和背景描述，以展示作品的复杂性和多样性。通过丰富作品的情感描绘和意象表达，作家能够引发读者的共鸣。

作家还通过与其他艺术形式的交叉影响，如绘画、音乐、戏剧等，将民间文学作品与其他艺术形式相结合，以丰富作品的多元性和表现形式。通过这种艺术的提升，作家使民间文学作品融入更广泛的文化领域，同时为读者和观众提供更为丰富和深刻的审美体验。

（四）文学形式的转化

作家将民间文学作品改编为不同的文学形式，以适应不同的表演艺术需求。可能将民间故事改编为话本、诗歌、戏剧、小说、电影、动画等多种形式，使之在不同媒介和场景中得以传播和发展。

这种文学形式的转化不仅扩大了民间文学作品的影响范围，还使其适应了不同观众群体的口味和审美趣味。不同的文学形式能够通过不同的表达方式和艺术手法，使民间文学作品呈现出独特的风格和魅力。

作家通过将民间文学作品改编为戏剧、电影或其他舞台演出形式，将其从书本中解放出来，使之能够通过表演艺术更直接地与观众互动。这种形式的转化不仅能够吸引更多的观众，也使民间文学作品的价值和意义在舞台上得到充分体现。

（五）现代意义的赋予

现代作家对民间文学的再创作旨在赋予其现代意义和与当代社会的联系。通过重新解读和改编民间故事、神话和传说，使之与现实问题相结合，传递新的思想和价值观。

作家通过对民间文学作品的再创作，注入了对当代社会问题的思考和批判。关注社会的不公平、人性的困境、权力的滥用等议题，并通过民间文学作品传递自己的观点和呼吁。这种再创作不仅使民间文学作品具有当代性，也使其能够与读者和观众产生更为直接的共鸣和联系。

现代作家在再创作过程中还注重赋予民间文学作品更深层次的内涵和解读。通过对人物形象的丰富描绘和复杂心理的展示，使作品具有更丰富的人性表达和情感共鸣。通过对情节的调整和发展，探索作品中隐藏的道德、伦理和哲学议题，使民间文学作品得以深入思考和讨论。

现代作家对民间文学的再创作还表现为对传统价值观的审视和反思。可能通过对性别、权力、社会阶层等方面的重新解读，重新评估和质疑传统观念对个体和社会的影响。这种再创作促使读者重新思考并重新评估传统文化和价值观，从而推动社会的进步和变革。

第四章　民间文学的鉴赏与研究

第一节　民间文学鉴赏概述

文学鉴赏是文艺学理论的组成部分，是以文学作品的欣赏活动为研究对象。读者以语言为媒介，通过对文学作品的具体感受和体验，引起思想和情感上的强烈反应，从中获得审美享受，并领会作品所包含的思想内容和意义。本节主要对民间文学鉴赏的属性、主体、客体、过程进行详细分析。

一、民间文学鉴赏的属性

民间文学鉴赏的属性包括认识属性、审美属性、再创造性三个方面。

（一）民间文学鉴赏的认识属性

民间文学鉴赏的认识属性也取决于文学作品具有的认识属性。民间文学是一种反映民间生活、传承民间智慧和价值观的文学形式。其不同于正式的文学作品，更多地关注于普通人的生活经验、情感表达和社会观察。因此，民间文学的认识属性在某些方面与正式文学有所不同。

民间文学通过反映普通人的生活经验，可以让人们认识和了解民间文化和传统。这些作品通常描绘了人们的生活方式、价值观念、宗教信仰和社会习俗，展示了民间智慧和民间艺术的独特之处。通过阅读和鉴赏民间文学作品，人们可以深入了解不同地区、不同民族的文化传统，拓宽自己的视野。

1.民间文学鉴赏的象征和寓意认识

民间文学作为一种口头传统的表达形式，通过故事、歌谣、谚语等方式，传递着人们对生活和世界的认知。这些作品常常包含着丰富的生活哲理，通过形象化的语言和情节，表达了人们对生活中普遍存在的问题和挑战的理解。通过欣赏民间故事和谚语，人们可以从中获得启示和智慧，对生活中的困境和抉择有更深入的思考。

2. 民间文学鉴赏的情感认识

民间文学也具有表达人们情感和价值观的功能。民间歌谣、民歌和民间诗歌常常是人们对爱情、亲情、友情、乡土情怀等情感的表达。通过阅读和欣赏这些作品，人们可以感受到普通人对生活的热爱、对美好的追求以及对困境的坚韧。这种情感的交流和共鸣，有助于读者更好地认识自己的情感世界，并从中获取安慰和力量。

（二）民间文学鉴赏的审美愉悦属性

文学鉴赏活动是以每个人的自觉自愿为基础，同其他的审美活动一样，是为了满足个人更高层次的需要，即精神或审美的需要。审美愉悦是人们在文学鉴赏中得到的一种精神享受，这种享受超越了生理需求，触及到人的精神和心灵深处。民间文学作为文学的一种重要体裁，也具有审美愉悦属性。读者在进行文学鉴赏时，应当充分认识这一点。

民间文学如民谣、故事、寓言、传说等，其语言形式通俗易懂，情感饱满，容易引起读者的共鸣，使人们在阅读过程中得到直接的审美愉悦。

民间文学深深植根于人民大众的日常生活之中，其内容丰富多样，描绘的人物性格鲜明，情节生动，能够触动读者的内心深处，引发深刻的情感共鸣，带来强烈的审美愉悦。

民间文学富有鲜明的民族特色和地域色彩，表现了不同民族、不同地区的生活习俗、价值观念、历史传统等。这种独特性使得读者能够在审美过程中感受到文化的多样性和丰富性，增加了审美的趣味性和愉悦性。

许多民间文学作品中都包含着深刻的道德寓言和智慧的启示。在阅读这些作品的过程中，读者不仅可以获得审美的愉悦，还可以得到生活的智慧和道德的启示。这种寓教于乐的功能增强了民间文学的吸引力，使其具有更广泛的审美价值。

由于民间文学源于大众，其审美特质非常包容，无论是年轻人、还是老年人，无论是学识渊博的人，还是教育程度不高的人，都可以在民间文学中找到适合自己的题材，享受到审美的快乐。

（三）民间文学鉴赏的再创造性

在进行文学鉴赏时，读者并不是被动地接收文本信息，而是通过自身的理解、想象和创造力，将文本中的语言符号转化为心中的艺术形象，这是一种审美再创造的过程。这个过程并非完全由作者的原意或文本的字面含义决定，而是由读者自身的生活经验、情感、知识和艺术修养共同影响。

文学鉴赏的再创造性体现在以下三个方面：

1. 语言符号的间接性

民间文学常常包含了丰富的象征和隐喻。例如，一个常见的故事情节或角色可能代表一种特定的道德观念或社会现象。作为读者，需要通过想象力，将这些抽象的语言符号转化为具体的形象，从而领会其深层的含义。在这个过程中，每个人的生活经验和文化背景都会影响的理解和想象，因此，同一段文本在不同的读者心中可能会呈现出不同的艺术形象。

2. 文本"召唤结构"

民间文学常常含有一种特殊的结构，即作者故意留下一些信息的空白或不确定性，引导读者进行想象和创造。例如，故事结局可能是开放式的，或者某个角色的命运可能没有明确的交代，这都给读者留下了想象的空间，使其可以根据自己的想法和感受，去填充这些空白，完成文本的再创造。这种"召唤结构"不仅提供了读者参与和创造的可能性，也使文学鉴赏变得更加生动和有趣。

3. 意义的蕴藉

民间文学的形象和情节通常包含了丰富而深刻的社会和文化意义。这些意义并不总是直接显现在文本表面，而需要读者通过深入的思考和解读才能领会。在这个过程中，读者需要运用自己的知识和经验，去探索作品的内在联系和深层含义。例如，一部描绘农村生活的民间故事，可能蕴含了对人性、社会和自然的深刻洞察。读者在鉴赏这部作品时，就需要运用自己的理解和想象力，去挖掘这些隐藏在故事背后的深层意义。

二、民间文学鉴赏的主体

文学鉴赏是读者对文学作品进行感受、体验、领悟、理解，从而获得由浅入深、情理结合的审美把握。真正的文学鉴赏，必须有一个能与作品发生审美关系的鉴赏主体。民间文学鉴赏的主体应当具备以下素养。

（一）知识素养

鉴赏主体需要具备丰富的文化知识才能理解文学语言。这里的知识积累主要包括生活经验的积累和艺术修养的积累。对于生活经验的积累，包括直接经验，即从个人的生活实践中积累的经验。例如，一个人的直接生活经验可以通过阅读文学作品激发出深刻的情感反应，从而更好地理解和感受作品中的艺术形象。

此外，生活经验的积累也包括间接经验，即通过学习、阅读等方式获得的知识。丰富的间接经验可以帮助读者开阔想象，更好地接受和同化新的信息。对于艺术修养的积累，只有通过大量阅读文学作品和涉猎各类艺术，成为一个在艺术上有修养的人，才能真正鉴赏文学和其他艺术。

（二）审美能力素养

鉴赏主体还需要具备艺术形态的审美能力，审美能力是一个复杂而全面的能力，需要通过各种方式来提高。这些方式包括：广泛接触和欣赏艺术作品，提升自己的感受力、想象力和理解力；深入研究各种艺术形式和文化，增加自己的知识储备；同时也需要有一种开放的心态，愿意从新的角度来理解和欣赏美。

审美感受力是最基础的能力，其是对美的第一反应。这种感受力不仅来自生活中的经验，而且需要对艺术有敏感的感知，如对音乐美、形象美以及语言艺术的感受。在提升审美感受力时，个体需要广泛接触和理解各种艺术形式，以加深对美的感知。

审美想象力在欣赏美的过程中起着重要作用。其是通过感知把握到的艺术形象或大脑中储存的现成图式，通过想象力将其改造、提炼，重新塑造出全新的意象。这就需要有丰富的内在图式储备，同时还要有丰富的情感基础，因为情感可以激发出新的想象。

审美理解力也是必不可少的。这种理解力需要基于丰富的知识，包括对自然和艺术的深入理解，对民族文化的深层理解，对各种艺术风格的理解等。只有深入理解了艺术作品，才能从中领悟到作者想要表达的深层次的意义。

审美心态是鉴赏主体对待审美对象的特殊方式，不同于科学探索的实用性和日常伦理的功利性。审美心态是对美的追求，这种追求并不是逃离生活，而是对人生的热爱，对理想的追求，对美的创造。在欣赏艺术作品时，需要保持适当的审美距离。过于接近可能导致个人无法保持主观性，而距离过远可能无法让个人被艺术作品所触动。这种"审美距离"可以帮助理解艺术作品和感受其魅力。

（三）创造性素养

虽然文学鉴赏者不会像艺术家那样创造新的作品，但是仍然以自己独特的方式在欣赏过程中进行创造。鉴赏主体的创造性主要体现在两方面：

对作品形象体系的创造性想象：鉴赏者不仅需要理解和领悟作家所创造的艺术形象，而且还需要利用自己的想象力和体验，把这些形象具体化为更完整、更丰富的意象世界。这一过程是基于鉴赏者自身的信息储备和主观条件的，因此，每个鉴赏者创造的艺术意象都具有其独特性。

对作品原有形象进行补充和加工：艺术家创造的艺术形象总是具体而又深刻的，同时作品的意义结构也是多向度、多层次的，留下许多空白之处。这为鉴赏者的再创造提供了可能性。鉴赏者可以深化原作中并不深刻的东西，体会到艺术家在创作时没有说出或甚至没有想到的东西。这种"形象大于思想"的问题实际上指的是，艺术家创造的艺术形象总是多面的、立体的，其的丰富度远超过艺术家主观上的把握。这里的"客观思想"，实际上是鉴赏者通过"再创造"和"再评价"产生的思想。

（四）个性特征

文学鉴赏不同于其他艺术活动，是一种极具个人化的行为。鉴赏活动的全过程也就必然渗透了主体的个性。

每个人的审美趣味都受其生活经验、教育背景、个人信念和情感状态等多重因素影响。比如，一个对历史有深厚了解的人可能会更偏爱历史题材的作品，而一个热衷现实主义的人可能会更喜欢描绘现实生活的作品。

个人爱好的差异使得文学作品被广泛的传播和解读，丰富了文学的生命力。

当读者在接触文学作品时，其会运用自己的生活经验、知识储备和想象力去理解作品中的人物和情节，这使得每个人对同一文学形象的解读都会有所不同。比如，不同读者对哈姆雷特的理解可能截然不同：一些人可能认为其是一个充满哲理的思考者，而其他人可能认为其是一个被命运捉弄的悲剧英雄。这种形象感知的差异为文学鉴赏带来了丰富多样的可能性。

读者对作品主题、情感、思想等核心内容的理解同样会受到其自身的影响。个体的观察角度、思考方式、情感状态等都可能影响其对作品内容的领悟。以《红楼梦》为例，不同的读者可能会从中领悟到不同的主题，如爱情、人生、社会等。

除此之外，读者的生理、心理特点和社会背景同样对鉴赏个性产生重要影响。人的气质类型，如多血质、黏液质、胆汁质等，可能会影响其对文学作品的接受方式和倾向。例如，一个生动活泼、情绪饱满的多血质人可能更喜欢生动、富有动力的作品；而一个安静、踏实的黏液质人可能更偏爱深沉、稳重的作品。

社会背景，包括个体的生活环境、所从事的事业、受教育程度等，也会对其鉴赏个性产生影响。例如，一个在都市生活的人可能会对描述都市生活的作品有更深的共鸣，而一个在农村长大的人可能会更喜欢描述乡村生活的作品。

三、民间文学鉴赏的客体

民间文学鉴赏的客体是指各种形式的民间文学作品。在欣赏民间文学作品时，重要的不仅是欣赏作品本身的艺术性和创新性，也要理解作品所反映的文化背景和社会环境，感受作品所表达的情感和价值，以及作者的生活经验和创作技巧。这样，民间文学鉴赏不仅是艺术欣赏，也是文化学习和交流的过程。

（一）民间文学鉴赏对象的价值

文学审美价值的实现过程，是主体和客体的相互作用过程。在这个过程中，文学作品的审美价值并不是被动地等待读者去接受，而是主动地吸引读者去接受。这种吸引力主要体现在作品的艺术魅力中，是由作品的形象、情感、意蕴等元素组成的。作品的艺术魅力对读者产生一种引导作用，使读者产生阅读欲望，启发其思考，唤起其共鸣，引导其走向审美的深度。

然而，民间文学作品的审美价值不仅仅依赖于作品本身的吸引力，还与读者的审美接受能力有关。读者的接受能力包括其的知识水平、文化素养、审美素质等，这些都决定了读者对作品的理解力和欣赏深度。只有当读者具备一定的接受能力，才能深入理解作品，赞赏作品，进而实现作品的审美价值。

此外，社会环境也是影响文学审美价值实现的重要因素。社会的风尚、习俗、审美观念等都会对读者的审美接受产生影响，进而影响到作品的审美价值的实现。因此，社会环境的变迁会使一些作品的审美价值得到强化，也可能使一些作品的审美价值降低。

民间文学鉴赏对象的审美价值只有通过读者的阅读实践，才能最后实现。因此，读者在阅读民间文学时，应当充分认识其审美价值。

（二）文学鉴赏客体的生成

文学鉴赏客体的生成是一个相当复杂的过程，涉及多个步骤和因素。以下是一些基本的步骤和因素：

1.文本结构和样式

文学作品的结构和样式包括其组织方式、叙述角度、语言风格等。这些元素不仅构成了作品的表面特征，而且通常隐藏了更深层次的含义。比如，一个复杂的叙事结构可能被用来反映人物的心理状态，或者一个特殊的语言风格可能被用来表达特定的主题或情感。这些结构和样式的特征是文学鉴赏中不可忽视的重要部分。

2.社会文化背景

一个作品的社会文化背景通常在很大程度上影响了作品的主题和角色。例如，在一个特定的历史时期或社会环境下，作品可能会反映出当时的社会问题或人们的共同感受。同时，作品也可能被用来对这些问题或感受进行评论或反思。这种社会文化的维度为文学鉴赏提供了丰富的分析材料。

3. 文学批评和解读

文学批评是文学鉴赏的重要组成部分。批评家们通过对作品的分析和解读，揭示了作品的深层次意义。其可能会分析作品的主题、人物、情节、语言等，探讨其与作品整体意义的关系。其的批评和解读不仅帮助理解作品，而且有时还会产生新的文学鉴赏客体。

4. 读者反应

不同的读者可能会对同一部作品有不同的理解和感受，这种差异性是由其的个人背景、知识、经验等所决定的。这种个体化的阅读过程在一定程度上构成了文学鉴赏的多元性。同时，读者的反应和讨论也可能对作品的解读产生影响，比如其可能提出新的解读方式或观点，从而丰富了文学鉴赏的深度和宽度。

四、民间文学鉴赏的过程

文学作品的存在并非仅仅为了自成一种协调的世界，而是为了观照和欣赏它的人而存在。文学鉴赏过程就是通过对文本的感受理解文本读懂文本的审美认识过程。具体来说，先从文本符号辨识开始，通过对文体的把握，对文本进行合理的审美阐释，领悟其意蕴，达到文学鉴赏的层次。

民间文学作为一种特殊的文学体裁，其鉴赏过程也需要遵循这一过程。

（一）辨识文本符号

在文学鉴赏过程中，符号辨识是第一步。符号是人类文明的基本特征，通过符号系统，人类可以用来交流思想和认识对象。艺术则是一种通过符号来把握自然和生活的直观形式。符号分为论述性符号和显示性符号。艺术符号属于显示性符号，其作为艺术体验的对象存在，并赋予表象符号广泛的象征意义。

文学符号是用语言这个最基本、最重要的文化符号创造的。文学符号既具有具体的、感性的特征，又具有抽象的、开放的特征，可以根据读者的经验进行填充和具体化。文学符号的意义和价值功能是作家与读者共同参与创造的双向动态建构实现的。艺术作品一旦产生，就成为符号的存在，而文学作品以语言为媒介，语言被文字记录，所以文学作品的符号性更为突出。

在文学鉴赏中，符号辨识面临着许多阻碍。文学符号首先作为语言符号存在，因此在感受这种符号时，需要注意其艺术涵义的达成过程。语言中的词语担负着声音状态、抽象意义、呈现形象和引发情感反映等不同功能。在不同的语言类别中，语言的功能侧重和运用效果也不同。文学语言重视语词的表象和表情功能，并将其与表音和表意功能充分结合起来。

因此，在文学鉴赏过程中，通过对文学符号的辨识，可以理解文学作品所表达的艺术信息，领悟其意蕴，并逐步达到文学鉴赏的层次。

解读文学文本和辨识文学符号的过程需要了解语言的四种基本功能，以及这些功能最终在整体表现上的作用。具体来说，包括语音辨识、语义辨识、形象辨识和情感辨识四个方面。

1. 语音辨识

语言作为声音的表达方式，通过声音的形式和特点来传递信息。在文学作品中，通过对语音的辨识，可以理解并感受到作者在声音方面的表达意图，例如韵律、音调、节奏等。

2. 语义辨识

语言具有表达抽象意义和概念的功能，通过词语和句子的意义来传递信息。在文学作品中，通过对语义的辨识，可以理解作者所使用的词语和句子的含义，把握作品的主题、情节、角色等要素。

3. 形象辨识

语言具有唤起联想、呈现形象的功能，通过词语和句子的描写来创造生动的形象。在文学作品中，通过对形象的辨识，可以感知到作者对事物形象的塑造和描绘，进而构建起作品的视觉、听觉、嗅觉、味觉等感官形象。

4. 情感辨识

语言具有引发情感共鸣的功能，通过词语和句子的表达来激发读者的情感共鸣。在文学作品中，通过对情感的辨识，可以感受到作者所表达的情感态度、情感氛围，从而与作品中的情感内容产生共鸣。

以上四种辨识过程是相互关联的，相互作用的，通过整体表现性的呈现，使读者能够深入体验文学作品的内在世界。

（二）文体把握

文体是文本解读的重要一环，不同文体的语言方式、结构方式、形象类型和表现手段不同，文本解读的方式也不相同（见表4-1）。

表4-1　民间文学的文体特征一览表

体裁	文本解读
民间神话	民间神话通常描绘了一种超自然的世界，其中包含了神、神灵、英雄和魔鬼等角色。反映了古代人们对宇宙起源、自然现象、社会制度、生死观等深层次的理解，同时也体现了古代人的心理需求和精神追求。民间神话的语言常常充满了象征和寓意，是人类早期对世界的诠释和想象的体现。
民间传说	民间传说一般基于某种历史事件，但往往融入了许多神秘的、超自然的元素，使其具有一定的神话色彩。有助于地域建立共享的历史和记忆，强化社群的凝聚力。内容可以涵盖从英雄事迹到怪物传说的各种主题，这些传说在传播过程中不断演变，反映了人们对于美、善、恶的价值判断以及对于自然和社会的理解。
民间故事	民间故事可以涵盖广泛的主题，包括爱情、冒险、人与自然的关系等。其通过生动有趣的情节和鲜明的人物描绘，传达了人们对生活、道德、公正等方面的认知和期望。这些故事常常以寓言的形式，传达一种道德或教育信息，其的语言形象生动，结构紧凑，具有很高的艺术性和启示性。
民间歌谣	民间歌谣是口头传播的一种韵文形式，其语言简洁明快，节奏鲜明，情感丰富，表达了人民的喜怒哀乐和生活体验。其以歌唱的形式传递，是人民情感表达和生活经验传播的重要媒介。同时，因其深受地域和民族文化的影响，歌谣中也包含了丰富的地方文化元素和民族特色。
民间叙事诗	民间叙事诗是一种长篇的故事性诗歌，其以口语化、形象化的语言，描绘出壮丽的场景和强烈的情感，讲述一段历史或者某个英雄的故事。这些诗歌通常极富戏剧性和叙事性，具有强烈的情感感染力和鲜明的民族色彩，同时也包含了人们的价值观念、历史记忆和文化传统。
民间谚语和谜语	民间谚语是传统智慧的精华，其简洁、明快，凝练地表达了人们对生活的理解和经验。谜语则是一种游戏性的语言，其巧妙地设问和暗示，激发人们的思考，增添了生活的乐趣。这两者都反映了人们对世界的观察和理解，以及对语言的独特运用。

续　表

体裁	文本解读
民间说唱	民间说唱艺术包括评书、相声、快板等多种形式，以口头的方式讲述故事或者表达观点。这种艺术形式语言生动，节奏明快，表演富有激情，是人民群众喜闻乐见的一种娱乐形式。在具有娱乐性的同时，民间说唱艺术还融入了丰富的历史知识和人文情怀，是民间智慧和才情的充分展示。
民间戏曲	民间戏曲是一种复合型艺术，融合了歌唱、念诗、做戏和舞蹈等多种表演形式。在表现形式上，其既有强烈的地域性，又有鲜明的民族性；在内容上，既有丰富的历史文化信息，又有人民对生活的真实反映。无论是豪放的腔调，还是细腻的衰情，都是人民生活情感的真实写照，充分体现了民间艺术的生命力和魅力。
民间碑文	民间碑文通常记载了历史事件、社会风貌、人物事迹等，是了解历史和文化的重要资源。这些碑文的语言庄重、简洁，富有诗意；文字雕刻艺术也体现了民间艺术的特色。通过民间碑文，不仅可以了解到过去的历史和文化，也可以感受到民间艺术的魅力。

（三）审美阐释

在民间文学鉴赏中，还应当注重民间文学的审美阐释。民间文学作为一种重要的文化遗产，其独特的审美价值一直被赞扬和研究。民间文学的审美价值体现在其民族性、创造性、想象力、情感性、生活性和艺术性等多个方面。

1. 民族性

民间文学深深植根于特定的民族和文化环境中，其反映了这些环境的历史、习俗、信仰和价值观。通过欣赏民间文学，可以了解并欣赏各种各样的文化和生活方式。

2. 创造性

民间文学通常以口头或非正式的书面形式传播，这使得作品在传播过程中可以不断地创新和改变。这种创造性表现在故事情节的变化、人物形象的丰富、语言风格的创新等方面。

3. 想象力

民间文学充满了惊奇和神秘，利用寓言、象征、隐喻等手法，创造了充满想象力的世界。无论是超自然的神话故事，还是富有哲理的谚语，都体现了人类的想象力和创造力。

4. 情感性

民间文学强烈地体现了人们的情感。无论是歌谣中对生活的赞美，还是故事中对英雄的敬仰，都反映了人们的喜怒哀乐。这种情感性使得民间文学更加富有感染力和吸引力。

5. 生活性

民间文学深深扎根于人们的日常生活，描绘了人们的工作、生活、娱乐、节日等各个方面。通过欣赏民间文学，可以更好地理解和欣赏日常生活的美。

6. 艺术性

民间文学有着独特的艺术魅力。利用语言的韵律、节奏、声音等元素，创造出美丽的诗歌和歌谣。通过演唱、讲述、表演等方式，民间文学能够引起人们的共鸣和感动。

民间文学审美阐释提供了深入理解和欣赏各种文化传统的方式，从而有助于更好地把握和传承这些传统。同时，通过对民间文学的审美阐释，可以发掘和激发创新思维，因为民间文学富含深厚的创造性和想象力。此外，民间文学的审美阐释还有助于建立对人类生活、情感和价值观更深入的理解，从而促进跨文化的沟通和理解。

第二节　民间文学多视角鉴赏

民间文学是我国传统文学的源头，伴随着历史的发展而广为流传，同时也有着历史的深度和广阔的社会覆盖面。民间文学具有文学和科学等功能，民间文学的鉴赏也应当从多角度着手。本节主要对此进行详细分析。

一、民间文学的文学鉴赏视角

民间文学的鉴赏应当兼顾文学性和科学性，但也需要强调其首要的是文学性。在此从民间文学的语言艺术和独特的审美意识两个方面进行分析。

（一）民间文学的语言艺术

作为一种重要的人类文化遗产，民间文学以其独特的语言艺术赢得了人们的喜爱和尊重。从传统的口头故事、谚语、谜语、歌谣到神话，民间文学所使用的语言都能够以其丰富的表达力和生动的想象力引人入胜，使人们能够深入地理解并感受到生活的真谛和人性的复杂。

民间文学的语言艺术具有以下特点。

1. 生动和形象

民间文学的语言以其生动和形象的特性而著名。这种生动形象的表达方式使得复杂的情感和深奥的思想变得容易理解。比如，在许多民间故事和神话中，人们可以看到三富的形象和生动的描绘，这些生动的描绘使得故事和神话的内容更容易被人们记住和传播。

2. 富有韵律

民间文学的语言往往富有韵律。歌谣、谜语和神话等都具有特定的语言节奏和韵律模式，这些模式往往易于记忆和传唱，增强了作品的艺术魅力。例如，民间歌谣中的重复句型和韵脚，不仅使得歌谣更易于传唱，同时也增加了歌谣的感染力。

3. 鲜明的地域色彩和历史痕迹

民间文学的语言也具有鲜明的地域色彩和历史痕迹。由于民间文学深深地扎根于一个民族或一个地区的生活习俗、价值观和世界观中，所以其的语言往往充满了这个民族或地区的特色。例如，不同地区的方言、习语、俚语和词汇都被广泛地使用在民间文学中，这些元素使得民间文学更加丰富多彩，并能更好地反映人民的生活和思想。

4. 丰富的修辞手法

民间文学的语言中充满了丰富的修辞手法，如比喻、象征、夸张、倒装等。这些修辞手法使得语言表达更加生动形象，更富有感染力。比如，比喻是民间文学中最常见的修辞手法之一，其通过对比不同的事物或现象，富有想象地表达了作者的观点和情感。

5. 强烈的感染力

由于民间文学的语言生动、形象、富有韵律，且充满地域色彩和历史痕迹，所以具有很强的感染力。无论是讲述神话传说，还是吟唱民间歌谣，民间文学的语言都能深深打动人们的心灵，使人们产生共鸣。

以清代的河南劝学碑为例。

河南自古以来就是书院的兴盛之地，进入清代后，由于清政府重视科举制度，书院建设日益昌盛。除了修复已有的书院之外，还建设了许多新书院。其中，三山书院就是在乾隆年间新建的书院。书院建成后，立碑记事，撰写了劝学碑《三山书院记》。

从文学视角来看，这篇碑文具有极强的文学鉴赏意义。

三山书院记 ①

许勉炖

氾有书院旧矣，东曰振雅，西即系以古郡曰成皋。距城相望，不三里而有二，诸生诵读声相闻。盖博习亲师有资，敬业乐羣有地矣。古之学者，家有塾，党有庠，术有序，无之而非学也。今自成均、辟雍而外，行省郡邑莫不立文庙以奉师表，即往往建书院以育英才。而宅中都会之处，风教尤殊，则地灵所钟，人文所集，理有固然。夫域异小大，学无小大，邑之有治，是亦邑之中与其都会也。弦歌鸣和于东西，而圜圚杂哌介厥中，不为诸生谋修息之所于泮林之侧，大惧彼都曷咏城阙成谣。士之游于邑者，于何观德问业？是则学之不光，抑亦教之有阙。

余来是邦，怀此久矣，顾力未遑举。国子生何子宪古慨起任之，度地营舍，割己产百亩助膏火，而余乃得增构椽宇，拨置河滩地八顷有奇，以廓成之。既成，名之曰三山。三山者，案也，印也，卧龙也。缘墣而鼎峙，治胜槩在是。斯气精爽萃，是将使迎其气以发蔚然之秀，而且系

---

① 王兴亚：《清代河南碑刻资料5》，商务印书馆，2016，第178-179页。

名维近，用别于东与西也。于是，延山长主讲席，选邑士之俊，俾就学焉。时乾隆壬戌之六月也。既与立课程，公余则造而考其业，诸生彬彬咸谒。爰进而诏之S：贤亦知学之所以为学乎？宣圣开宗明义，首揭学而时习为训。夫取今日所未知未能者而学之，此学之始也。取前日所已知已能者而习之，此学之缉也。又取平日所习知习能者，而时时寻绎之，此学之无间斯无穷尽也。不熟不已，即熟而犹不已。自古神圣贤人以及通儒名彦，下至百工众技，未有不时习而能底于成者。故温故知新，可以为师。知新即寓温故中，则所学在我，其应不穷。温故者，时习之谓也。子夏云"日知其所亡，月无忘其所能。"学以日记，习以月计。西河之教，疑于夫子所自来矣。且夫学非一端而已也。师氏以三德三行教国子，司徒以六德六行六艺寓兴之，子以四教文行忠信教弟子，则以余力学文。教颜子则先博我以文。文者，《诗》、《书》六艺，为学者入手工夫。古人八岁入小学，教之以礼、乐、射、御、书、数，乐正之造士也。春秋教以《礼》、《乐》，冬夏教以《诗》、《书》，而子所雅言，亦惟《诗》、《书》执礼，其徒身通六艺者七十有二人。《经解》曰："入其国，其教可知，温柔敦厚，《诗》教也。疏通知远，《书》教也。广博易良，《乐》教也。絜静精微，《易》教也。恭俭庄敬，《礼》教也。属辞比事，《春秋》教也。"由此观之，教者之所以为教，学者之所以为学，何一不本于六经，而后进之于六德六行者哉。善乎！柳河东之论文曰："本之《书》以求其质，本之《诗》以求其恒，本之《礼》以求其宜，本之《春秋》以求其断，本之《易》以求其动，此吾所以取道之原也。参之谷梁氏以厉其气，参之孟、荀以畅其支，参之庄、老以肆其端，参之《国语》以博其趣，参之《离骚》以致其幽，参之太史以着其洁，此吾所以旁推交通而以为之文也。"韩昌黎《进学解》曰："先生口不绝吟于六艺之文，手不停披于百家之编。"皆言学者取材之富与用力之勤也。昌黎又曰："作为文章，其书满家，上窥姚姒，浑浑无涯。周《诰》殷《盘》，诘屈鳌牙；《春秋》谨严，《左氏》浮夸；《易》奇而法，《诗》正而葩，下逮《庄》、《骚》，太史所录。子云、相如，同工异曲。"此言学者逢源之效而自得之乐也。《诗》不云乎"惟其有之，是以似之"，盖学以经为主，而辅之以秦、汉诸子，暨唐、宋八家，关、闽、濂、洛五子之文，兼综遍览，以广求其见闻而会通其义，蕴及其有得发而为文，汩汩然来，而且浩乎沛然。然则为学之方，非博无由返约，非多学而识，无由语以一贯也。夫穷经岂徒通经而已哉。经明者行修，而人为完人，经术经世务，而用皆实用。泽之躬而措之国家天下，胥是物也。今之学者，抱残守阙，其病首在空疏，朝诵夕忘，其病更在苟且。欲救苟且之病，则以温故知新之说进，欲救空疏之病，则以研经学古之说进。此非余一人之私言也，先圣昔贤所以垂教立训，莫不由是也。既以语诸生，复录而勒之，且述所以设是院之意，以告后之学者。

乾隆八年岁次癸亥闰四月立。

（文见乾隆《汜水县志》卷十九《艺文志》）

从语言艺术上来看，这篇碑文的语言风格古朴雅丽，具有较强的语言魅力。同时，还引用了大量典故，使用比喻、排比、设问、反问等修辞手法，旨在深化主题，强化表达效果。这种修辞技巧的运用，增加了碑文的艺术性和感染力。

从情感上来看，这篇碑文通过对古代学者的追忆和崇敬，和碑文撰写作者所处的时代的学风相对比，说明了碑文撰写者的教育理念，鼓励书院的学生学习古代学者的治学态度。从情感上来看，这篇碑文的撰写者主要是用来劝诫学习，但在文字间，也能感受到作者对知识的热爱、对学习的执着和对未来的憧憬。这些情感的寄托，使得劝学碑文不仅仅是一种教育工具，也是一种文学作品。

值得注意的是，劝学碑的产生有其一定的时代因素，因此，在鉴赏劝学碑文时，历史背景是一个重要的角度。通过碑文，读者能了解到某一特定历史时期的教育理念，社会风尚，甚至可以窥探到那个时代的社会状况，反映出历史的真实面貌。

由此可见，从文学鉴赏的视角看，劝学碑文是一种具有深厚文化底蕴和艺术价值的文学形式，值得去品读和欣赏。

（二）民间文学独特的审美意识

民间文学的审美意识，是一种深深扎根于人民群众生活中的审美意识。

其以自然和人生为主题，强调生活的真实、感情的热烈和道德的正义，提倡乐观、坚韧和勇敢的精神态度。这种审美意识，不仅体现了民间文学的人文关怀和社会责任感，也体现了民间文学的深入人民性。

1. 对自然和人生的热爱

民间文学常常以自然和人生为主题，其中包含着对生活和自然的深深热爱。这种热爱不仅体现在对大自然的赞美上，同时也体现在对生活中琐碎小事的描绘上。在许多民间故事、歌谣中，人们可以看到作者对田园生活的热爱，对季节更替的感叹，对山水美景的赞美。这种对自然和人生的热爱，赋予了民间文学强烈的生命力和感染力。

2. 对生活的美化

民间文学的审美意识中，一种明显的特点就是对生活的美化。这种美化并非对现实生活的无视，而是一种对生活的深度理解和积极态度。民间文学中的人物，不论面临怎样的困难，都会保持乐观、坚韧和勇敢的精神态度，这就是对生活的美化。这种美化生活的审美意识，体现了民间文学作品对乐观主义和人生观的推崇，这也正是民间文学的魅力所在。

3. 对道德的强调

在民间文学的审美意识中，道德的正义是一个不可或缺的元素。无论是民间故事，还是民间歌谣，道德都是被强调的主题。善良、诚实、勇敢、爱国，这些都是民间文学作品中常常出现的道德元素。通过赞美这些美好品质，民间文学作品表达了人民对道德的追求和向往，同时也潜移默化地影响着人们的道德观。

4. 对社会的期望

民间文学的审美意识，还体现在对社会的期望上。许多民间文学作品都揭示了作者对社会公正、和谐、繁荣的期望。这种期望，既体现在对社会现状的批判上，也体现在对未来社会的设想上。例如，许多民间故事中，正义总会战胜邪恶，善良总会得到回报，这就是对社会公正的期望。

5. 人文关怀和社会责任感

民间文学的审美意识，还表现在对人性的理解和对社会责任的承担上。

在许多民间文学作品中，作者通过对人物的描绘，展现了对人性的深刻理解。同时，民间文学作品也深深地承载着作者对社会的关怀和责任感。

以河南劝学碑为例：

劝学碑文通常刻在石碑上，展示了精美的篆刻艺术和书法艺术。这种艺术美，既体现在整体的布局和设计上，又体现在细部的雕刻和描绘上。其艺术形式本身就具有极高的审美价值。

二、民间文学的科学鉴赏视角

民间文学既有文学性，又有科学性，在对民间文学进行鉴赏和研究时，就要阐明其的文学成就，也要论述其科学价值。

1. 历史价值

从历史的角度来看，民间文学是人类历史的生动见证，是民族历史文化的重要载体。民间故事、神话、传说、歌谣、谚语等，这些民间文学作品，都反映了一个民族的历史变迁，社会风貌和民众生活。其如实地记录了历史事件，揭示了历史真相，反映了历史风貌。因此，民间文学对于了解历史，研究历史，具有重要的参考价值。其中的英雄史诗、历史传说、生活故事、仪式等，尤其具有深厚的历史研究价值。

以河南劝学碑为例。

劝学碑作为历史的见证，它记录了历史时期的教育情况、社会风气以及知识的价值取向等信息，这对于历史研究者来说，具有极高的研究价值。通过研究劝学碑，可以揭示历史时期教育的变迁，及其与社会政治、经济、文化的关系。通过统计河南劝学碑的数量，可以揭示河南在历史不同时期对书院以及教育的重视程度。

2. 社会价值

从社会的角度来看，民间文学是反映社会现象、社会关系、社会矛盾的重要载体。民间文学作品揭示了社会的风俗习惯，民众的生活态度，群体的思维方式，从而让深入了解一个民族的社会生活和社会心理。因此，民间文学对于社会学研究，有着极其重要的参考价值。

以河南劝学碑为例。

劝学碑是社会文化现象的一种反映，通过研究劝学碑，可以探讨古代社会的教育观念、价值观，乃至对于学习、成功的看法，这对于社会学的研究具有一定的参考价值。一般而言，每个劝学碑中均包含着碑文撰写者关于教育或学习的思想，反映了时人的教育观和价值观，是社会学研究的有力保障。

3. 文化价值

从文化的角度来看，民间文学是民族文化的宝贵遗产，是文化传承的重要渠道。民间文学作品蕴含着丰富的文化元素和文化内涵，其反映了民族的文化特色，文化精神，文化理念。通过研究民间文学，可以了解到一个民族的文化精髓，文化传统，文化观念。因此，民间文学对于文化研究，有着极其重要的参考价值。

以河南劝学碑为例。

河南劝学碑是一种综合性艺术，是文学、书法与篆刻的结合，这使得河南劝学碑不仅具有较高的文学价值，还具有较高的书法价值和篆刻价值，可以反映出民间篆刻的文化内涵，深入地了解和掌握古代的艺术创作方法和审美趣味。

三、民间文学的文学和科学相结合的鉴赏视角

民间文学既是艺术的创作，也是科学的记录。其既通过艺术的手法描绘生活，也通过科学的方式揭示生活。民间文学的文学性与科学性的结合使得其在欣赏性与实用性之间达到了一种有机的平衡。其一方面，其以其深厚的艺术魅力吸引了广大的读者，为读者提供了丰富的审美体验。另一方面，其又以其详实的历史和文化记录，为研究者提供了研究历史和文化的重要材料。

因此，在对民间文学进行鉴赏时，应当从文学与科学相结合的视角来鉴赏民间文学，不仅能帮助欣赏到其艺术的魅力，也能让读者认识到其科学的价值。

第三节 民间文学的多元化研究

民间文学研究开始于 20 世纪初期，中华人民共和国成立后，民间文学的研究更加多元化。本节主要对此进行详细分析。

一、民间文学的民俗学视角研究

民间文学和民俗学有着密切的关联。民间文学是一个民族、一个地域的生活方式、价值观念、风俗习惯、信仰传说等的具体表现，这些都是民俗学研究的重要内容。因此，从民俗学的角度来看，民间文学是对一个民族、一个地区的深入理解和全面描述的重要手段。

（一）民间文学与民俗学研究的关系

民间文学和民俗学是紧密相连的两个领域，两者之间存在不可或缺的影响。

1. 民间文学是民俗文化的载体

民间文学是民俗文化的载体和表现。其包含了丰富的民俗元素，如神话传说、民间故事、谚语、民歌、民舞等。这些元素融入了各种民族、地区、社会阶层的特色，体现了多元的民俗文化。

比如，民间故事中的情节、人物、地点、事件等，都可以深度反映出特定历史时期、特定社会环境下的民俗风貌，使了解到历史变迁中民族的生活状态和思想观念。

2. 民间文学是民俗研究的重要资源

民间文学是民俗研究的重要资源。许多民间故事、神话、传说、歌谣等，都是对过去民俗生活的记录和反映，为理解和研究过去的社会生活提供了宝贵的研究资料。

例如，民间故事里的风俗习惯、生活习性、社会规则、信仰观念等，都是反映当时社会文化环境的重要信息。这些信息是历史文献所无法提供的，对于理解和研究历史文化具有重要的价值。

3.民间文学和民俗学的交互作用

民间文学和民俗学的影响不是单向的，而是双向的。民间文学作为民俗文化的重要载体，为民俗学提供了研究的素材。反过来，民俗学的研究成果，也可以丰富和深化对民间文学的理解和解读。

（二）从民俗学视角研究民间文学

从民俗学的视角研究民间文学，意味着将民间文学作品视为揭示特定地域或群体的生活方式、传统、价值观念和信仰的窗口。这种视角要求读者或民间文学的研究者，关注和理解这些作品如何反映和塑造了特定文化环境中的社会和心理现象。

1.习俗和传统

民间文学中常常描绘和纪念各种习俗和传统。例如，一些民间故事可能以地域的节日庆祝活动为背景，一些民间歌谣可能描绘地域的婚礼习俗。从这些描述中，可以了解这些习俗和传统在地域中的起源、意义、演变以及其如何塑造地域的文化认同和价值观。研究习俗和传统还可以揭示地域的动态性，如习俗和传统如何随着时间的推移而改变，以及这种改变如何反映地域的历史变迁和文化变迁。

2.社会结构和角色

民间文学作品通常反映了其创作和传播的社会环境中的特定社会结构和角色。例如，这些作品可能描绘各种社会角色，如农民、工人、商人、统治者、牧师、战士等。这些角色的描绘可能揭示了这些社会角色在地域中的地位和价值，以及地域的社会结构和权力关系。通过对这些作品的分析，可以了解地域的社会动态，如性别角色、阶级结构、权力关系等。

3.信仰和世界观

许多民间文学作品描绘了超自然的力量和神秘的现象，这可能揭示了地域的信仰和世界观。通过研究这些元素，可以了解地域成员的精神生活和宗教信仰。例如，一些神话故事可能解释了地域的宇宙观和生命观，一些歌谣和谚语可能揭示了地域成员对善恶、爱情、友情、家庭、社会和自然的观念和态度。

4. 历史和变迁

民间文学作品也可以作为历史记录，描绘了特定时期的生活方式、社会事件和人物。这些作品可以作为第一手的历史资料，为提供了对过去地域生活的直接和间接的了解。通过研究这些作品，可以了解地域的历史变迁和文化变迁，如地域如何应对自然灾害、战争、疾病、贫困和不公等挑战，地域的文化、习俗、信仰和价值观念如何随着时间的推移而改变。

5. 文化差异和共享

民间文学作品反映了地域的文化特征和价值观念，可以用来比较不同地域或文化的民间文学。这种比较研究可以揭示人类文化的多样性，也可以揭示的共享价值观和经验。例如，通过比较不同地域的民间故事，可以发现不同地域在处理人生问题、人际关系、社会冲突等方面的相似之处和不同之处，这可以帮助理解和尊重文化差异，也可以增进不同地域间的文化交流和互相理解。

以清代河南劝学碑为例。

在我国古代，设立碑文是一种常见的民间行为。而劝学碑通常与书院、贡院或地方学官的修建、修葺存在密切联系。对劝学碑进行分析，可以了解古代的教育民俗。

劝学碑与其他碑文相比，一般是当地的官员或士绅筹集资金或捐赠资金设立，旨在推广教育，同时也显出出自己的社会地位和威望。这种捐赠行为不仅提供了教育资源，也体现了社会公益和社会责任的意识，这在当时的社会中有着重要的社会意义。劝学碑的阳面一般刻有碑文的名称以及正式的碑文，阴面则刻有捐资者的姓名以及捐献的银钱。对劝学碑的阴面碑文的研究和分析，可以反映特定时代特定地域建设或修葺书院的总费用，以及特定时间和地域教育支持者的身份。

详设立义学筹备经费酌议章程碑 ①

伏思义学一事，当须行之久远，方足以推广鸿仁，倘经始未能妥善，必致或兴或辍，于事仍属无济，况事关阖邑，尤当鹊察舆情，设法

---

① 王兴亚：《清代河南碑刻资料5》，商务印书馆，2016，第314-315页。

筹办，遵即出示晓谕，并会同儒学，即在县属二十保中，选择每保一、二明白绅士，向渠恺切劝谕，当令即为首事，实力劝捐，共襄义举，并给与宪札公同阅看，该绅士等，无不感激欢忻，乐从将事。卑职一面着捐廉钱五百千文，存诸公所，先在二十保中，设学二十一处，招募贫民子弟二百七十一名，即在本年正月中旬，一律延师开馆，此项修脯，即在卑职所捐廉钱内指定二百六十千，以为今岁一年之用，俾四乡士民咸知义学已设，有所信从，当将各义学塾师、学徒，姓名、人数，及设学处所先后禀呈宪台，察核在案。兹据各该绅士等公同妥议，或将新垦水田认佃分稞，或将寺庙余产酌捞征租，或将公树变价，以资利用。或劝裕民捐助，以获子金。筹备情形不一，经费多寡有殊，卑职细察情形，该绅士等均各好善急公，并无抑勒勉强，纷纷呈报前来。卑职查捐拨地亩，若不查丈弓尺，埋立界石，过割户粮，窃恐日久侵渔浸假，仍归废弃，当即饬差，带同地记，会同首事、地邻人等，指定地段，逐一勘丈，并将粮银，过入某保义学户下，完纳注册存业，现在先议设立义学共计二十处，并捐拨学地五顷九十六亩零，捐存经费钞一千四百六十二千文，核计每年应收租息钱四百二十千文，足敷各义学经费之用。惟是此项地租利息，任听该首事自行经理，官不为之稽查，难保无日后滋弊，自应饬令首事等，于年终新正交替之时，将各学地亩及应存生息钱文，具结呈县，以凭察核。如有亏短，立时追缴，并请仿照卑县桧阳书院章程，将各学地亩并应存钱文，列入交代，逐任移交，并于年终开具清册造报。宪辕查核，如此层层稽查，庶可收恒久不易之效。抑卑职更有请者，义学之设，固以筹备经费为先务，而各塾师之能否认真，实为该学兴废之所由系。查各乡塾师原为教授童蒙而设，无论贡、监、生童，都可延请，第须逐日到馆，功课繇窆，方为有裨学徒。若一暴十寒，任意作辍，不特虚靡馆谷，有愧素餐，即从学之人，反致游荡无归，有名无实。从此，人皆视为具文，不久即无人入塾，义学之废，大率由此。今请立为规条，每至初冬十月间，由县饬令该处乡耆、地保，协同首事，将附近贫民子弟，按照家资厚薄，分为等差，先尽无地无力贫民子弟，次尽有地无力之家子弟，普遍查明，并单禀报，先行存案。一面饬令该首事，乡地人等，秉公举报人品端方，勤于课读之人，定为塾师。并即会同各贫民子弟之父兄或伯叔等，联名具禀到县，查循得实，再行发帖关订。倘该塾师，果能认真教读，具有成效，即数年亦可蝉联；倘竟任意旷功，并不专心课诵，即终岁间，亦许更换，要皆以贫民子弟之父兄伯叔为断。如此明定章程，该学徒之父兄伯叔，断无不以其子弟从师得人为愿，各自为谋，交相觉察。一切首事之循情，乡地之畏势，并官为察访之未能得实，似均可无虞疏漏。设学已定，仍由卑职会同儒学，随时分赴稽查。倘该塾师训迪有方，学徒功课纯熟，自当分别奖赏，以示鼓励。务俾经赞皆归实用，塾师咸讼得人。从此，贫民子弟，胥得日就月将，明知礼义，不致流为匪僻，即于悟淫，仰沐教育，深仁不啻生生世世矣。再此外各保，倘有应设义学，劝捐已有成数，因经费尚未充足，未便遽行议详，容俟续办完竣，另行详报外，兹先将已设各义学，捐拨地亩及生息钱文各数目，并设学处所一切章程，分晰妥议，造具清册，详请立案。

道光三年。

知密县事归安杨炳型。

（碑存新密市博物馆）

上述《详设立义学筹备经费酌议章程碑》是道光三年（1823年）由河南省知密县（现河南省新密县）知县县事杨炳型所撰写，其中详细说明了筹建义学所需要的费用，以及这些费用的来源，需要聘请的老师、招收的学生，以及学生的学费来源等。读者可以从民俗学的视角研究这篇碑文中包含的清代的义学习俗、义学创办的具体事宜，研究清代贫民子弟如何上学。

除此之外，劝学碑的背后往往不仅是书院的修建，还是一种社会文化价值观的传递。官员或士绅或普通百姓通过捐资帮助建设书院和劝学碑，把尊重知识、重视教育的价值观传递给了后人，这种价值观在一定程度上影响和塑造了社会的文化面貌。

从民俗学视角来看，捐资建设或修葺书院，或设立劝学碑是社会精英推广教育、弘扬学术的一种重要方式。这种行为在一定程度上反映了古代社会对于教育的重视程度，以及教育在社会中的地位。另外，通过分析捐赠者设立劝学碑的原因，读者还可以深入理解古代社会中对于教育的认知和期待。

除此之外，书院和劝学碑的捐赠行为参与者通常包括捐赠者、接受捐赠的学校或者社区以及被教育的人群。分析这三者之间的关系，可以帮助理解古代社会的结构和功能，以及不同社会成员之间的互动关系。

二、民间文学的人类学视角研究

人类学是一门研究人类社会与文化的学科，其尝试了解人类行为的多样性和一致性。从人类学的角度来看，民间文学是一种文化现象，是一个地域或文化集团的生活方式、价值观、信仰和传统的反映。在研究民间文学时，人类学提供了一种理解和解释人类文化表达方式的有力工具。

（一）反映生活方式和价值观

民间文学在塑造人们对生活方式和价值观的理解方面起着关键作用。作为一种文化表达方式，民间文学包括故事、传说、神话、歌谣、谚语等，是对地域生活方式、价值观、传统和信仰的集中反映。其不仅描述了人们的日常生活，还体现了其的世界观和人生观。

1. 民间文学反映了一个地域或民族的生活方式

民间文学通常具有较强的民族性和区域性，与该民族或区域人民的生产生活方式之间存在紧密联系。

对于依赖农业生活的地域来说，其民间故事可能会讲述耕种、收割的过程，以及与之相关的风俗习惯。这些故事将描绘出地域成员如何与大自然互动，如何依赖和尊重自然的力量。故事中的细节，如种子的播种、庄稼的成长，以及收获的喜悦，都将反映出这个地域对农业生活的独特理解。

2. 民间文学体现了地域或民族的价值观

民间文学是由社会大众所创造的，其中蕴含着民族或地域社会大众的价值观。

这些价值观可以是道德的，如对公平和正义的理解；也可以是社会的，如对地域角色和责任的认同。例如，一个民间故事讲述一个贫穷但诚实的人通过自己的努力和善良得到幸福生活的过程，这就反映了这个地域对诚实和努力的尊重。同时，故事中的角色，如英雄、恶人、贵族、平民等，其行为和命运也会反映出地域对各种社会角色的理解和期望。

在深入研究民间文学的过程中，不仅可以看到一个地域或民族的生活方式，还可以感受到其的价值观。这些价值观可能包括其对生活、对自我、对地域、对自然、对神灵的独特理解。通过这些故事，可以深入理解一个地域或民族的文化心理和文化身份。

（二）传承文化和历史

民间文学是文化和历史的重要载体，这对于人类学的研究具有重要意义。民间文学保存了地域的历史记忆，传承了地域的文化传统。许多民间故事都讲述了地域的重要历史事件、传统习俗和传统信仰。这些故事成为连接过去和现在，维系地域共同记忆和共同身份的纽带。

1. 地域的历史记忆

民间文学作为地域的重要传承方式，承载了地域的历史记忆。通过研究民间文学作品中的故事、传说和歌谣等元素，可以还原地域过去的历史事件、人物和生活场景。这些作品反映了地域的起源、迁徙、建立以及重要历史事件的发生，帮助人们了解地域的历史演变和形成过程。

2. 文化传统的传承

民间文学作为一种口头传统，传递了地域的文化传统。通过研究民间文学作品中的神话、传说、谚语和歌谣等，可以了解地域的价值观、信仰体系、道德规范和传统习俗。这些作品中的角色、情节和象征意义，都承载着地域的文化特征，帮助人们理解地域的文化传统和身份认同。

以河南劝学碑为例。

文昌祠惜字文 ①

王士俊

汴城桂香祠文昌阁，其原最古。余既为文志之于石，又敬念帝君垂谕世人惜字，而人多不能恪遵宝训也。因复为之推广曰：夫字之为用，犹人之有口腹而必资饮食，有身体而必资衣服也。饮食衣服之用久，知其甚切，于人而爱之重之，顾字独不知爱之重之乎？人有弃掷饮食，裂毁衣服，见者必咨嗟惊叹，而惜其后之不继也。顾见字纸之弃掷裂毁，独不知咨嗟惊叹，而委之已乎。且夫字纸之贵，人视之为布帛菽粟，天视之为奇珍异宝也。

故干出天苞，坤流地符，造字之初，天雨粟，鬼夜哭，龙潜藏，盖泄两间之秘奥，开天下之文明，浚人心之智巧，为功最普，为效最神。天固有所甚不得已而仁爱下民，又不惜罄以予之也。今世有甚。宝贵之物过于球琳琅玕、珍珠木难、瑟瑟诸品，我不自怯惜而举以予人，而人之爱之者弗加珍惜，视犹草芥，夷诸泥涂，如已冠之口髦祭毕之刍狗，我见之闻之，有不忿然恐悠□伤者乎。以人情揆天意，而知不惜字纸者，不免于天之怒且伤也。为天所怒且伤之人，偶免于雷霆之斧，牛鬼猛蛇之口，纯火纯铁纯石之地狱亦已幸矣；又安望富贵福泽，康宁寿考，世世子孙能读书，掇科第耶。是以帝君谆谆垂谕，盖仰体上天好生之心，俯揆愚民罹罪之苦，且曰罹罪之苦，如是反是而能敬惜焉。则所以受福于天者，亦属无量恒河沙数也。

余故就桂香祠偕藩臬监司诸君立一惜字会，现捐俸日购买废字，计百斤给纹银五钱，聚而焚之，送其灰烬于大河之中，先行廓清之策，再行持久之策，拨官田一顷，每年租银三十六两，交藩库转给僧人，专司收字之役。遴绅士二人董其事，月月焚送，岂以希福哉。揆之于理，亦应如是也。于戏，不能惜字，士大夫之罪较愚民岸更甚矣。士大夫置身青云，承前启后，获上安民建功树业，推□最下，笔耕□□以资俯仰，道皆由此。我日力日赖其养，而又狼藉芟毁之乎，且亦知其宝贵矣，而又视为草菅尘块乎，律以天诛之条，必曰尔固为识宝之波斯胡。凡球琳

---

① 　王兴亚：《清代河南碑刻资料2》，商务印书馆，2016，第257—258页。

琅开，珍珠木难，瑟瑟诸品，无弗精辨其良厅真赝，而况贵于是者，我以予汝，汝又利之，汝又弃之乎。律以加等，谅非深文也。若夫毗隶贱夫妇女孺孩，不知惜字，或借为糊窗壁，夹针线，作包裹种种，随手散掷，任足践踏等类，士大夫切须代为收拾，宁量为给资相易并详劝切戒，功德无量也。更有一种奸商黠贾，将废纸广收浸泡以水，俟其透入烂化，暴之烈日，加以锤炼，如释鞋纸底多藉为用，名曰还魂纸此真堪发指痛恨，为利几何，忍蹈大庆。司土君子，宜严察痛惩之。予耳闻目见此等顽恶，曾有各受雷霆之斧者。呜呼！天恐雷部不胜诛也，则牛鬼猛蛇之口，纯火纯镁纯石之地狱，其留而待焉，直旦暮间事耳，宁不惧哉。又有官署之中，两廊胥吏，率将废弃案卷，檄移告示文书等类，散弃满地，任其泡烂霉腐，更或滥为（热）火之焊塞向之块，昔人谓浪掷字纸□在衙署，斯言信不诬也。所恃官长谆谕切惩□□口乎。盖士大夫有督察劝化之责，律以天诛之，终必曰尔固为识宝之波斯胡。凡球琳琅开，珍珠木难，瑟瑟诸品，彼盲于目者未之知也，尔可不一为指点，任其颠越受庋耶。故人为无与于我遂尔视之夷，然吾恐天网恢恢，炼而不漏，未必竟从末减绝不连坐耳。

余因推广帝君宝训，以明今之所由立者如此。嗟乎，河图洛书，丹文绿字，庖羲画卦之坛，史皇造字之台，文字权舆，俱在汴洛，履斯土者宜何如爱护矜惜，数圣人神人临之在上，质之在旁也。虽然，岂独河南一省事耶！此会之所及者，仅区区省城偏隅耳。四国乐善之士，不以余言为河汉，尚共勉之。

雍正二年。

（文见乾隆《祥符县志》卷八《祠祀志·祠庙》）

这则《文昌祠惜字文》意在劝诫读书人敬惜字句，珍惜纸张，反映了中国古代文化传统中的一种良好美德。相传，中国文字是由上古黄帝的史官仓颉创造发明的，历代的帝王将相和平民百姓对文化都相当敬重，久而久之，古人认为应当对字纸，即写有文字的纸张表示尊敬和爱惜。属于另一种意义上的劝学文。

从人类学的研究视角来看，这篇碑文反映了我国古代独特的劝学、惜字传统，对于研究我国古代的文化现象，以及我国教育的发展具有极其重要的意义。

3. 地域共同记忆的维系

民间文学作为地域共同记忆的重要载体，通过口头传承的方式将过去的故事和经历传递给后代。这些作品中的故事和传说成为地域的集体记忆，帮助维系地域的凝聚力和身份认同。通过研究民间文学的传承和变异，可以揭示地域共同记忆的形成和变化过程，以及地域成员如何通过共同的故事来建构集体意识和认同。

4. 文化的继承和创新

民间文学不仅传承了地域的历史和文化传统，还展现了地域的创造力和想象力。通过研究民间文学作品中的变异和创新，可以了解地域在不同时期的文化变迁和社会变革中的应对方式。民间文学作品中的新故事、新形象和新主题，反映了地域对当代社会问题的思考和表达方式，展示了地域文化的继承和创新能力。

（三）象征和隐喻

在民间文学中，象征和隐喻是丰富而重要的元素。其通过使用具体的动物、植物、天体、自然现象等符号，赋予了作品更深层次的意义和丰富的象征性。人类学家通过对这些象征和隐喻进行详细分析，可以深入了解地域的世界观、生命观和价值观。

1. 象征的意义

在民间文学中，动物、植物、天体等常常被用作象征，代表着特定的道德品质、社会角色或生命阶段。例如，在许多文化中，狮子象征着勇气和王者之气，鸟儿象征着自由和灵性，大树象征着力量和智慧。这些象征物在民间文学中的使用，反映了地域对于这些象征物的特定理解和赋予的特定意义。

通过对象征物的研究，人类学家可以深入探讨地域的文化心理和价值观。这些象征物的选择和解读，反映了地域对于道德、社会角色和人生意义的理解。例如，当一个故事中的主人公被描绘成勇敢的狮子，其不仅仅代表着勇气，还代表着地域对于勇气和英雄品质的崇拜和认同。

2. 隐喻的意义

隐喻是民间文学中常用的修辞手法，通过隐含或间接的方式，将一个事物与另一个事物进行比较或联系。这种隐喻的运用，使得民间文学作品更具深度和多层次的意义。例如，蜜蜂常被用来比喻勤奋和努力，暗云常被用来隐喻不祥的预兆。

通过对隐喻的分析，人类学家可以揭示地域的文化符号系统和对事物的理解方式。隐喻的使用反映了地域对于现实世界的感知和诠释。其是地域对于自然、人类和社会现象进行抽象和象征性思考的结果。通过解析隐喻，可以更深入地了解地域的文化心理、思维方式和价值观。

（四）地域的内部动态

民间文学作为一种反映地域生活和文化的表达形式，确实能够揭示地域的内部动态，包括权力关系、社会冲突和社会变迁等方面。许多民间故事揭示了地域的社会等级、性别关系、亲属关系和经济关系。其也反映了地域对于变迁、冲突和危机的应对策略。通过分析这些故事，人类学家可以了解地域的社会结构、社会动态和社会适应性。

1. 社会结构和权力关系

许多民间故事中反映了地域的社会结构和权力关系。这些故事通常展现了社会等级、性别关系、亲属关系和经济关系等方面的情况。通过分析这些故事中的角色、互动和冲突，可以了解地域中权力的分配、社会角色的建构以及不同社会群体之间的关系。例如，一些故事中可能描绘了统治者与被统治者之间的斗争，男性与女性之间的权力关系，以及不同社会群体之间的互动。

2. 社会冲突和危机

民间文学中的故事常常涉及社会冲突和危机情境。这些故事可以反映地域中存在的冲突、竞争、矛盾和危机，以及人们面对这些情况时的行动和策略。通过分析这些故事中的冲突性事件和角色的行为选择，可以了解地域内部的紧张关系、价值冲突以及人们对社会冲突的理解和解决方式。

3. 社会变迁和适应性

民间文学中的故事还可以反映地域的社会变迁和适应性。地域随着时间的推移和环境的变化，不可避免地经历着社会变革。民间文学中的故事可以展现地域在面对变茛时的应对策略、价值观念的调整以及社会适应的方式。通过研究故事中的角色和情节，可以揭示地域对于社会变迁的反应和调整过程。

以河南劝学碑为例。

宣统元年（1909 年），河南陈留县的郭世栋撰写了《莘野学堂碑记》。此时，经历了两次鸦片战争、八国联军侵占北京等历史事件，我国的教育环境发生了重大变化。许多地方创建了西学，以林则徐和魏源为首的有识之士提出了"师夷长技以制夷"的观点。一时之间，新式学堂在全国各地建设，引发了学者和士人对我国教育的深入思考。《莘野学堂碑记》即体现了这一变化。

在《莘野学堂碑记》中，作者郭世栋指出"方今欧、亚逼处，需才孔亟，入学肄业者不必专效西学，即中国之制器尚象，兴神物于前民者，触类引申，因端以竟委，由粗以诣精，驯致其极，而泰西之声、光、化、电、矿、算、汾、重等学，亦无不会而通之矣。况西艺之专门名家者已娇矢也。诚由是道艺兼营，体用柜资，数年后，必有奇才异能，超出泰西诸国上者。人心何患不振，国运何患不昌！我俞公兴学育才之厚望，亦何患不慰。"这段话中表达了郭世栋对新式学堂寄予的希望。

莘野学堂碑记 [①]

郭世栋

莘野之有书院，相沿已久。今改为学堂者，因时势而变通也。国家承平，尚道德不尚技艺，观于董宣之忠，茅容之孝，江道之直，刘忠之贞，无非本书院陶镕代出，为陈留品望。吁已伟矣。所谓三纲繫命，道义为根也。乃陵夷至今，泰西列强，崛起海外，专以制造之精，为便民

---

① 王兴亚：《清代河南碑刻资料2》，商务印书馆，2016，第 342-343 页。

利国之计。自中西交涉，垄断独登，商战之胜，中夏几难于抗衡。故朝廷变法救时，诏天下郡县偏立学堂，俾志道者益复游艺，勿图空谈。据德依仁，动为世变所穷，特陈邑偏小，学堂建修，未易遽办。邑侯柏琛翁公不欲以筹款故，累及百姓，姑就书院半额之旧址，捐廉六百千，委栋监工经理其事，修缉坳星，三阅月而焕然一新。又添斋房七间，制器具一百余件，购书籍二百余卷。功程甫竣，即延名宿二员，取士二十名，应吉开讲，朝夕不倦。公于列始之后，又恐难持久，后于书院月课外，损车纪局应给署内之号草钱四百八十千，为学堂常年支销。更定堂中章程二十五节，条分缕析，斟酌尽善。公之嘉惠后学，可谓至矣。噫，书院者，今南刘公创其始，汉南赵公振其中，浙右俞公亦其中。三公协心，相时制宜，而俞公独难者，运数之为也。

方今欧、亚逼处，需才孔亟，入学肄业者不必专效西学，即中国之制器尚象，兴神物于前民者，触类引申，因端以竟委，由粗以诣精，驯致其极，而泰西之声、光、化、电、矿、算、汾、重等学，亦无不会而通之矣。况西艺之专门名家者已娇矢也。诚由是道艺兼营，体用相资，数年后，必有奇才异能，超出泰西诸国上者。人心何患不振，国运何患不昌！我俞公兴学育才之厚望，亦何患不慰。

爰为勒诸贞珉，为学者勉，且冀后之宰斯邑者，相引而勿替焉。是为记。

宣统元年。

（文见宣统《陈留县志》卷四十二《艺文志》）

（五）地域与外部世界的交互

民间文学作为地域与外部世界交互的重要表达形式，能够反映地域之间地域与自然环境的互动关系。通过人类学的视角来分析民间文学中蕴含的地域与外部世界的交互，可以深入了解地域与其他地域、自然环境的互动方式、关系和文化交流。这种分析有助于更全面地认识地域的环境适应性、地域间关系的建构和地域文化的塑造。其为提供了深入了解地域与外部世界的互动和适应过程的视角，并为社会学、人类学和环境研究等学科领域的研究提供了有价值的线索和见解。

1. 地域间的接触与交流

民间文学中的故事往往反映了不同地域之间的接触、交流和互动关系。通过分析这些故事，可以了解地域之间的相互影响和交往方式。故事中的角色、情节和对话揭示了地域之间的友好合作、互助支持或者竞争冲突等不同类型的关系。例如，一些民间故事可能描绘不同地域之间的联姻关系，以加强彼此之间的联系和合作。这种研究可以帮助了解地域间的互动模式、文化交流和社会互助网络的形成。

2. 与外部威胁的对抗

民间文学中的故事常常描绘了地域如何应对外部威胁和挑战。这些威胁可能来自其他地域、外来侵略者、自然灾害等。通过分析故事中的角色和情节，可以了解地域为了保护自身利益和生存而采取的策略和行动。故事中的英雄人物通常代表着地域的集体意志和抵抗精神，通过与外部威胁的对抗，展示了地域的团结和集体力量。这种研究可以帮助了解地域面临外部威胁时的应对方式、价值观念和集体行动。

3. 资源与知识的获取

民间文学中的故事也反映了地域如何从外部世界获取资源和知识。这些资源可能是物质资源，如水源、土地、野生动物等，也可能是知识和技能，如农耕技术、医疗知识等。故事中的角色和情节展示了地域为了满足自身需求而与外部世界交流、学习和交换的过程。通过分析这些故事，可以了解地域获取资源和知识的途径、传承方式和文化交流。这种研究可以帮助深入了解地域的生存策略、技术传承和文化交流的模式。

4. 自然环境的互动与适应

民间文学中的故事经常描述了地域与自然环境的互动与适应。这些故事可以展示地域如何利用自然资源、应对自然灾害、维护生态平衡等。通过分析这些故事中的角色、情节和象征意义，可以了解地域对自然环境的认知、价值观和环境适应性。这些故事反映了地域与自然环境的相互依存和互动关系，揭示了地域如何通过传统知识和智慧与自然环境和谐相处。这种研究可以帮助深入了解地域的生态意识、资源管理和环境保护的实践。

三、民间文学的文艺学视角研究

从文艺学的视角来研究民间文学具有重要的意义，可以帮助深入理解和欣赏民间文学作品的艺术魅力，揭示其文学价值和文化意义。

（一）民间文学的文艺学视角研究意义

1. 文学鉴赏与审美体验

通过文艺学的视角研究民间文学，能够进行深入的文学鉴赏，欣赏其独特的艺术形式、创作技巧和审美特点。这样的研究可以帮助更好地理解民间文学作品所传达的情感、意象和表达方式，从而提升的文学鉴赏能力，获得更丰富的审美体验。

2. 文学价值与创作成就

通过文艺学的视角研究民间文学，可以深入探讨其文学价值和创作成就。民间文学作品中蕴含着丰富的人文关怀、情感表达和思想意义，具有独特的审美风格和艺术形式。通过研究其文学价值，能够评估和认可民间文学作品在文学领域中的重要性和贡献，从而促进对民间文学的保护、传承和发展。

3. 文化传承与认同塑造

民间文学是地域和民族文化的重要组成部分，通过文艺学的视角研究民间文学可以帮助深入了解和传承文化遗产。民间文学作品中承载着丰富的历史记忆、传统习俗和价值观念，通过研究可以揭示地域的历史演变、文化认同和集体记忆。这种研究不仅有助于保护和传承民间文学作品，也有助于塑造和强化文化认同，促进地域的文化自信与凝聚力。

4. 跨学科研究与学术交流

从文艺学的视角研究民间文学需要跨越不同学科领域的研究方法和理论，如文学理论、艺术美学、社会人文学科等。这种跨学科研究有助于促进学术交流和合作，拓宽研究视野，丰富学科研究成果。通过与其他学科的交流与对话，可以将民间文学的研究与文学、文化、社会等领域的研究相结合，形成更全面、深入的研究成果。

（二）从文艺学视角研究民间文学

从文艺学视角研究民间文学需要采用合适的方法和注意事项。通过文本分析、比较研究、文化背景考察、口头传统观察、跨学科合作和保护研究对象的权益等方面，可以更好地探究民间文学作品的艺术特点、文学价值和文化意义。同时，也要注重研究的伦理合规性，尊重地域和研究对象的知情权和保护权。

1. 文本分析和比较研究

文艺学研究民间文学的常用方法之一是进行文本分析和比较研究。这包括对民间文学作品进行深入的文本解读，关注其叙事结构、形象描写、语言运用等方面。同时，也可以进行不同民间文学作品之间的比较研究，探究其之间的差异、共性和变异。通过这种分析和比较，可以揭示民间文学作品的艺术特点和文学价值。

2. 文化背景和社会环境的考察

文艺学研究民间文学需要考察其所处的文化背景和社会环境。这包括了解当地的社会历史、习俗传统、价值观念等因素，以便更好地理解民间文学作品的创作背景和文化内涵。考察文化背景和社会环境有助于把握民间文学作品的意义和表达方式。

3. 口头传统和表演实践的观察

由于民间文学主要以口头传承和表演为特点，观察口头传统和表演实践对于研究民间文学的文艺学视角非常重要。这可以通过实地调研、参与地域庆典或表演活动等方式来观察和了解。观察口头传统和表演实践可以更好地理解民间文学作品的表演艺术和口述表达方式。

4. 跨学科的合作与交流

文艺学研究民间文学常常需要与其他学科进行跨学科的合作与交流。

例如，与人类学、社会学、民俗学、历史学等学科进行合作，借鉴其他学科的研究方法和理论，以获得更全面、深入的研究成果。跨学科的合作与交流可以丰富研究的视野，提供更多的分析角度和理论框架。

5.尊重地域和研究对象的知情权和保护权

在研究民间文学时，需要尊重地域和研究对象的知情权和保护权。这意味着在进行研究前，需要与相关地域建立合作关系，并尊重其意愿和要求。同时，在研究过程中需要保护个人隐私和敏感信息，确保研究的伦理合规性。

第五章　民间文学的搜集与整理

第一节　民间文学搜集与整理的历史

民间文学的搜集与整理工作是进行民间文学研究和保护的前提，本节主要对近代以来，我国民间文学搜集与整理的历史进行分析。

一、1949 年之前民间文学的搜集与整理

民间文学的搜集与整理，自古至今，由来已久。早在古代，采录民间文学就成为一种制度。进入 20 世纪以来，伴随着"五四运动"的兴起，民间文学的搜集与整理经发了更多人的重视。

1937 年，民族解放战争爆发后，民间文学以民间文化的形态进入知识分子视野，被赋予了新的历史使命。1942 年，《在延安文艺座谈会上的讲话》发表，鼓励知识分子走到民众之中，学习民众的文化，站在民众的立场上考虑问题，同时也推动了民间文学的搜集与整理。

20 世纪 40 年代，鲁迅艺术文学院在边区各地搜集民间文学作品。鲁迅艺术文学院把民间文学纳入教学体系，开设了民间文学相关课程，开启了文化教育、理论研究与社会大众相结合的文化传统。尤其是流传于陕北一带的民歌、民间音乐、诗歌、秧歌剧等得到了大规模的搜集和整理。

二、1949 年至 20 世纪 60 年代民间文学的搜集与整理

中华人民共和国成立后，民间文学的搜集与整理进入新的历史时期，国家有关部门开始对全国范围内各种体裁的民间文学进行抢救式的搜集与整理。

这一时期，我国成立了中国民间文艺研究会，与各级政府、相关研究机构以及高校组织起来，并制定了详细的民间文学谱查计划。从总体上来

看，这一时期，我国民间文学的搜集与整理取得了较大成果，各地各种体裁的民间文学得以被抢救式发掘。

然而，受当时民间文学搜集与整理原则的影响，一些学者在整理民间文学的过程中忽视民间文学依存的背景，大规模地删改、削减民间文学原始性的信息，从而造成一些民间文学的整理无法真实全面地体现民间叙事的真实状态，成为当时民间文学搜集与整理的遗憾。

三、20 世纪 70 年代至 90 年代民间文学的搜集与整理

20 世纪 70 年代末期，伴随着改革开放的兴起与国家的发展，我国民间文学的搜集与整理再次掀起热潮。

这一时期的民间文学搜集与整理工作与前一阶段相比，出现了相当明显的变化，即重视民间文学的生活属性，挖掘和保护民间文学的原生态特点。在民间文学的搜集和整理过程中，越来越重视民间文学语境的重要意义。

然而，让人遗憾的是，20 世纪 70 年代末的民间文学的搜集与整理工作，并不完全符合历史语境，也不符合"忠实记录"的原则，而是掺杂了大量民间文学采集者移植、改编、删减、拼接、错置的段落。

20 世纪 80 年代，田野研究成为民间文学搜集与整理的主要方法，民间文学的搜集与整理获得了更加科学和深入地推进，一些学者开始借助民族志的方法来进行民间文学的搜集与整理工作。

四、21 世纪民间文学的搜集与整理

2003 年，伴随着中国民间文化遗产抢救工程的启动，以及我国非物质文化遗产保护工作的展开，我国民间文学的搜集与整理迎来了新的机遇。尤其是伴随着我国政府加入《保护非物质文化遗产公约》，我国文化部"非遗"代表性名录、传承人等的提出与制定，我国民间文化保护被纳入入联合国教科文组织《公约》的框架和理念之下。

这一时期民间文学的搜集与整理开始抛弃意识形态性和批判性，而是更加重视其文学性和科学性。

此外，进入 21 世纪以来，伴随着我国数字技术的快速发展，民间文学

开始进入数据库建设和数字化档案建设，这使我国民间文学的搜集与整理迈向新的台阶。

民间文学的搜集与整理对于文化保存、传承和研究有着深远的意义。民间文学是一个民族文化的重要组成部分，包含了丰富的历史和社会信息。通过对民间文学的搜集和整理，能够为未来的一代保存下这些宝贵的文化遗产。民间文学常常反映了一个民族的历史变迁、社会状况、思想观念以及生活习俗等，通过研究民间文学，可以从中深入了解和探讨相关的历史和社会问题。对于文学和艺术创作来说，民间文学是一个重要的灵感来源。比如，很多现代电影、音乐、戏剧等都从民间文学中获取创作素材和灵感。民间文学作为一个民族文化的载体，通过对其的搜集和整理，有助于加强民族的认同感和凝聚力。

除了对神话、传说等民间文学的体裁进行整理之外，中华人民共和国成立后，我国有关部门或机构近年来也越来越重视对碑文等民间文学的搜集与整理。

例如，2016 年，商务印书馆出版了由王兴亚搜集和整理的《清代河南碑刻资料》，对清代河南省的各类碑刻资料进行了较为全面的搜集与整理，其中，包含了各种劝学碑文（见附录 2）。

第二节　民间文学搜集与整理的原则

21 世纪以来，民间文学搜集和整理工作的原则是为了确保最大程度的真实性、完整性和多样性。本节主要对此进行详细分析。

一、全面性原则

民间文学是人民生活的写照，蕴含着丰富的历史文化内涵。为了能更准确地传递和阐述民间文化的全貌，民间文学的搜集应遵循全面性原则。全面性原则体现在包括各类民间文学形式和包括各地域、各民族的民间文学两个层面。

在包括各类民间文学形式这个层面，全面性原则要求搜集者不偏废、不取舍，既要包括各种传统的、已经被广泛传播和接受的民间故事、传说、歌谣、谜语、俚语等，也要包括那些非主流或者少数人知道的民间文学形式，甚至是即将消失的、边缘的民间文学形式。民间文学是一个广阔的领域，既有传统的故事、传说，又有现代的口头表演、网络谣言等，各种形式都代表了人民生活的不同面貌，因此在搜集过程中不能有所偏废。只有这样，才能更全面地反映和展示民间生活的多样性。

在包括各地域、各民族的民间文学这个层面，全面性原则要求不仅要关注主流社会，也要关注边缘社会，不仅要关注汉族，也要关注各个少数民族。每一个地区、每一个民族都有自己独特的生活方式和文化传统，其的民间文学都是这些独特性的反映。因此，无论是城市还是农村，无论是东部还是西部，无论是大民族还是小民族，其民间文学都应该被纳入搜集的范围。只有这样，才能更全面地反映和展示中国丰富多彩的民间文化。

全面性原则的遵循，需要树立正确的文化观念和价值观，把人民群众作为文化创造的主体，而不是对象。这就要求在搜集民间文学的过程中，必须尊重人民群众的文化创造权，尊重其的知识产权和精神产权，尊重其文化传统和生活习俗。只有这样，才能真正地把人民群众的智慧和力量，包括民间文学，纳入文化遗产的保护和传承中去。

全面性原则的遵循，还需要建立一套科学的、全面的搜集方法和系统，使得搜集工作既有宽度又有深度。这就要求在搜集民间文学的过程中，要尽可能多地利用各种方法和手段，比如田野调查、口述历史、档案资料、网络资源等，全方位、多角度地进行搜集。只有这样，才能把民间文学的搜集工作做得更加科学、系统和全面。

以河南劝学碑为例。

劝学碑作为碑文的一种类型，广泛存在于各个县乡之中，因此，在搜集和整理河南劝学碑时，应当对河南省各个县市的劝学碑进行搜集，不落下任何地区。

除此之外，清代早期和中期与清代中后期，劝学碑的内容存在较大差异。然而均属于劝学碑的范畴，应当收录。

例如，《禁止董口毁学碑记》，这篇碑文创作于光绪三十四年（1908年）属于晚清时期，这一时期清朝内忧外患。一部分乡民不再重视教育，以往神圣的学校被毁坏。在这种情况下，知州高士英创作了《禁止董口毁学碑记》，这篇碑文属于乡规民约的范畴，但也包含着鲜明的劝学意图，因此，也属于劝学碑。在这篇碑文的末尾，碑文作者对百姓谆谆劝导，表达了只有教育才能破除迷信，才能使国富民强，否则，一昧迷信，只能步印度后尘，成为帝国主义的奴隶和犬马。

禁止董口毁学碑记

知州高士英

国之强弱，视乎人心之邪正，人心之邪正，在乎官长之振兴。本州岛岛下车以来，时时以教育普及为念，乃访闻董口一带，巫风其炽，迷信最深，曾经出示严禁。诅料本年六月，陡有愚氓李兴时率领巫婆百余人，藉天旱乞雨为名，擅入学堂，毁坏圣象，并殴击学生若干人。经劝学员禀送前来，本州岛岛一再研讯，从重责押，李兴时等深悔前非，愿捐助学堂经费若干。本州岛岛为体恤民艰，不受其钱文，罚其立碑一尊，以示惩戒。为此，示仰董口一带居民知悉，须知国朝尊崇圣道，力拒邪说，与其烧香演戏，耗无益之钱以酬神，何如孝敬言，道冠古今，德配天地。中国二千年来，得以称为礼教之邦，而为全球第一大国者，胥我孔子之力也。方今特奉明诏，遍立学堂；所以御外侮，所以兴内政，悉本孔子之道为宗旨，断无丝毫沾染外洋之说。尔百姓等食毛践土，具有天良，此后务须破除迷信，尊崇圣道，将来民可以富，国可以强。若执迷不悟，一昧迷信邪说，他日必蹈印度全国好佛，卒亡于佛之惨报。本州岛岛为尔父母，不惮苦口劝导，望尔百姓深信予言，异日必可以自立。不然，为奴隶、为犬马，祸不远矣。纵有后悔亦无及矣。刻下濮州渐知学堂为国家之学堂，所学皆圣人之道，创立学堂已不乏矣。倘尔董口经此番告诫，从此力学，痛改前非，着重精神教育，尊孔尊亲，尚忠尚实，养成文明之国民，是则本州岛所厚望也。

光绪三十四年。

（文见宣统《濮州志》卷八《艺文志》）

与《禁止董口毁学碑记》相似的还有《学约十条》。《学约十条》创作于光绪初年，同时刻立在新乡市辉县市（辉县）县内养学二十处，内容略同。从内容上来看，属于学校与学生之间的约定。其中指出了立学、立教、立志、立身、立品、立德、立功、立言、立名、立诚十条约定，对学生具有教化功能，劝诫学生积极向上，学有所成。

学约十条 ①

立学。学于古训，乃有获学者戰也。敦为父子，启为君臣，敦为长幼，夫妇朋友，全要在五伦上用功。因贝己未能知道，爰取古圣贤做个样子，照看样子驶去。始而费力，久后也就自然了。如忠孝节义，占人事迹多端，敦其处常如何？处变又如何？无大无小悉具胸中；然后将我之所以言行者证之，果有会心，斯为实学。若徒读其书而不明其义，知其事而不能师其行，纵考据精详，文章灿烂，其于学相去远矣。故学者先问我所学何聊。

立教。传道授业解惑之谓教。教者必先明乎道之所由，修业之所由成，惑之所由辨，然后以其所得使人各得，庶几乎师道立，而善人冬也。今之学者大则为科名起见，小则为温饱是图耳。无所谓道，无所谓业，终其身于狂惑Z途。而又以其所惑到处惑人，外惑生徒，内惑子孙。修身立命之旨不闻讲说，日以其庸俗不可耐之八股文，私相传染，牢不可破，是自误而因以误人也。百泉苒为先儒讲学之地，阅其所讲，有如诸生之所谓私传八股文否乎？诸生收视返听，能潜心于尊德性道，问学两端，则山水之灵，必当发祥于儒者。岂姚、许、赵、窦而后，遂不复有达人哉？予日望之矣。

立志。《学记》云：士先志，凡事必要立定主意，站定脚跟，鲛定牙关做去，事方有成。若见异思迁，或委靡不振，到底一事无成。譬如欲行千里，立定心肠要走，日复一日，终有到时；若一日不走，便一日不到，此亦事理之至明者矣。故大学首重知止，乃能得止。总视乎志Z定不定耳。诸生读古人书，便要志在古人，看准了那一条路是我当走的，即竭力以赴：那一条路是我不当走的，即死心不为。谚云：有志者事竟成。切莫把念头错过。

立身。人莫不爱身，幸而得为读书人，是何等身分，此更要自爱了。

---

① 王兴亚编：《清代河南碑刻资料4》，商务印书馆，2016，第510-512页。

故内而格致诚正，外而齐治均平。皆以一身任之。若把此身看轻了，便可无所不为，而心思骸骨皆为无用，岂止无用已哉！必将败度败礼，以速戾于厥身，是不如不有此身之为愈矣。吾身能为圣贤，岂不甚好，即不能到圣贤地位，断不可流于不肖。故爱身为学人第一要务。诸生能看得此身甚重，然后事业可图。否则罔之生也，幸而免耳，岂不危哉！

立品。士君子立品宜高，取法乃大。所谓正其谊，不谋其利，明其道，不计其功，其立品者峻也。彼卑污之习，声色货利之谋，丑声秽行，为鬼为蜮，是为败类。衣冠中岂宜有此？既为士人，即宜从气节上用心。气节可伸，虽贫贱何辱？虽富贵何荣？卓然如苍松翠竹，经岁寒而不变，乃为可贵。孟子曰：人有不为也，而后可以有为。可知品之所在，光明磊落，当不似龌龊寒酸矣。

立德。孔子曰：据于德训，行道而有得于心。之谓此事，原不是高远难行的。只要在人生日用间，随处体贴，如吾事吾亲，能尽一点心，能出一点力，便是一点孝。自大本大原之地，以至于一言一动之微，推而广之，无所不实，则德已无所不具矣。读书人不从己身上积德，每见圣贤行事，竟以为非我所能。道之不明，何问乎德？德之不立，何所为据？诸生能于家常行习间，事事物物逐处讲求，先明乎道，乃可蓄德，事业文章，何所施而不顺也。

立功。儒者有道德而后有事功。事功根于道德非矜言才气，驰逐荣华之谓也。生人际遇各殊，莫不各有当为之事，即莫不有当尽之功。幸而得志于时，则为相为卿功在天下。等而下之，一官一邑，各随其职分之所为，皆可以展吾抱负。即不幸山林终老，无所发挥，而遇事程材，亦足以成人善。俗如汉之王彦方，陈太邱辈，仪型乡里，熏其德皆为善良，非儒者功耶！处士纯盗虚声，愿先生宏此远谟，是不可无立功之愿。

立言。言以阐道，古来载籍极博，必其道明于心见于行，而后发于言也。取士以制艺，将以其言验其所识与其所行耳。非徒摭拾陈言，敲金戛玉，袭取声调，掠影浮光，仅仅焉为博青紫计矣。学者作文，原是籍题发挥，各抒底蕴，若先不明其理，必至言之无物。朝廷三年考校，比得一士，即以为服官之选，岂可以无味之谈，违心之论，与人家国事哉。诸生有志为文，宜取古人立言之旨而深味之，然后味乎其言，而言且不朽也。夫德行本也，文艺末也。求其本末，知所先后，可与入德矣，岂徒掇科第已哉。

立名。声闻过情，君子所耻。盖无其实而荣其名，实足为士行之累耳。然疾没世

而名不称，其又谓之何也？彼甘心废弃之流，见事则愿，其或坚僻成性，又故与世违者，无不托名高洁，以遂其偷惰忤逆之私。不知好高洁亦名也，而卒未尝高且洁焉，其亦适成为无用之名而已矣。况至于不顾其名，又岂止于无用耶？果其立志为人，当必有奋发于中，而日章于外者。故君子原无近名之心，而不可无立名之道。

立诚。所谓诚，其意者毋自欺也。这是人间生死关头。诚则为人，不诚则为鬼。诚伪之辨，敬肆之所由分，即人禽之所由判也。是以君子慎之。孔子曰谨、曰信、曰忠、曰敬千言万语，总是要学人矢一片诚心。心信得过方可为人。若自问先不自信，又何以求信于人乎！天地之诚于物之可见，验之圣贤之诚，于人所不见，基之始于一心，而成于万事，忽于一夕，而积乙终身。稍有欺罔，魂梦难安矣。学者曷自思之。

道光六年。

（文见道光《脚县志》卷八《学校志》）

二、原生性原则

民间文学是人民生活的真实反映，其原始的语言和表现形式都是文化遗产的重要组成部分。原生性原则就是在搜集民间文学的过程中，要尽量保持其原汁原味，即保持其原始的语言和表现形式，避免过度的改编或解读。

原生性原则可以保证民间文学的真实性。民间文学是人民群众在生活中创造出来的，其反映了人民群众的真实生活，包括其的思想观念、价值取向、生活方式、社会关系等。如果在搜集民间文学的过程中，对其原始的语言和表现形式进行过度的改编或解读，那么就可能破坏其真实性，使其失去作为历史文献和社会研究的价值。因此，为了保证民间文学的真实性，必须坚持原生性原则。

原生性原则可以保护民间文学的多样性。中国是一个多民族的国家，

每个民族都有自己独特的语言和文化。民间文学就是这些语言和文化的载体，其包含了各民族的独特性和多样性。如果在搜集民间文学的过程中，不尊重其原始的语言和表现形式，而是用统一的语言和形式来代替，那么就可能导致民间文学的多样性被破坏。因此，为了保护民间文学的多样性，必须坚持原生性原则。

原生性原则可以帮助更好地理解和研究民间文学。民间文学是一个复杂的文化现象，其涉及许多学科，包括语言学、文学、历史学、社会学、民俗学等。如果能够保持民间文学的原始语言和表现形式，那么就可以为各学科提供丰富的研究材料。

例如，语言学家可以从中研究方言和词汇，文学家可以从中研究叙事技巧和象征意象，历史学家可以从中研究历史事件和社会变迁，社会学家可以从中研究社会结构和社会关系，民俗学家可以从中研究民间信仰和生活习俗等。因此，为了更好地理解和研究民间文学，必须坚持原生性原则。

原生性原则可以促进民间文学的传承和发展。民间文学是一个民族文化的重要组成部分，反映了一个民族的历史、文化和精神。如果能够保持民间文学的原始语言和表现形式，就可以引导更多的人了解和接受这些历史、文化和精神，从而促进民间文学的传承和发展。

以清代河南劝学碑为例。

清代河南劝学碑反映了特定时间和地点人们的思想状况，以及社会习俗，所使用的语言与神话、民间故事的语言不同，相对较为晦涩。碑文中一般会引用大量典故。语言具有高度凝练性。除此之外，针对书院的出资者，往往还会夸张地赞美。然而，在搜集和整理这些碑文时，也应当坚持原生性原则，收录每一种类型的劝学碑，并保持其语言的原有特征。

三、客观性原则

客观性原则是指在搜集和整理民间文学的过程中，必须尽量保持客观，避免将个人的主观感情或偏见加入其中。这个原则对于民间文学的研究非常重要，因为其涉及民间文学的真实性、多元性和学术价值。

1. 客观性原则有助于保护民间文学的真实性

民间文学是人民生活的真实写照，反映了人民的思想观念、生活方式、社会关系等。如果在搜集和整理的过程中，因为个人的主观感情或偏见，而改变了民间文学的原貌，那么就会损害民间文学的真实性。因此，为了保护民间文学的真实性，必须遵循客观性原则，尽量准确无误地记录和传递民间文学的内容和形式。

2. 客观性原则有助于保护民间文学的多元性

民间文学是多元的，其包括各种形式、题材、风格的作品，包括各种不同的观点、立场、价值观。如果因为个人的主观感情或偏见，而选择性地搜集和整理民间文学，那么就会损害民间文学的多元性。因此，为了保护民间文学的多元性，必须遵循客观性原则，尽量全面、公正地搜集和整理各种民间文学。

3. 客观性原则有助于提高民间文学的学术价值

民间文学是重要的学术研究对象，其涉及语言学、文学、历史学、社会学、民俗学等多个学科。如果因为个人的主观感情或偏见，而影响了民间文学的搜集和整理，那么就会削减民间文学的学术价值。因此，为了提高民间文学的学术价值，必须遵循客观性原则，尽量科学、严谨地搜集和整理民间文学观性原则。

以清代河南劝学碑为例。

碑文属于记录在石碑上的民间文学，不同于神话、传说、民间歌谣等形式民间文学的口口相传模式，以石碑为媒介。而石碑一般多立于户外，数百年来风吹雨晒，难免会被损坏。有的劝学碑上面的刻字会模糊不清。在这种情况下，对劝学碑的搜集和整理应当尽量客观。而不是随意杜撰、填补。

例如，创作于清晚期的《创建高等小学堂碑记》。这篇碑文中，有不清楚之处，如"县暑"一词。搜集和整理碑文时，如果察觉不对，不应当直接对该词语进行修改，可以在括号里标注正确的文字：即县暑（署）。又如，古代碑刻中为了节省空间，以及减少字的笔画，通常把"银"写作"艮"。"捐银"写作"捐艮"。在搜集和整理劝学碑文时，应当保持其客观性和原生态，不应私自更改。

刱建高等小学堂碑记 ①

王矫

岁乙巳季春，余奉檄权宜阳县事。甫下车，问政于旧令尹资君笙谱，以治术所宜，先前事所未竟，则曰"方今时事孔棘，百废待举，而诏旨敦促急不容缓者，厥惟学堂。为炊无米，逊谢弗遑。"余应之曰："君往矣，不才如余视事，方始民信未孚，安望歀之易集而事之速成乎？然朝廷以责诸疆吏，疆吏以责诸有司，有司亦惟责诸绅董，行吾心之所安己耳！"笙谱曰："然。"余于是延二十八里两卫绅董集议于庭众，请按粮一两捐钱一百文，以次递加，充作常年经费。丐余详大府，报可，著为令。嗣余同幕友捐艮五百两，富绅张恒太捐艮一千三百两，又另筹艮二百二十余两，共二千零二十余两。因即当买地亩以期久远。所有文约粘连存卷，并照书清册两份，一存县署（署），一存学堂，以便随时稽玫。噫！宜阳岩邑也，民贫地瘠，户鲜盖藏，得是亦足矣。夫吾民知学堂命意之所在，憬然乐从，输将恐后，盖众绅其首倡也。《传》曰"人之好善，谁不如我。"吾惟以是归之。效高等官小学堂，为蒙养毕业生升转之途，登堂入室，必得乎身之所安，而遂乎情之所顺，然后申之以功令，束之以关防，则其心与地相习而不以为苦。若以旧时书院稍稍修饰，苟焉就之，则既无以安其身，而欲尽其五年毕业之功，俾无纷扰，无旷废，乌可得哉！余用慨然集众绅巫谋，所以兴筑。而胡绅鼎三肯舍巨歀，独立建制，是非急公好义，热心学务者乎！闻胡子营矿业慷慨好施，为榷委范二尹振鹏所推许，必有以劝勉而鼓舞之耳。计自仲夏经始，季秋落成，历四阅月。少尉王馨山、邑绅李政、黄振川、陈广铸、张克口、张三光、黄建选诸君子监工，暑月中，不辞劳怨，始终其事，与有功也。计凡所舍二十七间，麟次屏列，靡不秩然井然。继自今而后，济济诸生皆置身锦屏玉柱之间，得安其身而习其性，守其关防而遵功令。将见真材辈出，则是余与旧令尹经营擘画，以仰副圣天子兴学育材之意也夫。是为记。光绪三十二年岁次丙午清和月。

（文见民国《宜阳县志》卷十《艺文志》）

---

① 王兴亚：《清代河南碑刻资料3》，商务印书馆，2016，第196页。

四、系统性原则

系统性原则是指在整理民间文学的过程中，要根据其类型、主题、来源等特点，进行科学的分类和系统化的整理，以方便后续的研究和应用。这个原则对于提高民间文学搜集工作的效率，增强民间文学的研究价值，以及推动民间文学的传播和应用具有重要的意义。

系统性原则可以提高民间文学搜集工作的效率。民间文学是一种广泛存在于人民群众中的文化现象，其内容和形式丰富多样，涉及许多领域，如神话、传说、寓言、谚语、歌谣、戏曲等。如果没有一个科学的分类和系统化的整理方法，那么民间文学的搜集工作就会变得混乱和低效。因此，为了提高民间文学搜集工作的效率，必须遵循系统性原则，根据民间文学的类型、主题、来源等特点，进行科学的分类和系统化的整理。

系统性原则可以增强民间文学的研究价值。民间文学是一种重要的学术研究对象，其不仅可以为语言学、文学、历史学、社会学、民俗学等学科提供丰富的研究材料，而且可以为人们了解和研究人民群众的生活、思想、文化等提供重要的线索。如果能够按照系统性原则，对民间文学进行科学的分类和系统化的整理，那么就可以使这些研究材料和线索更加清晰、有序、易于理解，从而增强民间文学的研究价值。

系统性原则可以推动民间文学的传播和应用。民间文学是一种重要的文化遗产，不仅可以传播人民群众的生活智慧和精神财富，而且可以促进各民族和地区的文化交流和互鉴。如果能够按照系统性原则，对民间文学进行科学的分类和系统化的整理，那么就可以使这些文化遗产更加易于传播和应用，从而推动民间文学的传播和应用。

以清代劝学碑为例。

在搜集和整理清代劝学碑时，可以发现，有的劝学碑文的名字相同或相似，而且创作于同一时间和地点，但是作者或内容略有不同，这时应当收录每一个碑文，不能舍弃任何一个，以保持劝学碑收集和整理的全面性。同时，如果同一时间或同一地点的劝学碑可根据时间、地点进行分类，使其更具系统性。

以清代河南嵩县的社学碑文为例。

清代乾隆三十年（1765 年）河南省洛阳市嵩县设立了多所社学，并篆刻了多个社学记碑文（有的已经遗失），以及《社学记序》的总碑文。在收集和整理时，应当遵循系统性原则，将《社学记序》《城关社学记》《高都社学记》《三涂社学记》《旧县社学记》《汤下社学记》《白河社学记》《温泉社学记》《赵村社学记》《源头社学记》《樊村社学记》集中收录。其中，《社学记序》属于总记，其文末附录了该县所有社学的筹建情况，因此，应当放在首位。

社学记序 ①

知县康基渊

古者教民之道详矣。《周礼》党正州长以下及比长闾胥，各掌其乡之正教，治令以属其民。自二十五家以上，莫不有学焉。在是时，无一民无养者，即无一民无教者。所以化民成俗，率由于此。其养也，作之勤，除其扰。其教也，俾民俗安礼谊胥率亲睦。夫作之勤，除其扰，而耕凿之余，相友助，则养之亦有教矣。胥礼以胥亲睦，而族党有绸恤衰幼得遂常，则教即为养矣。养以给其欲，教以固其气，道本无二，施为亦非有后先。是故无不足之民，而后可以为良民。无不良之民而后可以为善国。富厚之家，克兴礼义，养之隆也。日诵圣贤言而祇服习文艺为希荣，干禄之阶，教之瓶也。是故教以名，不若教以实，教以文不若教以礼。孝之礼顺而其文温清，晨昏无方之节详焉。弟之礼敬，而其文序立随行馈饵之节详焉。循乎温清晨昏之节，和顺而知其为孝，循乎序立随行之节，知敬而知其为弟，则教之道得矣。是故教之得民，入于肌肤，学之染人，甚于丹青。其上蔚为人才，储为国器。其下亦不失于乡党，颛谨自爱之士。

嵩邑叠嶂重山，疆员广阔，经我朝休养涵濡百余年来，横经负耒，科第翩联，应童子试者亦六七百人。惟是土田硗瘠，西南山境，村庄零错，联社尤难。其或少知句慕就学，而师生之修脯，饮食之供用，岁费不赀，因而废弃者比比也。夫民不瞻于日用，而以兴仁让也固难。民不兴于仁让而强凌众暴，冀以保其日用，为长久安乐之计，亦事势所不能者。

---

① 王兴亚：《清代河南碑刻资料5》，商务印书馆，2016，第 152–154 页。

予任事之期年，爰为筹建社学三十四所，城关学建城内，近城则高都、元里、莘乐、三涂，西山之蛮塔、德亭、大章、旧县、汤下、潭头、楼关、小河，南山尤远之柳林、日河、孙店、东村、汝河、吕屯，距县或一二百里，学舍相距或二三十里。北乡则赵村、源头、樊川、石祸、伊河，东西则温泉、皋南、花庙、燕王、常峪堡、南田湖、樊村、鸣皋、新营、莘渠，相距各十余里，因其地也。每社修脯，以二十余金为率。其修脯所出，辖集公私绝产废业，共计水旱坡三则地三十八顷五十七亩零，额征粮艮四十四两零，夏秋租共艮四十三两零，稞五百九十九千零，取足敷用，择延本庠通亮之士需心讲授，贫不能学并因贫废学者，尽萃其中。更为酌定学规，俾从事于践履实学。夫曰循子弟之礼，而诗书之文可通矣。曰由顺敬之实，而孝弟之名斯在也。由是涵育熏陶，人知亲亲长长，安常而得所欲，服教而利于行，老幼亲戚相保，爱任恤而无德之者。所以为教即所以为养也。若夫侈兴学立教之名，循之而无其实，使士猎虚誉，民增浮伪，并所为养而失之者，尤予滋之惧矣。其社学棋布四乡，一切学舍地亩修膏所出，及经理善后事，已就地方情形，分载各社碑记。兹揭予所谓兴学之意，勒石城社，后之作者，庶有览焉。(1) [1] 此为康基渊在嵩县创建社学意序。时康氏所建社学共三十四所，各有碑记，碑阳为记文碑阴为社学顷亩。乾隆《嵩县志》卷十六《学校》载："按：各社碑阴详载学地顷亩，记文节录数首，余省。"据此，志中所载记文乃康基渊所撰建社学碑记，刊于碑阳，树之于所在地；而志中所载各社学地亩、租钱与极钱则为当年碑阴所载之学地顷亩。

今原碑无存，兹将县志所载之碑文录之于下：

高都社学碑记

建卢家堂。学舍二十间，地一顷五四十六亩，租钱十八千七百，糊艮一两四钱五分三厘。

樊村社学碑记

建柿园。学舍十四间，地五十七亩，租钱二十千二百零，粮艮一两一钱七分二厘。

樊川社学碑记

建法华东。学舍九间，地一顷二十六亩，租钱十八千三百零，粮艮一两五钱七分二厘。

石塌社学碑记

建石蜗。学舍十一间，地一顷二十五亩，租钱十六千七百零，牌艮一两二钱九分五厘。

田湖社学碑记

建田湖。学舍十四间，地一顷五十六亩四分，地租并水磨租钱二十二千三百零，租艮一两三钱四分九厘。

唱皋社学碑记

建鸣皋。学舍十一间，地六十亩二分，租钱十九千二百零，粮艮一两二钱四分。

新营社学碑记

建四合。学舍十间，地六十亩零，租钱十六千二百零，粮艮一两一钱七分八厘。

苹渠社学碑记

建苹渠。学舍九间，地六十七亩五分，地租并水磨租钱二十二千二百零，粮艮八两三钱五分。

元里社学碑记

建桥北。学舍十八间，地四十三亩六分，租钱二十二千三百零，粮艮一两三钱六厘。

苹乐社学碑记

建孙庄。学舍八间，地一顷四十五亩二分。租钱十九千九百零，粮一两四钱五分二厘。

三涂社学碑记

建南店。学舍十间，地八十亩六分，租钱十九千四百零，粮艮一两五钱二分七厘。

蛮峪社学碑记

建蛮皓。学舍八间，地四十七亩，租钱十八千六百零。粮艮一两六钱七分二豫。有碑记。在学内。

德亭社学碑记

建德亭。学舍十间。地八十二亩八分。租钱十八千四百零。粮艮一两四钱七分七超。有碑记。在学内。

大章社学碑记

建大章。学舍十一间，地六十五亩五分。租钱二十千六百零。粮艮一两三钱四分九麓 c

晋县社学碑记

建街束。学舍十三间。地八十亩三分。租钱十六千七百零，粮艮一两二钱六厘。

汤下社学碑记

建中营。学舍九间，地一项四亩七分，租钱十六千一百零，租艮二两。粮艮一两四钱：四分一克。

潭头社学碑记

建潭头。学舍十二间，地九十一敢五分，租钱十七千九百，粮艮八钱一分二厘。

楼关社学碑记

建楼关街。学舍九间。地一填五十四放。租钱二十千。榷艮八钱七分。

小河社学碑记

建罗村。学舍十八间。地一项八十一亩。租践十四千七百零。租艮六两。粮艮一两五分。

柳林社学碑记

建柳林村西。学舍十七间，地一顷八十亩，租艮四两．租钱一十五千七百零，粮艮一两七分五就。

白河社学碑记

建汝源镇。学舍十间。地一顷十五亩。租钱二十一千零，粮艮一两一钱八分四厘。

孙店社学碑记

建孙店。学舍八间，地一顷八十四亩零，夏秋并房租钱二十二千七百零，粮艮二两七钱六分。

东村社学碑记

建束村。学合六间。地一顷五十亩，租钱二十千二百零，粮艮一两五钱三分。

汝河社学碑记

建两河口。学舍九间，地三顷七十七亩二分，租银十两六钱，租钱八千二百零，粮钲一两五钱二分三厘。

乾隆三十年。

（文见乾隆《河南通志》卷三十九《学校志》）

五、可持续性原则

可持续性原则在民间文学的搜集和整理工作中是至关重要的。这一原则认为，民间文学的收集和整理不应仅仅被视为一次性的项目或活动，而应被视为一个长期持续的过程。随着社会的变迁和文化的发展，民间文学也会有新的产生，因此需要持续的搜集和整理。

民间文学是一种"活"的文化现象，是与社会生活、历史变迁紧密相连的。在社会变迁的过程中，民间文学作为人民群众的智慧结晶，也会产生新的内容和形式，反映新的生活实践和思想观念。例如，新的民间故事、歌谣、谜语等可能会应运而生，旧的民间文学可能会得到新的传承和发展。因此，民间文学的搜集和整理工作应该是一个持续的过程，需要随着社会的变迁和文化的发展，持续进行。

民间文学的搜集和整理工作也需要考虑到其可持续性的问题。由于资源和条件的限制，可能无法一次性地完成所有的民间文学的搜集和整理工作。因此，需要制定一个长期的、可持续的计划，按照这个计划，分步骤、分阶段地进行民间文学的搜集和整理工作。这既可以确保民间文学的搜集和整理工作的连续性和完整性，也可以避免因为一次性的任务过重而导致的工作压力和质量问题。

可持续性原则也需要关注民间文学的传承和发展问题。民间文学是一种重要的文化遗产，在搜集和整理民间文学的同时，也需要关注其传承和发展。需要通过各种方式，如教育、传媒、公共活动等，来推广和传播民间文学，激发人民群众对民间文学的兴趣和热爱，培养新的民间文学创作和传播者，从而保证民间文学的可持续发展。

第三节　民间文学搜集与整理的方法

民间文学搜集与整理过程中，需要运用一定的方法，本节主要对此进行详细分析。

一、民间文学的搜集方法

民间文学的搜集方法主要包括实地调查、文献调查、互联网调查等。

（一）实地调查方法

实地调查是民间文学搜集工作的基础。通过与当地人民交谈、观察和参与其的日常生活和文化活动，研究者可以深入了解并捕捉到原汁原味的民间文学形态。

实地调查可以提供最原始和最真实的民间文学资料。其直接对源头进行采集，使研究者有机会观察到民间文学在生活中的真实场景，理解其深层含义和文化背景。同时，实地调查也有助于建立一种互信关系，有可能使采集者获得更丰富、更深入的资料。

实地调查要求研究者具有较强的实践技能，包括语言交际能力、观察记录能力以及处理突发情况的应变能力等。这些技能不仅有助于收集资料，也是研究者进行民间文学研究的必备技能。

然而，实地调查也存在一定的局限性。比如，时间和经费的限制可能导致研究者不能对所有地区进行详尽的调查。另外，某些民间文学可能因为语言、地域等因素存在采集难度。

（二）文献调查方法

文献调查是民间文学研究中不可或缺的一环。通过查阅、分析各类文献资料来收集民间文学的内容和形式。

文献调查能够弥补实地调查的不足。通过查阅历史文献、地方志、文学作品、学术论文等，研究者可以获取已经被记录下来的民间文学资料。这样一来，即使研究者不能亲自前往某个地区进行实地调查，也能通过文献调查获取相关的民间文学资料。

文献调查还可以提供历史纵深度。研究者可以通过查阅历史文献，追溯某一民间文学形式或内容的历史变迁，了解其演化过程。

然而，文献调查也有其局限性。一是依赖于已有文献资料的完整性和准确性。二是文献中的民间文学可能已经过"文人化"处理，失去了部分原始的民间特色。

（三）互联网调查方法

互联网调查是一个新兴的搜集方式。通过网络平台，研究者可以获取到大量的民间文学资料。

互联网调查能够帮助研究者突破地域和时间的限制，获取更广泛的民间文学资料。在网络上，研究者可以接触到来自全国各地、甚至全世界的民间文学，获取到最新的民间文学动态。

此外，互联网调查还能够帮助研究者获取到更多元的民间文学资料。如今，很多人会把其创作或者收集的民间文学通过网络平台分享出来，这就为研究者提供了更多元的资料来源。

但是，互联网调查也存在问题。网络上的信息良莠不齐，研究者需要具备辨别信息真伪的能力。还需要注意的是，网络上的民间文学可能受到网络语言和网络文化的影响，呈现出与传统民间文学不同的特点。

二、民间文学的整理方法

民间文学的整理方法主要包括以下三种方法：分类整理法、注释解释法、文本编辑法。

（一）分类整理法

分类整理是民间文学搜集与整理中的重要步骤。研究者可以根据民间文学的类型（如故事、歌谣、谜语等）、主题（如爱情、勇气、智慧等）、来源（如地区、民族等）等特点，对搜集到的民间文学资料进行分类整理。

分类整理是将庞大、繁杂的民间文学资料变得有序和易于研究的关键步骤。其有助于研究者深入理解民间文学的主题、形式和特征，也为进一步的民间文学研究和利用打下基础。

1. 分类整理法具体阐释

根据民间文学的类型、主题和来源等特征进行分类，是最常见的分类方法。具体来说，可以根据以下几个方面进行分类整理：

（1）类型

可以将民间文学分为口头文学（如故事、歌谣、谜语、谚语等）和非物质文化遗产（如节日、习俗、手工艺等）等。

（2）主题

可以将民间文学按照其描绘的主题或情感进行分类，如爱情、英勇、智慧、悲剧、喜剧等。

（3）来源

可以根据民间文学的地域、民族或社区特点进行分类。例如，可以将民间文学按照其产生的地区（如北方或南方）、民族（如汉族、藏族、维吾尔族等）或社区（如农村、城市、渔民、牧民等）进行分类。

2. 分类整理法的步骤

进行分类整理，一般需要遵循以下步骤：清理、分类、编码、汇总。

（1）清理

清理资料，去掉重复、无关或错误的信息。

（2）分类

根据预定的分类原则，对清理后的资料进行分类。

（3）编码

为每个分类的资料赋予唯一的编码，以方便检索和管理。

（4）汇总

将分类整理后的结果进行汇总，形成分类目录或数据库。

需要说明的是，在运用分类整理法对民间文学进行整理的过程中，可能会遇到如何确定分类标准、如何处理交叉和复杂类别、如何管理和维护分类结果等挑战。为应对这些挑战，研究者需要不断学习和探索，尽可能选择适合自己的分类原则和方法，同时也需要采用科学的资料管理工具和技术，提高分类整理的效率和准确性。

（二）注释解释法

注释解释法是民间文学搜集与整理过程中的重要环节。研究者可以对搜集到的民间文学资料进行注释和解释，例如解释其中的难懂的词语、背景知识，解读其中的象征意义、思想观念等。

民间文学，作为一种重要的文化遗产，其内容和形式往往深受特定的文化背景和历史时期的影响。因此，对于一些难以理解的词语、象征意义或背景知识，注释解释是必要的。这不仅可以帮助读者或研究者更好地理解民间文学的内涵，也可以更好地揭示民间文学在某个文化或社会背景下的历史价值和意义。

1. 民间文学注释解释法的具体阐释

民间文学整理的注释解释法可以分为两个层次。其一，是对民间文学文本的基本解读，包括解释难懂的词语、短语或句子，以及提供必要的背景知识。其二，是对文本的深层解读，包括解读文本的象征意义、思想观念、艺术手法等

2. 民间文学注释解释法的实施步骤

注释解释法的实施，通常需要遵循以下几个步骤：阅读、理解、解释、注释。

（1）阅读

对文本进行初步的阅读，理解其基本内容和结构。

（2）理解

对文本进行深入的理解，捕捉其主题、情感和思想观念。

（3）解释

对难懂的词语或短语进行解释，提供必要的背景知识。

（4）注释

对文本的象征意义、思想观念等进行注释，揭示其深层的文化和历史含义。

需要注意的是，在运用注释解释法进行民间文学整理的过程中，可能会遇到如何准确理解和解释文本、如何平衡字面和深层意义、如何避免主观性过强等挑战。面对这些挑战，研究者需要不断深化自己的文化和历史知识，学习和掌握相关的解读方法和技巧，同时也需要对文本保持敬畏和谦虚的态度，避免强加自己的观点和解读。

以清代河南劝学碑为例。

劝学碑一般一块碑上只有一篇碑文。如果包含多篇碑文，则应当在文中加上注释，以便读者在阅读时不产生疑惑。

例如，嵩阳书院作为河南省历史悠久的知名书院，历代多有修复，而在修复或扩建后，多有碑文记录。嵩阳书院内保存着一块康熙十九年左右制成的立碑。碑身上同时刻有 6 篇碑文。相关收集和整理人员在对这些碑文进行收录时，即加入了注释："此碑镌刻嵩阳书院碑文六篇，碑阳与碑阴各刻三篇，碑阳有张据《嵩阳书院记》、汤斌《嵩阳书院记》、耿介《创建嵩阳书院专祀程朱子碑记》；碑阴有吴子云《嵩阳书院讲学记》、郭文华《嵩阳书院程朱祠记》、窦克勤《嵩阳书院记》。本书按撰文时间顺次分别辑录。"①

（三）文本编辑法

文本编辑是民间文学整理过程中的一个重要环节，其对于提高民间文学的可读性和理解性有着至关重要的作用。

文本编辑在民间文学整理中的重要性首先体现在其可读性的提升上。

---

① 王兴亚：《清代河南碑刻资料 1》，商务印书馆，2016，第 92 页。

由于民间文学是由民间人民口口相传的，其中可能存在各种语言上的问题，如错别字、语法错误、语序混乱、标点缺失等，这些问题会直接影响读者对文学作品的阅读和理解。此外，文本编辑也能保证民间文学的完整性，如补全文本的省略、缺漏等，从而让读者能够完整地领略到文学作品的艺术魅力。

1. 民间文学文本编辑整理法遵循的原则

民间文学文本编辑整理法在尽可能提高文本可读性的同时，也应遵守以下原则：尊重原文，尽量保持民间文学的原生性特质，只在不改变原意和风格的基础上进行必要的修改；注重细节，仔细检查每一个字词、每一个标点，确保无误；适度干预，避免过度干涉，以免破坏民间文学的艺术效果。

2. 民间文学文本编辑整理法的阐释

民间文学文本编辑整理法主要包括：错别字、语法错误的纠正，以保证文本的语言准确性；语序、标点的调整，以增强文本的语言流畅性；文本的省略、缺漏的补全，以确保文本的完整性。

值得注意的是，民间文学文本编辑整理法面临着一系列的挑战，如何在尊重原文的基础上进行适度的编辑；如何保证编辑后的文本仍然保留民间文学的特质；如何在提高文本可读性的同时，保持文本的艺术性。面对这些挑战，需要综合运用语言学、文学、历史、民俗学等多学科的知识和方法，同时，需要有敏锐的语言感觉和丰富的编辑经验。

第六章　民间文学的保护与传承

第一节　民间文学的保护模式

伴随着我国民间文学搜集与整理工作逐步正规，近年来，我国民间文学的保护越来越受到社会各界和相关学者的重视。本节主要对此进行详细分析。

一、民间文学保护的必要性

在当今全球化和高速发展的现代社会环境中，民间文学的保护显得尤为重要。

（一）民间文学保护的传承价值

民间文学艺术以其独特的魅力和丰富的文化内涵深深地融入了人们的生活中。其不仅是一种无形的文化财富，更是民族文化和历史记忆的载体，对于维护民族文化的完整性，增强民族文化的自信心具有着重要意义。

民间文学艺术是一种基于口头传统、群众创作的文艺形式，其与人们的日常生活紧密相连，反映了民众的生活习俗、思维方式、道德观念、审美情趣等，是一种非常重要的文化遗产。对于文化的传承，需要照顾到文化的多元性，因此，保护民间文学艺术就是保护的文化多元性。

文化多元化是世界的基本特征，也是人类文明发展的动力。每一种文化都是人类创造的独特的智慧，都应得到平等的尊重和保护。民间文学艺术作为一种独特的文化形态，是中华优秀传统文化，是民族的骄傲，其有着无法替代的价值。保护民间文学艺术，就是保护民族的精神家园，保护的文化根基。

保护民间文学艺术是为了维护文化多样性。每一个民族都有自己独特的民间文学艺术，这些艺术形式的存在丰富了人类文化的多样性。在全球化的背景下，各种文化都在交流融合，但同时也存在着文化同化的问题。如果不重视对民间文学艺术的保护，就可能使得一些独特的民间文化逐渐消失，文化的多样性也会因此受到影响。

保护民间文学艺术也是为了增强民族认同感。民间文学艺术作为民族文化的重要组成部分，对于培养人们的民族认同感有着重要的作用。人们在传承民间文学艺术的过程中，会对自己的民族文化产生深深的自豪感，这样不仅能够增强人们的民族精神，还能够增进人们对自己民族文化的热爱。

保护民间文学艺术还能为现代创新提供源泉。许多现代艺术作品都深受民间文学艺术的影响，许多富有创新的作品都源于对民间文学艺术的挖掘和借鉴。只有深入了解和研究民间文学艺术，才能在创新中找到新的灵感和素材。而对民间文学艺术的保护，无疑是为这种创新提供了可能。

总之，民间文学艺术是一种丰富的文化资源，是一个民族、一个国家的精神象征和记忆，其携带着历史的信息和社会的记忆。对民间文学艺术的保护，就是对一个国家的历史和文化的保护，是对人类创作源头的尊重。无数的现代作品都源于民间文学艺术，无论是流行歌曲，还是电影剧本，甚至是广告创意，都有可能从民间文学艺术中寻找灵感和素材。如果忽视对民间文学艺术的保护，就可能会失去这些宝贵的创作源泉。

（二）民间文学保护的经济价值

民间文学艺术的独特魅力在于其源于普通人的生活经验，表达了普通人的情感和愿望。富含生活智慧和人文精神，可以让人们在享受艺术的同时，体验到生活的真实和深度。因此，民间文学艺术具有巨大的经济价值，可以为企业和社会带来丰厚的收益。

随着现代化和商业化的发展，人们的生活节奏越来越快，文化消费需求也越来越高。在这一背景下，民间文学艺术的经济价值得到了广泛的认识和挖掘。很多企业都开始将民间文学艺术作为一种独特的资源，用来创作和推广各种产品和服务。例如，很多流行歌曲、电影和电视剧都借鉴了民间文学艺术的素材和主题，从而赢得了市场的欢迎和赞誉。

然而，这种商业化的过程并不总是公平的。在很多情况下，民间文学艺术的创作者和社区并没有得到足够的回报。其作品可能被无偿使用，或者被以低于市场价值的价格购买。这不仅对创作者经济利益造成了损害，也对其创作热情和信心产生了负面影响。

首先，需要建立一套公平、公正的机制，保护民间文学艺术的创作者的利益。首先，需要确立民间文学艺术的版权，确保创作者能够获得其的作品被使用时应得的报酬。这需要对现有的版权法进行修改和补充，以适应新的文化和商业环境。

其次，要提高民间文学艺术的市场价值，让更多的人认识到其经济价值和文化价值。可以通过教育和宣传，让更多的人了解民间文学艺术的独特魅力和深厚内涵。还可以通过各种文化和节庆活动，展示民间文学艺术的精彩，吸引更多的观众和消费者。

最后，需要鼓励和支持民间文学艺术的创新和发展。可以设立各种奖项和基金，激励创作者进行创新和实验。也可以提供各种培训和指导，帮助其提高创作技巧和市场开发能力。

总之，伴随着商业化和现代化的发展，人们对文化艺术的需求日益增强，民间文学艺术的独特魅力也被商业界所发现并加以利用。通过对民间文学艺术的创作和再创作，可以推出各种深受消费者喜爱的商品和服务，为企业带来丰厚的利润。

二、民间文学保护的多元模式

所谓模式，一般指可以作为范本、模本、变本的式样。民间文学的保护模式包括行政模式、法律模式等。

（一）民间文学的行政保护模式

对民间文学艺术进行行政保护是一种有效的保护手段。在全球范围内，许多国家都已经认识到民间文学艺术是一种无形的文化遗产，具有极高的文化和历史价值。这种保护方式通过法律法规为民间文学艺术的保护提供了规范性和权威性指导，为民间文学艺术的创作者和传承者提供了保障。

从1984年开始，我国在政府主导下开展了"民间文学三套集成"工作，在全国范围内进行民间故事、歌谣和谚语的搜集、整理。截至1990年，全国共搜集整理民间故事183万篇、民间歌谣320万首、民间谚语784万条，这些资料共计40多亿字。各地选编的地（市）、县卷本超过3000种，在此基础上，全国31个省（市、自治区）精选出各自的省卷本，一共93卷。[①]

1997年11月，联合国教科文组织第29次全体会议通过了决议，明确建立了人类口头与非物质遗产的保护机制。2003年10月，联合国教科文组织进一步通过了《保护非物质文化遗产公约》（Convention For The Safeguarding Of The Intangible Cultural Heritage），明确提出了非物质文化遗产的定义，且设立了《人类非物质文化遗产代表作名录》。我国在2004年8月正式加入公约，显示了我国政府对保护非物质文化遗产，包括民间文学艺术的决心。

2005年，我国开始在全国范围内大规模开展非物质文化遗产搜集和整理工作，其中也包括民间文学。在此基础上，鼓励各省市申报、确认国家级、省级、地（市）级、县级民间文学类非物质文化遗产项目，并形成了我国包括民间文学在内的非物质文化遗产项目保护四级名录（见表6-1）。

表6-1　我国非物质文化遗产项目保护的四个层级一览表

层级	机构或部门	主要职责
国家级	国务院、文化和旅游部（非遗司）	制定非遗保护政策和措施，组织实施非遗保护项目，设立国家级非遗保护单位和代表性项目传承人
省级	各省（自治区、直辖市）非遗保护中心、非遗研究院等	在省级范围内实施非遗保护工作，包括非遗申报、保护、传承和推广等
市级	各市文化局的非遗办公室等	在市级范围内实施非遗保护工作，包括非遗申报、保护、传承和推广等
县级	各县文化局的非遗办公室等	在县级范围内实施非遗保护工作，包括非遗申报、保护、传承和推广等

我国文化部于2006年5月公布了第一批518项国家级非物质文化遗产名录，其中属于民间文学艺术的项目就有362项，占比达到70%。这是我国对非物质文化遗产，包括民间文学艺术保护的一个重要实践。之后，我国相继公布了五批国家级非物质文化遗产名录，为包括民间文学在内的珍贵的非物质文化遗产项目的保护筑起了行政保护的屏障。

---

① 刘锡诚：《民间文学：理论与方法》，中国文联出版社，2007，第431页。

2017 年，中共中央办公厅国务院办公厅印发了《关于实施中华优秀传统文化传承发展工程的意见》，其中明确了与民间文学相关的优秀传统文化传承发展的重点任务。

2018 年，《中国民间文学大系》出版工程启动，预计 2025 年出版神话、史诗、民间传说、民间故事、民间歌谣、民间长诗、民间说唱、民间小戏、谚语、民间文学理论等类别的大型系列文库 1000 卷，每卷 100 万字，共计 10 亿字；建成"中国口头文学遗产数据库"，并通过《中国民间文学大系》出版工程的运行，开展一系列以中国民间文学为主体的社会活动，促进全社会共同参与民间文学的发掘、传播、保护与发展。①

（二）民间文学的法律保护模式

中国对民间文学艺术知识产权保护的历程开始于 1984 年文化部颁布的《图书、期刊版权保护试行条例》。这是首次为民间文学艺术的整理者提供版权保护，尽管其不一定是作品的原创创作者。根据该规章，整理者应在作品发表时注明主要素材提供者，并支付适当报酬，支付总额为整理者所得报酬的 30% ～ 40%。然而，这个规章只是赋予了整理者的版权主体地位，没有直接保护民间文学艺术的来源群体的利益。

1990 年，中国制定版权法时，关于是否应将民间文学艺术纳入版权保护范围的问题引发了激烈的争论。有些人认为，民间文学艺术的特殊性使其与现代版权系统格格不入，如果纳入版权法保护，可能会阻碍其传播和发展。然而，更多的人主张，中国作为一个拥有丰富民间文化艺术资源的历史悠久的国家，如果不保护这些资源，将损害国家和民族的利益，并且这并不符合国际立法趋势。

因此，1991 年颁布并于同年 6 月 1 日开始实施的《中华人民共和国著作权法》第 6 条规定，"民间文学艺术作品的著作权保护办法由国务院另行规定"，明确将民间文学艺术纳入版权保护体系。然而，由于民间文学艺术版权保护的复杂性和理论准备不充分，至今还未出台针对民间文学艺术版权保护的行政法规。

---

① 新华社.中共中央办公厅 国务院办公厅印发《关于实施中华优秀传统文化传承发展工程的意见》[EB/OL].（2017-01-25）https：//www.gov.cn/zhengce/2017/01/25/content_5163472.htm?eqid=84478f5c0003939900000006645b72a5.

除了版权法外，中国也试图通过商标法将民间文学艺术纳入知识产权法保护。例如，2001 年修订的《商标法》增加了关于地理标志的规定，可以作为证明商标或集体育标申请注册。然而，利用商标制度保护民间文学艺术的效果并不理想。由于我国对地理标志保护的立法起步较晚，存在立法零星分散、可操作性不强、规定不合理等缺陷。因此，如何充分利用地理标志制度保护丰富的民间文学艺术资源有待进一步探索。

民间文学艺术作为一种独特的文化遗产，体现了特定社区的历史、传统和价值观。其既是社区的共享财富，也是创作者的个人产出。因此，民间文学艺术的保护应以私法为主，兼顾公法。私法从个体角度出发，重视民间文学艺术创作者的个人权益，保护其知识产权。公法则从社区、社会整体的角度，保护民间文学艺术的公共利益，包括文化多样性和传统遗产的维护。

民间文学艺术的知识产权特性主要体现在创作的原创性、社区性、永久性、非排其性等方面。

1. 原创性

民间文学艺术作品往往具有强烈的原创性，其的内容、形式和表达方式都源于创作者的独特视角和生活经验。因此，创作者对于其的作品具有版权，包括复制权、发行权、表演权、展览权、播放权、改编权、翻译权和出租权等。这意味着任何人在未经原创者许可的情况下，不得对作品进行复制、发行、表演、展览、播放、改编、翻译或出租。

2. 社区性

虽然民间文学艺术作品有其原创性，但其创作往往基于特定社区的文化传统和实践。这种社区性的特性意味着这些作品同时也属于社区的共享财富，社区成员对于这些作品有共享权和保护权。

3. 永久性

根据版权法的规定，创作者的版权从作品创作的那一刻起就产生，且保护期一般持续到作者去世后 50 年或 70 年（视具体国家法律而定）。这种永久性的特性保证了民间文学艺术作品能够长期得到保护。

4. 非排他性

虽然民间文学艺术作品的创作者对其拥有版权，但由于其社区性的特征，版权保护并不排斥社区成员共享和传承这些作品。因此，版权保护并不意味着将这些作品从社区中剥离出来，而是旨在平衡创作者权益和社区权益，保障作品的合理使用和传承。

这些特性决定了民间文学艺术的保护需要采取特殊的法律模式，即以私法为主、兼顾公法的方式。

民间文学艺术通常源于个体或小型社区的创新实践，因此具有一种独特的原创性。这种原创性的存在，使民间文学艺术创作者拥有对其作品的知识产权，包括版权和相关权利。这些权利让创作者可以对其的作品进行商业利用，例如出版和表演，同时也防止其人未经许可使用其的作品。

民间文学艺术也存在一种社区性，其通常代表了一个特定社区的共享文化和价值观。这种特性使民间文学艺术在公法上也有保护的需要，保护社区对其文化遗产的共享权利，防止外部势力的非法挪用和滥用。

民间文学艺术的保护还需要一个融合私法和公法的法律模式。在私法层面，保护创作者的知识产权，鼓励创新和创作；在公法层面，保护民间文学艺术的公共利益，维护社区的文化遗产和多样性。这种法律模式不仅符合民间文学艺术的特性，也有利于其长远的发展和传承。

第二节　民间文学的多元化传承

民间文学的传承体系呈现出多元化的特点，本节主要对此进行详细分析。

一、传承人传承

民间文学是人民群众在日常生活中创造的具有艺术性和教育性的口头或文字文化遗产。其源于民众，反映了民众的思想情感、生活经验和审美追求。民间文学的传承人，也就是那些将民间文学传递给后人的人，有着重要的作用。

（一）传承人传承的意义

民间文学的传承人扮演着重要的角色。其通过口头传播、创新、保护和教育，使得民间文学得以在社区中保持、发展和传承。

1. 口头文学传播的主体

民间文学的传承人是这些古老故事和歌谣的活跃讲述者。其以其独特的技巧，如吟唱、故事讲述、表演等方式，使得这些故事和歌谣具有生命力和传播力。其深入生活，以口头传播的方式，让每个故事都有声有色，充满活力。其的故事和歌谣往往充满了当地特色，反映了本地的文化、历史、传统和生活方式，这使得其的讲述更具吸引力和感染力。

2. 民间文学创新的源泉

民间文学的传承人并非僵化地将传统的民间故事和歌谣原封不动地传下去，而是不断地根据自身的理解和创新精神，对这些故事和歌谣进行重新解读和创作。结合自身的生活经验和观察，将新的元素、新的思想和新的艺术形式融入传统的民间故事和歌谣中，使得民间文学始终保持新鲜和活力。

3. 保护和推广民间文学

传承人不仅是传承民间文学的人，也是保护民间文学的人。在现代化进程中，很多传统文化面临失传的风险，而民间文学的传承人通过努力，将这些宝贵的文化遗产保存下来，使之得以延续。不仅通过口头传播，还通过录音、录像、文字记录等方式，将这些故事和歌谣固定下来，以便于长期保存和研究。此外，也可以通过公演、展览、教育等方式，推广民间文学，使更多的人了解和接触到这些宝贵的文化遗产。

4. 社区教育的任务

民间文学的传承人承载着将社会的价值观、传统和规范传递给下一代的重要任务。其故事和歌谣往往充满了智慧和教育意义，通过讲述这些故事和歌谣，其向听众传递了关于勇气、智慧、道德、正义等重要的价值观，对社区的教育和文化建设起到了重要的作用。

（二）民间文学传承人的认定

民间文学传承人在这里主要指入选我国四级非物质文化遗产名录中民间文学的传承人，即民间文学的非遗传承人。

目前，我国国家政策法规并没有非遗传承人的明确认定标准，而是由各级地方政府和相关管理部门，针对各地非物质文化的特殊性出台相关的传承人认定方法。通常而言，非遗传承人的认定是一个系统化且严谨的过程。以下是一般的步骤：

1. 推荐

通常由各地非遗保护部门、社区、专业团体等向上级非遗保护机构推荐非遗项目的传承人。被推荐者需要具有一定的艺术技艺或者文化知识，并且对于传承非遗项目有深厚的热情。

2. 初审

推荐后，非遗保护机构会进行初步审查，核验被推荐者是否具有相应的资格和能力来传承非遗项目。

3. 申报

初审通过后，被推荐者需要填写一份申报表格，其中包括申报人基本信息，以及其对非遗项目的理解、传承计划等。

4. 评审

申报材料会被提交给专门的评审委员会，由其对申报材料进行详细的评审。评审过程可能包括文件审查、面试、实地考察等。

5. 公示

评审通过后，被认定的非遗传承人会被公示一段时间，以接受社会的监督和反馈。

6. 确认

公示没有问题后，最后由上级非遗保护机构正式确认并颁发证书，被认定者正式成为非遗传承人。

这个过程旨在确保每个被认定的非遗传承人都有足够的能力和热情来传承和保护非遗项目，以此保障非遗的长期生存和发展。

民间文学的非遗传承人认定也是如此。我国十分重视非物质文化遗产代表性传承人的认定与培养工作。2007 年、2008 年、2009 年、2012 年、2018 年，国家文化主管部门先后认定了五批国家级非物质文化遗产代表性项目代表性传承人，共计 3068 人。在非物质文化遗产代表性传承人动态管理和退出机制下，先后有 11 人失去国家级代表性传承人资格。截至 2022 年 11 月，国家级非物质文化遗产代表性传承人共 3057 人。民间文学类别下的传承人共计 123 人，其中男性传承人 106 名，女性传承人 17 名。[①]

（三）非遗传承人的任务

民间文学非遗传承人在民间文学的传承与传播中起着极其重要的作用。

1. 传承

非物质文化遗产的传承首先表现在对其进行深入学习和熟练掌握的过程中，非遗传承人应当对相关知识、技艺进行全方位的掌握，涉及非遗的内涵、形式、技巧、历史、文化背景等多个方面。对于民间文学非遗传承人来说，这意味着其应当对故事的形式、内容、风格、语言、象征、主题等进行深入理解和掌握，应当通过大量阅读、研究和实践，达到传承的目的。

2. 教育

传承人的教育任务不仅包括对后辈的直接教导，还包括在更广泛的社区、学校等场所进行的教育活动。非遗传承人不仅应当具备深厚的专业知识和技艺，还应当其具备一定的教育方法和技巧，包括如何引发学生的兴趣、如何有效传达知识、如何评估学生的学习效果等。非遗传承人应不断进行教育技能的学习和提升。

3. 创新

非遗传承并不意味着一成不变地复制过去，而是应当在保持传统的基础上进行创新和发展。对于民间文学非遗传承人来说，这意味着其应当不

---

① 中国非物质文化遗产网 [Z/OL].[2021-10-28].http://www.ihchina.cn/project#target1.

断探索新的表现形式和主题，应当将民间文学与当代的生活、文化、思想、艺术等相结合，既保留其传统的韵味，又赋予其新的生命力。非遗传承人应具有较高的艺术修养和创新能力。

4. 传播

非遗传承人应主动丰富非遗的传播方式，包括公演、展览、出版、网络等。需要传承人具备一定的传播技巧和能力，例如如何编排有吸引力的公演、如何策划有影响力的展览、如何编写和出版具有阅读价值的书籍等。同时，其也应当具备一定的社交和合作能力，以便与其他人或组织进行有效的合作。

5. 保护

非遗传承人应当参与和推动非遗的保护工作，这包括但不限于非遗的登记、研究、展示、推广、培训等各种形式。应具备一定的保护意识和能力，应能够识别和应对非遗面临的各种威胁，包括物理的、文化的、经济的、政治的等，应能够与政府、社区、学术机构、非政府组织等进行有效的协作，以实施各种保护措施。

二、改编传承

改编传承是民间文学传承的重要方式之一。民间文学具有较强的时代性和创新性特点，伴随着时代的发展，为了适应当代人的审美需求，对民间文学进行适当的改编是必要的。这种改编传承形式可以帮助民间文学更好地融入现代社会，以吸引更多的读者和观众。在改编过程中，保持民间文学的原始精神和风格是最关键的，同时要注重将新的元素和观念融入其中，让民间文学更具时代感和生活气息。

（一）民间文学常见的改编形式

1. 文字改编

这是最基本也是最常见的改编形式，包括将口头传统改编为书面文本，或者将一种书面文本改编为另一种文体，如散文、诗歌、小说等。通过这种改编，民间文学可以得到更广泛的传播和保存，也可以为读者提供更丰富的阅读体验。

2.视听媒体改编

随着电影、电视、网络等视听媒体的发展，许多民间文学作品被改编成电影、电视剧、网络剧等。通过影像和声音，视听媒体能够更生动、直观地呈现民间文学的魅力，使其更加贴近现代人的生活。

3.数字化改编

在数字时代，许多民间文学作品被改编为电子书、游戏、动画、音乐等。这种改编形式能够充分利用数字技术的互动性、便捷性和趣味性，为现代人提供全新的阅读和欣赏体验。

4.跨文化改编

在全球化的大背景下，民间文学也可以进行跨文化的改编，如将中国的神话故事改编为英文小说，或者将西方的民间故事改编为中文动画等。这种改编形式不仅可以扩大民间文学的影响力，也可以促进不同文化的交流和融合。

值得注意的是，无论选择哪一种改编形式，在进行民间文学改编传承时，均应当尊重民间文学的原始性，注重传统和创新的平衡，让民间文学在改编中既能保持其独特的魅力，又能适应现代社会的需求。

（二）民间文学改编的原则

民间文学的改编需要遵循一些原则，以确保其原始精神和价值得到尊重和保护，同时满足现代社会和受众的需求。

1.尊重原著

尊重原著，是所有改编工作的核心原则之一，特别是对于民间文学的改编。原著在多年的传承中形成了独特的文化内涵和精神价值，这是其不可替代的独特魅力所在，也是其存在和传承的根本。因此，无论改编的目标和方式如何，尊重原著的原始精神和文化内涵始终是改编者必须遵循的原则。

（1）尊重原著意味着尊重原著的文化背景

民间文学是人民生活的直接反映，是特定历史时期、特定地域人民生活状态、思想情感、价值观念的生动写照。因此，在改编民间文学时，必须充分理解和尊重原著的文化背景，包括原著产生的历史时期、地域环境、社会习俗等，这些都是原著精神内涵和艺术魅力的重要源泉。在改编过程中忽视或篡改这些文化背景，将严重影响原著的艺术效果和文化价值。

（2）尊重原著也就是尊重原著的人物设定和故事情节

人物和故事是文学作品的灵魂，是传递作品主题和情感的主要载体。在民间文学中，人物设定往往极富象征性，具有深厚的文化内涵；故事情节则生动、鲜明、富有冲突和悬念，吸引了无数读者。因此，改编者在进行改编时，必须尽可能保留原著的人物设定和故事情节，保持其完整性和连贯性。对人物的刻画和故事的处理，应该尽可能地忠实于原著，做到既不增加也不删减，以免破坏原著的艺术整体性和精神深度。

（3）尊重原著的原则还要求改编者深入理解和把握原著的主题思想

主题思想是文学作品的灵魂，是作品的主旨和中心，体现了作者的世界观、人生观和价值观。在民间文学中，主题思想通常表现为人民群众对生活的热爱、对美好未来的追求、对正义和真理的信仰等普遍情感和价值取向。因此，在改编民间文学时，改编者需要深入理解和把握原著的主题思想，尊重其社会价值和人文关怀，不能随意篡改或歪曲。

2. 平衡传统与创新

平衡传统与创新是民间文学改编过程中的一个重要原则。这不仅是对民间文学的一种尊重，也是对其进行创新性传承的重要方式。改编者在坚守传统的基础上，注入新的元素和观念，使民间文学作品更具有现代性，更加符合现代人的审美需求，从而实现民间文学的传承与发展。

在平衡传统与创新的过程中，首先要做到的是尊重和理解传统。民间文学是民族文化的重要载体，其中包含了丰富的历史信息和民族智慧，这些都是改编者必须深入理解和尊重的。只有深入理解民间文学的传统内涵，才能在改编过程中避免对其精神实质的损害，从而保持作品的核心价值。同时，尊重传统也意味着尊重民间文学的传统表现方式，如语言、风格、故事情节等，这些都是构成作品特色和魅力的重要因素。

然而，仅仅尊重和理解传统是不够的，改编者还需要在此基础上进行创新。因为随着时代的发展，人们的审美观念、生活方式、思维方式等都在发生变化，民间文学如果仅仅停留在传统的框架内，可能会失去对现代人的吸引力。因此，改编者需要根据现代社会和生活的特点，对民间文学进行适当的改编，注入新的元素和观念。例如，对语言和风格进行现代化的处理，使之更加贴近现代人的语言习惯；对人物设定和故事情节进行创新性的调整，使之更加生动和富有冲击力；引入现代社会的热点问题和主题，使作品更加与时代接轨。

平衡传统与创新，需要改编者具备深厚的文化素养和敏锐的审美洞察力，这既是一种技巧，也是一种艺术。改编者既要如履薄冰，小心翼翼地对待民间文学的传统元素，又要大胆创新，勇于尝试新的表现手法和主题，这样才能使民间文学在传承中创新，在创新中传承，真正实现与现代社会和生活的融合，从而使民间文学在新的时代背景下焕发出新的生命力。

3.适应受众需求

民间文学改编过程中的一个重要原则是适应受众需求。改编者在进行民间文学的改编时，需要充分考虑目标受众的特点和需求。受众的文化背景、知识水平、阅读习惯、审美趣味等因素都会影响到其对民间文学作品的接受度和理解深度。只有充分了解并顾及受众的这些需求，才能有效地传播民间文学，使其在不同的受众群体中获得更广泛的认可和欣赏。

（1）改编者需要考虑受众的文化背景

民间文学作品通常富含深厚的地方色彩和民族特色，其中的语言、符号、情节、主题等都深深植根于特定的文化土壤中。不同的文化背景可能会使人们对同一作品有着不同的理解和感受。因此，改编者在进行改编时，应充分考虑受众的文化背景，使改编后的作品能够与受众的文化经验和认知结构相契合。

（2）改编者需要考虑受众的知识水平

民间文学作品往往包含大量的历史、地理、民俗、哲学等知识，这些知识对于理解作品具有重要的作用。对于知识水平较高的受众，改编者可以保留或甚至增加这些知识元素，使作品更加丰富和深刻；对于知识水平较低的受众，改编者则需要简化这些知识元素，或通过注释、插图等方式帮助受众理解。

（3）改编者需要考虑受众的阅读习惯

不同的受众可能习惯于不同的阅读方式和内容，这需要改编者在语言、结构、情节等方面进行适当的调整。例如，对于喜欢在线阅读的年轻受众，改编者可以采用更加流畅、简洁的语言和更加紧凑、快节奏的情节；对于喜欢实体书阅读的老年受众，改编者可以保留更多的传统元素，如诗词、谚语等。

（4）改编者需要考虑受众的审美趣味

民间文学作品具有独特的艺术魅力，这主要体现在其语言的优美、情节的引人入胜、主题的深邃等方面。改编者在进行改编时，应尽可能保持和提升这些艺术魅力，以满足受众的审美需求。

4.考虑媒体特性

考虑媒体特性，是民间文学改编过程中的一项重要原则。改编者需要根据不同媒介的特性，选择合适的表现手法和传播方式，将民间文学作品在保持其原有精神内涵的同时，以最佳的形式呈现给受众，从而实现其在现代社会中的传承与发展。

（1）文字媒介改编

文字作为最基本的表达形式，其的艺术性和表现力在民间文学改编过程中具有至关重要的作用。语言的丰富性和多样性使得作品能够深入表达人物性格、情节转折以及主题内涵等要素。改编者需要熟练掌握语言工具，通过细腻的描绘和巧妙的布局，激发读者的想象力，引导读者深入理解和体验作品。此外，作为静态媒体，文字改编需要注重结构的合理性和逻辑的清晰性，让读者在阅读过程中不会感到困惑或疲劳。

（2）视听媒介改编

电影、电视、广播等视听媒介具有动态和直观的特点。在这类媒介中，图像和声音成为主要的表达方式。改编者需要精心设计每一帧画面，每一个声音，使之不仅能够准确传达故事内容，还能够唤起观众的情感共鸣。此外，视听媒介的时间性要求改编者在保证故事完整性的同时，对情节进行高效紧凑的表现，使观众在有限的时间内获得最大的观赏体验。

（3）数字化媒介改编

随着科技的发展，数字化媒介如网络文学、电子游戏等成为改编的新方向。这类媒介具有互动性和多元性等特点。改编者可以利用这些特性，开发出具有多线程、多结局的作品，提供给读者更丰富的阅读选择。同时，数字化媒介的广泛性和便捷性，使作品能够快速传播，触及更多的受众。

5.保护知识产权

在民间文学的改编传承过程中，保护知识产权是一个至关重要的环节。这涉及版权、商标、专利等方面的法律问题，任何对民间文学的改编行为，都需要尊重和保护原作者和其他相关方的知识产权，防止侵权行为的发生。

民间文学作为一种文化遗产，其内容和形式往往是作者或群体的智慧结晶，具有较高的创新价值和文化价值，因此，保护其知识产权是至关重要的。

知识产权保护并不只是遵守法律的要求，更是对创新者辛勤努力和独特才华的尊重。任何改编行为，都应以尊重原作为前提，维护良好的创作环境，促进文化的繁荣发展。在民间文学的改编传承过程中，保护知识产权是非常重要的一个环节，其不仅关系到创作者的权益，也影响到文化遗产的传承和发展。因此，在对民间文学进行改编时，应当注重保护民间文学的原有知识产权。

三、教育传承

民间文学是一个国家和民族文化传统的重要组成部分，也是教育的宝贵资源。民间文学的教育传承可以帮助人们了解和理解自己的文化背景，激发其文化自豪感和归属感。此外，民间文学中蕴含的智慧和人生观也可以为教育提供丰富的素材、丰富教育方法、提升教育效果、推动教育理论的发展和创新。

（一）民间文学融入教育课程

民间文学在教育课程中的融合不仅可以增强学生的学习兴趣和动力，提高学生的学习效果和能力，也可以培养学生的文化自豪感和归属感，促进学生的全面发展和健康成长。

1. 设立专门的民间文学课程

民间文学课程可以更深入、全面地介绍民间文学的种类、特点、技巧等。学生可以通过听、说、读、写等多种方式学习和实践，提高其的文化素养和艺术欣赏能力。

（1）民间故事课程

民间故事是民间文学的重要类型，包括神话、传说、寓言、谚语等。这些故事通常具有鲜明的民族特色和深刻的人生哲理，可以帮助学生了解和理解自己的文化传统，发展学生想象力和创新思维，提升其道德品质和人生观。

（2）民间诗歌课程

民间诗歌是民间文学的重要类型，包括山歌、小调、童谣、口头诗等。这些诗歌通常具有独特的语言艺术和情感表达，可以帮助学生提高其语言能力和审美趣味，发展其情感和人际关系，提升其心理健康和人生态度。

（3）民间戏剧课程

民间戏剧是民间文学的重要类型，包括皮影、木偶、变脸、滑稽等。这些戏剧通常运用生动的表演艺术进行社会批判，可以帮助学生增强表演能力和公众表达能力，发展其团队协作和领导才能，提升社会责任和公民素质。

（4）民间碑文课程

民间碑文是我国的重要文献史料，是研究我国不同时期和地域社会风貌以及人们生活状况的重要依据，也是我国民间文学的重要类型。通过学习碑文，可以帮助学生更深入、全面地了解一个地方的历史和文化。

碑文具有较强的地域性特点，是一个地方文化的重要载体，学习碑文有助于增进文化交流和理解，提高跨文化沟通的能力。碑文往往具有较高的文学价值，通过学习碑文，可以提升学生的文学鉴赏能力和艺术修养。此外，许多碑文包含了重要的道德观念和价值取向，可以作为道德教育的材料。

邑贤侯蔷如陶老父台创设农业中学堂碑记 ①

【额题】敦俗劝农

今欲图存于优胜劣败之世，独立于竞争剧烈之场，其惟振兴农、工、商各项实业乎？夫农以生物，工以成物，商以通物，皆财宝中所含之要素也。一人之能力，不能谋完全之生活，必合群同居，业品交换，而所需之物于是乎备然。其中犹不无先后缓急之别者，盖以商资工，以营其谋；工资农，以施其技。世所谓农产不兴，则工商皆为无源之水，无根之木，其说诚为不诬。遐想我国自开幕以来，即以农业立国，近世东西各国农业专家著书立说，皆推我国为农业祖国。顾所以相沿至今，我国农业反致瞠于各国之后，而蹶败如是。推究原因，皆缘学术不明，人心迷惑。率以农业之丰凶，归之气候之顺逆，而于辨土性，除虫害一切预防补救之计，反付阙如。吾邑僻处偏隅，见闻尤陋。自我邑侯陶老父台莅任后，首改高等官小学堂，继立劝学公所，旋又创办警察学堂。冀以广开吾民智识，造就吾邑人才，为地方自治立之基础。此其苦心毅力为吾浚筹划者，固已日不暇给，而我父台之心犹未已也。以为游惰多而盗贼斯繁，杼柚空而公私交困，救其弊者，非振兴实业不为功。于是日与吾侪同志反复筹商裕衣食之本源，辟农桑之大利。是以禀请北洋农业大学堂，札派毕业学员史君树瑛、刘君承颜充当教员，发明农学新理。又复旁询学界，选举及门王生思温、申生溥泉、韩生廷献、刘生凝恩，管理堂中一切事宜，此浮邱山农业中学堂所由创设也。自开校后，不但本邑学生争愿从学，而大河南北各府州县，以此校为全豫讲求农业之先导，所以闻风向化，远道而来乞附者，尤为实繁有徒。吾浚人民食福饮德，流连慨慕，方冀长宰是邦，永为吾浚缔造幸福，乃忽于去年冬月间，闻公奉调太邱，行将去浚。以故城而士商，乡而妇孺，相聚而谋，为借寇之举。及奉宪示，以格于定例，不能俯如所请，而后知我父台之不可强留也。向之群聚而谋者，惟有涕泣彷徨，慨我浚邑人民运蹇命悭而已。虽然，公而留，固浚人之幸。公而去，实不仅浚人之幸，何也？浚仅豫省之隅耳，以我公之经纶干济，康济群生，施之一邑，不过小试其端。措

---

①　王兴亚：《清代河南碑刻资料 5》，商务印书馆，2016，第 256-257 页。

之全豫：行将大收其效。扩公益进文明，富国强种，将必以我父台为首功焉！闻者乃破涕为笑，相与欢欣忭舞。仅述当前之目睹而身受者，勒之首琨，以垂永久云。

农业中学堂监勒官升授浚县教谕张霍篆额

劝学所副总董兼两□等官小学堂庶务长候选教谕恩贡生李承治书丹。

警察学堂管理员癸'卯科举人赵五桂，劝学所视学员廪生刘化普监镌。

农业中学堂稽查员兼农林会副会长廪生刘凝恩，庶务长兼农林会会长优廪生王思温，庶务长兼文案员州

同衔生员韩廷峨，试验场场长兼管图书仪器优附生申溥泉，暨全堂诸生仝立。

大清光绪三十三年岁次丁未三月上浣谷旦。

（碑存浚县浮邱山千佛寺水陆殿前西侧。王伟）

邑贤侯需如陶老父台改建两等官小学堂碑记①

【额题】宏开学界

汉、唐以来，艺文竞尚。我朝龙兴沿明制，乃以八股取士。自甲午、庚子两役后，朝廷知学非所用、用非所学之人才之不足以立国也，乃毅然变法，诏停科举，立学堂。于是，南北各省，官民争以筹款兴学为急。

浚居豫省上游，篆竹干旄，流风未艾，独寂寂若无闻者，岂果此邦人士独于故常耶？抑提倡无人，欲兴起而无由也？

岁乙巳冬，我邑贤侯陶公权篆浚邑，甫下车，创办新政不遗余力，日孜孜于训农惠工，尤以兴办学堂为先务。遂乃预筹经费得若干缗，益以新收斗捐，岁有常额，为之请于上宪，均报"可"。爰就邑希贤书院旧址，量加建筑，补其阙而去其埋，先立高等小学堂一所，而初等小学即附属其中。从此，由县而府，府而省，省而京师，以次递升。固即古家塾、党庠、术序、国学之遗法外，此则又设劝学、阅报两公所，农业、警察两学堂。乡里小学亦且渐次林立，何莫非以高等小学为起点乎？是

---

① 王兴亚：《清代河南碑刻资料5》，商务印书馆，2016，第257-258页。

知高等小学者，所以开普通之知识，植专门之根基，下储庠序之材，即上备国家之选。德之胜法，不归功于将帅，而归功于小堂之教师，良有以也。故凡为学生者，宜何如仰承德意而思振奋以有为欤！且为之而成，则虽我公之赐，而我身、我家与我之社会，固皆有荣幸焉；为之而不成，则我之心茅塞如故，我之学荒芜如故，我之道德与技艺就败如故。要皆我终身之累，而我公固无与也，学生勉乎哉！勿以公在浚而加勤，勿以公去浚而稍懈，鼓以热心，贞以毅力，斯终必有济，惟在祛其私怀，结其团体已耳。若夫字堂之建置合宜，用品改良，功课完备，谙学务者类能言之，固无烦赘述。是为记。

两等官小学堂监学官升授浚县教谕张霍篆额。

劝学所视学员廪生刘化普撰文。

农业中学堂庶务长兼农林会总董优廪生王思温书丹。

农业中学堂庶务长兼文案员州同衔生员韩廷妆，农业中学堂试验场场长生员申溥泉

农林会副总董廪生刘凝恩，劝学所总董兼两等官小学堂校长生员王恩桂，劝学所副总董兼两等官小学堂庶务

长恩贡候选教谕李承治监镌。

劝学所劝学员师范毕业生刘永思、刘镜清、盛世英、郭澄清，暨全堂诸生同立。

光绪三十三年三月上浣谷旦。

（碑存浚县浮邱山千佛寺山门东侧）

上述两则碑文为清代晚期教育制度改革之后，建立新式学堂时所设立的劝学碑，其中包含近代元进的教育理念。例如，《邑贤侯蔷如陶老父台创设农业中学堂碑记》以"敦俗劝农"作为额题，开篇首句"今欲图存于优胜劣败之世，独立于竞争剧烈之场，其惟振兴农、工、商各项实业乎？"反映了当时有识之士对我国所处环境的深刻思考。而"遐想我国自开幕以来，即以农业立国，近世东西各国农业专家著书立说，皆推我国为农业祖国。顾所以相沿至今，我国农业反致瞠于各国之后，而蹶败如是。推究原因，皆缘学术不明，人心迷惑。率以农业之丰凶，归之气候之顺逆，而于辨土

191

性，除虫害一切预防补救之计，反付阙如。"则反映了我国有识之士积极思考农业的利弊，寻求富国强兵方法。

《邑贤侯需如陶老父台改建两等官小学堂碑记》中则以"宏开学界"作为额题，提出了"德之胜法，不归功于将帅，而归功于小堂之教师"的思想，这一思想强调了小学教育的重要性，从中可以看出我国近代有识之士对基础教育的思索与贡献。

而学生通过阅读上述两则碑文可以更加深入、全面地了解我国近代教育的成果。

2. 在课程中融入民间文学的内容

民间文学的内容可以丰富和深化其他课程的教学，使学生能从不同角度和层次学习和理解知识，提高学习兴趣和学习效果。

（1）在语文课程中融入民间文学

语文课程是学生学习和使用语言的主要场所，民间文学是语言的重要载体和表现。通过学习和分析民间故事的语言风格、民间诗歌的语言技巧、民间戏剧的语言应用等，学生可以更好地理解和掌握语言的规则和变化，提高其语言能力和文化素养。

又如，劝学碑是古代县乡文人笔下的杰作，具有语言精炼，寓意深远的特点。将劝学碑融入语文教学的素材，不仅可以让学生对本地文化更加了解，还可以教授学生如何理解和欣赏古代文学，并训练他们的阅读和写作技巧。

（2）在历史课程中融入民间文学

历史课程是学生了解和理解过去的主要方式，民间文学是历史的重要记录和反映。通过学习和讨论民间故事的历史背景、民间诗歌的历史事件、民间戏剧的历史演变等，学生可以更直观和生动地学习和理解历史，提高其的历史意识和时代观。

又如，在历史、文化或社会研究课程中引入民间劝学碑。教师可以通过讲解碑文的创作背景、作者的意图、以及其在当时社会的影响，从而帮助学生了解历史，提升学生对古人的思想和智慧有更深的理解。

（3）在艺术课程中融入民间文学

艺术课程是学生学习和实践艺术的主要场所，民间文学是艺术的重要来源和表达。通过学习和创作民间故事的艺术形象、民间诗歌的艺术意境、民间戏剧的艺术技巧等，学生可以更自由和有趣地学习和实践艺术，提高其艺术能力和审美趣味。

例如，劝学碑的书法艺术也是一个重要的教育资源。以清代河南的劝学碑为例，通常是当地县乡具有书法才能的杰出人士抄写后，再交给技艺高超的工匠篆刻而成。将其融入艺术课程，可以通过引导学生学习劝学碑的书法，提高学生的审美观和艺术技巧。

（二）民间文学融入教育资源

民间文学作为教育资源可以丰富教育的内涵和培养学生的多方面素养。通过运用民间文学的内容和形式，教育者可以激发学生的兴趣和创新思维，培养其的语言表达能力、艺术欣赏力、道德品质和团队协作能力。

1.用民间故事来讲解道德规则和人生哲理

民间故事中蕴含着丰富的道德教育和人生智慧。通过讲解民间故事，可以生动形象地向学生传递道德价值观和行为规范，引导其形成正确的价值观念和良好的行为习惯。例如，通过故事《孔融让梨》可以讲解谦虚谨慎的道德品质，通过故事《愚公移山》可以讲解坚持不懈的人生态度。

2.用民间戏剧来提高表演能力和团队协作能力

民间戏剧是一种具有浓厚文化底蕴和表演特点的艺术形式。通过参与民间戏剧表演，学生可以培养自信心、表达能力和舞台意识，提高其的表演能力。同时，民间戏剧的演出需要团队的协作和配合，可以锻炼学生的团队意识、沟通能力和合作精神。

3.用民间诗歌来培养语感和审美能力

民间诗歌是一种富有韵律和美感的艺术形式。通过学习和朗诵民间诗歌，学生可以培养对语言的敏感性和表达能力，提高其的语感和修辞技巧。同时，民间诗歌的优美形式和深刻内涵也可以培养学生的审美能力和艺术欣赏力。

4.用民间歌曲来培养情感和文化认同

民间歌曲是民间文学与重要组成部分，具有独特的情感表达和文化传承作用。通过学习和演唱民间歌曲，学生可以表达自己的情感和情绪，增强对民间文化的认同和情感联系。同时，民间歌曲也是学习和体验民族文化的重要途径，可以加深学生对本土文化的理解和尊重。

（三）民间文学融入教育活动

教育活动是一种重要的形式，通过举办各种活动，可以引导学生更好地了解、体验和欣赏民间文学的魅力。同时，这些活动也促进了学生的艺术创作、表演能力和团队协作能力的培养。通过举办民间文学教育活动，学校和社区为学生提供了一个展示自己才华和成果的平台，激发了其对文学的兴趣和热爱，推动了民间文学传承和发展。

1. 民间故事比赛

举办民间故事比赛可以激发学生的创作兴趣和能力，促进其对民间文学的深入了解和研究。学生可以通过创作自己的民间故事，展示想象力和表达能力。比赛可以分为口头讲述和书面创作两个环节，学生可以通过朗读和演讲来展示自己的作品，提高其的口头表达和演讲能力。

2. 民间戏剧表演

举办民间戏剧表演可以增强学生的自信心和公众表达能力，培养其表演艺术和团队合作能力。学生可以组成戏剧小组，选择一部经典的民间戏剧，进行排练和表演。在表演过程中，学生需要理解和塑造角色，掌握舞台表演技巧，与团队合作完成一场成功的演出。这可以提高学生的表演能力、自我展示能力和团队协作能力。

3. 民间诗歌朗诵

举办民间诗歌朗诵活动可以提高学生的文化素养和艺术欣赏能力，培养语感和表达能力。学生可以选择一首经典的民间诗歌，通过朗读和演绎来展示其美感和表达力。在朗诵活动中，学生需要关注韵律、语调、节奏等诗歌的音韵特点，通过表演和演绎来传达诗歌的情感和意境。这可以提高学生的语言表达能力、音韵感知能力和情感表达能力。

4.民间文学展览

举办民间文学展览可以通过图文展示的形式，让学生更直观地了解民间文学的形式和内容。展览可以展示民间故事的插图、民间诗歌的文字和图片、民间戏剧的舞台布景等。学生可以通过观展来欣赏和学习民间文学的艺术和文化价值，同时也可以了解不同地域和民族的民间文学风貌，拓宽其的文化视野。

例如，举行劝学碑的展览。精选该地某一时代的劝学碑文，以时间顺序排列，通过劝学碑的展览提升学生对劝学碑的了解，拓展学生的知识视野。

（四）民间文学融入教育研究

民间文学的教育传承还可以作为教育研究的一个重要方向。教育者和研究者可以研究民间文学在教育中的应用效果，发现和总结有效的教学方法和策略；也可以研究民间文学的教育价值和意义，提出和推广新的教育理念和观念。

1.研究民间文学的教育应用效果

教育研究可以通过实证研究方法，评估和分析民间文学在教育中的应用效果。例如，可以进行实地观察、问卷调查、访谈等研究方法，收集和分析学生、教师和家长的反馈和意见，了解其对民间文学教育的认知、态度和行为变化。通过研究，可以发现民间文学教育的优势、问题和改进方向，为教育实践提供科学依据。

2.探索民间文学的教学方法和策略

教育研究可以深入探索和总结民间文学在教学中的有效方法和策略。通过对民间文学教育实践的观察和分析，可以发现一些成功的案例和经验，总结出适用于不同年龄、不同学科和不同学习目标的教学方法和策略。这些方法和策略可能包括故事解读、角色扮演、创作实践、情感共鸣等，可以帮助教师更好地引导学生参与和体验民间文学教育，提高教学效果和学习动力。

3. 研究民间文学的教育价值和意义

教育研究可以从理论和理念层面研究民间文学的教育价值和意义。通过文献综述、理论分析和比较研究，可以探讨民间文学对学生人文素养、审美能力、文化认同等方面的影响。同时，研究还可以深入探讨民间文学教育与教育理念、教育改革等之间的关系，为教育政策制定者提供参考和建议。

4. 推动民间文学教育研究的跨学科合作

民间文学的教育传承需要跨学科的研究合作。教育研究者可以与文学学者、社会学者、心理学者、艺术学者等跨学科领域的专家合作，共同研究民间文学在教育中的应用和影响。跨学科合作可以丰富研究视角、提高研究质量，促进民间文学教育研究的综合发展。

综上所述，教育研究在民间文学的教育传承中扮演着重要的角色。通过研究民间文学的教育应用效果、探索教学方法和策略、研究教育价值和意义，以及跨学科合作，可以不断完善和推进民间文学教育传承的实践和理论，为学生提供更丰富、更有效的教育体验。

参考文献

[1] 乌丙安.民间文学概论[M].沈阳：春风文艺出版社，1980.

[2] 梁前刚.谜语常识浅说[M].兰州：甘肃人民出版社，1983.

[3] 柳田国男.传说论[M].连湘，译.北京：中国民间文艺出版社，1985.

[4] 李惠芳.中国民间文学[M].武汉：武汉大学出版社，1996.

[5] 毕桪.民间文学概论[M].北京：民族出版社，2004.

[6] 刘锡诚.民间文学：理论与方法[M].北京：中国文联出版社，2007.

[7] 陈驹.中华民间文学通论[M].广州：广东教育出版社，2010.

[8] 乌丙安.民间口头传承[M].长春：长春出版社，2014.

[9] 宁锐.中国民间文艺：中国古代神话[M].西安：陕西师范大学出版总社有限公司，2015.

[10] 瞿明安，何明.中国西部民族文化通志：娱乐卷[M].云南：云南人民出版社，2015.

[11] 王兴亚.清代河南碑刻资料1[M].北京：商务印书馆，2016.

[12] 王兴亚.清代河南碑刻资料2[M].北京：商务印书馆，2016.

[13] 王兴亚.清代河南碑刻资料3[M].北京：商务印书馆，2016.

[14] 王兴亚.清代河南碑刻资料5[M].北京：商务印书馆，2016.

[15] 夏华丽.论非物质文化传承人的保护[M].长春：东北师范大学出版社，2018.

[16] 董海燕，程灏.我国传统音乐传承制度刍议[J].江西社会科学，2013，33（7）：253-256.

[17] 刘吉平.意识·仪式：民间文学与民间美术的共生互融——以陕甘川毗邻区域民间祀神活动为例[J].重庆三峡学院学报，2017，33（1）：106-114.

[18] 路浩.《传承人口述史方法论研究》成果发布暨学术研讨会综述[J].民间文化论坛，2018（5）120-124.

[19] 李远龙，曾钰诚.民间文学艺术表达权的理论设计——以二元知识产权体系为基点 [J].湖北民族学院学报（哲学社会科学版），2018，36（2）：113–118.

[20] 朱莉萍.民间文学艺术作品个人权利主体研究——以邵阳布袋戏为例 [J].东北农业大学学报（社会科学版），2018，16（2）：53–58.

[21] 张宗建.论非遗传承中边缘群体的定位及代表性传承人制度的完善 [J].重庆文理学院学报（社会科学版），2019，38（2）：94–103.

[22] 葛红兵，冯汝常.作为公共文化资源的文学及文学活动研究 [J].江西师范大学学报（哲学社会科学版），2019，52（4）：53–58.

[23] 毛巧晖."文化展示"中的传承人：基于非物质文化遗产保护的思考 [J].民间文化论坛，2019（4）：85–93.

[24] 梅贵友.少数民族民间文学艺术法律保护研究 [J].汉字文化，2020（6）：69–71.

[25] 王琨.在规范与认同之间：关于民间文学类非遗保护标准的探讨 [J].文化遗产，2020（6）：29–36.

[26] 俄木木机.论民间文学艺术演绎作品的版权保护 [J].西昌学院学报（社会科学版），2022，33（4）：109–113.

[27] 孙建海，张媛霞，李泽芬.非遗传承视域下张家口民间音乐传承人才培养实践探索 [J].戏剧之家，2022（36）：55–57.

[28] 万建中.传承人：非物质文化遗产学科建设的主体 [J].中央民族大学学报（哲学社会科学版），2022，49（3）：75–81.

[29] 周末.民间文学类非物质文化遗产的著作权保护 [J].文化产业，2023（16）：39–41.

[30] 孙正国，梁玉涵.七十年来民间文学传承人研究回顾与思考 [J].长江大学学报（社会科学版），2023，46（3）：20–26.

[31] 范文艺.旅游语境中民族民间文学生存空间的拓展和传承 [D].桂林：广西师范大学，2007.

[32] 周颖.对中国民歌改编的艺术歌曲作曲技法的研究 [D].南京：南京航空航天大学，2011.

[33] 陈明.论影片《爱丽丝梦游仙境》对卡罗尔原作的续写和改编 [D].天津：天津理工大学，2012.

[34] 熊垂香.民间传说在当代影视中的传播和改编：以《牛郎织女》为例 [D].武汉：华中师范大学，2013.

[35] 许枫.从民间到荧屏：论民间故事的影视改编规律 [D].青岛：中国海洋大学，2014.

[36] 朵雯娟.从传统走向创新：基于民族民间文学的动画编剧创作的实践研究 [D].昆明：云南艺术学院，2014.

[37] 郑羽.蒙古族民歌改编的钢琴作品之研究：以《诺恩吉亚幻想曲》为例 [D].呼和浩特：内蒙古师范大学，2014.

[38] 富绅.民间文学艺术著作权主体研究 [D].哈尔滨：哈尔滨商业大学，2015.

[39] 陈晓婷.基于福州民间传说改编的动画视觉形式探究 [D].福州：福建师范大学，2015.

[40] 田雨.当代开封民间故事研究 [D].青岛：中国海洋大学，2017.

[41] 张钟显.论民间文学艺术作品的版权保护 [D].成都：四川师范大学，2017.

[42] 谭婷.《阿诗玛》音乐剧改编研究 [D].北京：中央民族大学，2017.

[43] 柳舒.傣族民间文学中的魔王形象——以"阿銮故事"为中心的研究 [D].昆明：云南大学，2017.

[44] 谢瑾勋.民间文学艺术作品保护路径研究 [D].北京：北方工业大学，2020.

[45] 何宁秋.民间文学类非物质文化遗产融入幼儿园教育研究 [D].信阳：信阳师范学院，2020.

[46] 叶青."梁祝"传说的接受历程与当代传承研究 [D].武汉：华中师范大学，2020.

[47] 章玺.中国民间童话的改编研究 [D].桂林：广西师范大学，2021.

[48] 冯丝源.新世纪以来中国民间故事的图画书转化研究 [D].金华：浙江师范大学，2022.

[49] 新华社.中共中央办公厅 国务院办公厅印发《关于实施中华优秀传统文化传承发展工程的意见》[EB/OL].（2017-01-25）https：//www.gov.cn/zhengce/2017-01/25/content_5163472.htm?eqid=84478f5c0003939900000006645b72a5.

[50] 中国非物质文化遗产网 [Z/OL].[2021-10-28].http：//www.ihchina.cn/project#target1.

附录

附录Ⅰ：国家级非物质文化遗产名录——民间文学

　　民间文学在国家级非物质文化遗产名录十大门类中，位居首位。国务院先后于2006年、2008年、2011年、2014年、2021年公布了五批国家级非物质文化遗产代表性项目（以下简称"国家级项目"）名录，共计1557个国家级项目。在这五批国家级非物质文化遗产代表性项目名录中，民间文学项目共占251项，包括史诗、神话、传说、故事、民歌、谜语等几大类，涉及26个民族，31个省（区、市）。

项目编号	项目名称	申报地区或单位
第一批		
Ⅰ-1	苗族古歌	贵州省台江县、黄平县
Ⅰ-2	布洛陀	广西壮族自治区田阳
Ⅰ-3	遮帕麻和遮咪麻	云南省梁河县
Ⅰ-4	牡帕密帕	云南省思茅市
Ⅰ-5	刻道	贵州省施秉县
Ⅰ-6	白蛇传传说	江苏省镇江市
Ⅰ-7	梁祝传说	浙江省杭州市;浙江省宁波市、杭州市、上虞市;江苏省宜兴市;山东省济宁市;河南省汝南县
Ⅰ-8	孟姜女传说	山东省淄博市
Ⅰ-9	董永传说	山西省万荣县;江苏省东台市;河南省武陟县;湖北省孝感市

项目编号	项目名称	申报地区或单位
I-10	西施传说	浙江省诸暨市
I-11	济公传说	浙江省天台县
I-12	满族说部	吉林省
I-13	河西宝卷	甘肃省武威市凉州区、酒泉市肃州区
I-14	耿村民间故事	河北省藁城市
I-15	伍家沟民间故事	湖北省丹江口市
I-16	下堡坪民间故事	湖北省宜昌市夷陵区
I-17	走马镇民间故事	重庆市九龙坡区
I-18	古渔雁民间故事	辽宁省大洼县
I-19	喀左东蒙民间故事	辽宁省喀喇沁左翼蒙古族自治县
I-20	谭振山民间故事	辽宁省新民市
I-21	河间歌诗	河北省河间市
I-22	吴歌	江苏省苏州市
I-23	刘三姐歌谣	广西壮族自治区宜州市
I-24	四季生产调	云南省红河哈尼族彝族自治州
I-25	玛纳斯	新疆维吾尔自治区克孜勒苏柯尔克孜自治州新疆维吾尔自治区文联民间文艺家协会
I-26	江格尔	新疆维吾尔自治区和布克赛尔蒙古自治县博尔塔拉蒙古自治州巴音郭楞蒙古自治州新疆维吾尔自治区文联民间文艺家协会
I-27	格萨（斯）尔	西藏自治区、青海省、甘肃省、四川省、云南省、内蒙古自治区、新疆维吾尔自治区、国社会科学院《格萨（斯）尔》办公室

项目编号	项目名称	申报地区或单位
I-28	阿诗玛	云南省石林彝族自治县
I-29	拉仁布与吉门索	青海省互助土族自治县
I-30	畲族小说歌	福建省霞浦县
I-31	青林寺谜语	湖北省宜都市
第二批		
I-32	八达岭长城传说	北京市延庆县
I-33	永定河传说	北京市石景山区
I-34	杨家将传说（穆桂英传说、杨家将说唱）	北京市房山区、山西省
I-35	尧的传说	山西省绛县
I-36	牛郎织女传说	山西省和顺县、山东省沂源县
I-37	西湖传说	浙江省杭州市
I-38	刘伯温传说	浙江省文成县、青田县
I-39	黄初平（黄大仙）传说	浙江省金华市
I-40	观音传说	浙江省舟山市
I-41	徐福东渡传说	浙江省象山县、慈溪市
I-42	陶朱公传说	山东省定陶县
I-43	麒麟传说	山东省巨野县、嘉祥县
I-44	鲁班传说	山东省曲阜市、滕州市
I-45	八仙传说	山东省蓬莱市
I-46	秃尾巴老李的传说	山东省即墨市、莒县、文登市、诸城市
I-47	屈原传说	湖北省秭归县

项目编号	项目名称	申报地区或单位
I-48	王昭君传说	湖北省兴山县
I-49	炎帝神农传说	湖北省随州市、神农架林区
I-50	木兰传说	湖北省武汉市黄陂区、河南省虞城县
I-51	巴拉根仓的故事	内蒙古自治区通辽市
I-52	北票民间故事	辽宁省北票市
I-53	满族民间故事	辽宁省文学艺术界联合会民间文艺家协会
I-54	徐文长故事	浙江省绍兴市
I-55	崂山民间故事	山东省青岛市崂山区
I-56	都镇湾故事	湖北省长阳土家族自治县
I-57	盘古神话	河南省桐柏县、泌阳县
I-58	邵原神话祥	河南省济源市
I-59	嘎达梅林	内蒙古自治区科尔沁左翼中旗
I-60	科尔沁潮尔史诗	内蒙古自治区
I-61	仰阿莎	贵州省黔东南苗族侗族自治州
I-62	布依族盘歌	贵州省盘县
I-63	梅葛	云南省楚雄彝族自治州
I-64	查姆	云南省双柏县
I-65	达古达楞格莱标	云南省德宏傣族景颇族自治州
I-66	哈尼哈吧	云南省元阳县
I-67	召树屯与喃木诺娜	云南省西双版纳傣族自治州
I-68	米拉尕黑	甘肃省东乡族自治县
I-69	康巴拉伊	青海省治多县

项目编号	项目名称	申报地区或单位
I-70	汗青格勒	青海省海西蒙古族藏族自治州
I-71	维吾尔族达斯坦	新疆维吾尔自治区
I-72	哈萨克族达斯坦	新疆维吾尔自治区文学艺术界联合会民间文艺家协会、沙湾县、福海县
I-73	珠郎娘美	贵州省榕江县、从江县
I-74	司岗里	云南省沧源佤族自治县
I-75	彝族克智	四川省美姑县
I-76	苗族贾理	贵州省黔东南苗族侗族自治州
I-77	藏族婚宴十八说	青海省
I-78	童谣（北京童谣、闽南童谣）	北京市宣武区、福建省厦门市
I-79	桐城歌	安徽省桐城市
I-80	土家族梯玛歌	湖南省龙山县
I-81	雷州歌	广东省雷州市
I-82	壮族嘹歌	广西壮族自治区平果县
I-83	柯尔克孜约隆	新疆维吾尔自治区阿克陶县、新疆师范大学
I-84	笑话（万荣笑话）	山西省万荣县
第三批		
I-85	天坛传说	北京市东城区
I-86	曹雪芹传说	北京市海淀区
I-87	契丹始祖传说	河北省平泉县
I-88	赵氏孤儿传说	山西省盂县
I-89	白马拖缰传说	山西省晋城市城区

项目编号	项目名称	申报地区或单位
I-90	舜的传说	山西省沁水县，山东省诸城市
I-91	禹的传说	四川省汶川县、北川羌族自治县
I-92	防风传说	浙江省德清县
I-93	盘瓠传说	湖南省泸溪县
I-94	庄子传说	山东省东明县
I-95	柳毅传说	山东省潍坊市寒亭区
I-96	禅宗祖师传说	湖北省黄梅县
I-97	布袋和尚传说	浙江省奉化市
I-98	钱王传说	浙江省临安市
I-99	苏东坡传说	浙江省杭州市
I-100	王羲之传说	浙江省绍兴市
I-101	李时珍传说	湖北省蕲春县
I-102	蔡伦造纸传说	陕西省汉中市
I-103	牡丹传说	山东省菏泽市牡丹区
I-104	泰山传说	山东省泰安市
I-105	黄鹤楼传说	湖北省武汉市武昌区
I-106	烂柯山的传说	山西省陵川县，浙江省衢州市
I-107	珞巴族始祖传说	西藏自治区米林县
I-108	阿尼玛卿雪山传说	青海省果洛藏族自治州
I-109	锡伯族民间故事	辽宁省沈阳市
I-110	嘉黎民间故事	西藏自治区嘉黎县
I-111	海洋动物故事	浙江省洞头县

续　表

项目编号	项目名称	申报地区或单位
I-112	土家族哭嫁歌	湖南省永顺县、古丈县
I-113	坡芽情歌	云南省富宁县
I-114	祝赞词	内蒙古自治区东乌珠穆沁旗，新疆维吾尔自治区博湖县、和布克赛尔蒙古自治县
I-115	黑暗传	湖北省保康县、神农架林区
I-116	陶克陶胡	吉林省前郭尔罗斯蒙古族自治县
I-117	密洛陀	广西壮族自治区都安瑶族自治县
I-118	亚鲁王	贵州省紫云苗族布依族自治县
I-119	目瑙斋瓦	云南省德宏傣族景颇族自治州
I-120	洛奇洛耶与扎斯扎依	云南省墨江哈尼族自治县
I-121	阿细先基	云南省弥勒县
I-122	羌戈大战	四川省汶川县
I-123	恰克恰克	新疆维吾尔自治区伊宁市
I-124	酉阳古歌	重庆市酉阳土家族苗族自治县
I-125	谚语（沪谚）	上海市闵行区
第四批		
I-126	卢沟桥传说	北京市丰台区
I-127	鬼谷子传说	河北省临漳县
I-128	东海孝妇传说	江苏省连云港市
I-129	刘阮传说	浙江省天台县
I-130	孔雀东南飞传说	安徽省怀宁县
I-131	老子传说	安徽省涡阳县，河南省灵宝市

项目编号	项目名称	申报地区或单位
I-132	陈三五娘传说	福建省泉州市洛江区
I-33	胡峄阳传说	山东省青岛市城阳区
I-134	孟母教子传说	山东省邹城市
I-135	河图洛书传说	河南省洛阳市
I-136	杞人忧天传说	河南省杞县
I-137	三国传说	湖北省
I-138	尹吉甫传说	湖北省房县
I-139	伯牙子期传说	湖北省武汉市
I-140	苏仙传说	湖南省郴州市苏仙区
I-141	壮族百鸟衣故事	广西壮族自治区横县
I-142	毕阿史拉则传说	四川省金阳县
I-143	仓颉传说	陕西省白水县、洛南县
I-144	骆驼泉传说	青海省循化撒拉族自治县
I-145	回族民间故事	宁夏回族自治区泾源县
I-146	广禅侯故事	山西省阳城县
I-147	解缙故事	江西省吉水县
I-148	阿凡提故事	新疆维吾尔自治区喀什地区
I-149	广阳镇民间故事	重庆市南岸区
I-150	西王母神话	新疆维吾尔自治区阜康市

项目编号	项目名称	申报地区或单位
I-151	盘王大歌	湖南省江华瑶族自治县
I-152	玛牧特依	四川省喜德县
I-153	黑白战争	云南省丽江市古城区
I-154	祁家延西	青海省互助土族自治县
I-155	常山喝彩歌谣	浙江省常山县
第五批		
I-156	八大处传说	北京市石景山区
I-157	玄奘传说	河南省洛阳市偃师区
I-158	女娲传说	湖北省十堰市竹山县
I-159	老司城传说	湖南省湘西土家族苗族自治州永顺县
I-160	珠玑巷人南迁传说	广东省韶关市南雄市
I-161	张骞传说	陕西省汉中市城固县
I-162	藏族民间传说（年保玉则传说）	青海省果洛藏族自治州久治县
I-163	鄂温克族民间故事	内蒙古自治区呼伦贝尔市鄂温克族自治旗
I-164	包公故事	安徽省合肥市
I-165	仫佬族古歌	广西壮族自治区河池市罗城仫佬族自治县
I-166	巴狄雄萨滚	贵州省铜仁市松桃苗族自治县
I-167	都玛简收	云南省红河哈尼族彝族自治州绿春县

附录Ⅱ：河南省劝学碑整理一览表

地点	碑名	时间	收录
郑州市			
郑州市（郑县）	东里书院置义田碑记	乾隆三十二年	碑存郑州市文庙
	重修东里书院记	乾隆五十三年	民国《郑县志》卷十六《艺文志》
	东里书院碑记	咸丰七年	民国《郑县志》卷十六《艺文志》
	重修东里书院碑记	咸丰七年	民国《郑县志》卷十六《艺文志》
	移修东里书院记	光绪十年	民国《郑县志》卷十六《艺文志》
	重修嵩阳书院记	康熙十二年	碑存登封市嵩阳书院
	嵩阳书院讲学记	康熙十七年	碑存登封市嵩阳书院
	嵩阳书院程朱祠记	康熙十九年	碑存登封市嵩阳书院
	嵩阳书院碑记	康熙十九年	碑存登封市嵩阳书院碑廊
	嵩阳书院记	康熙十九年	碑亭登封市嵩阳书院
	嵩阳书院记	康熙年间	见耿介《嵩阳书院志》卷二
	嵩阳书院双柏赋并序	康熙十九年	碑存登封市嵩阳书院碑廊

地点	碑名	时间	收录
郑州市 （郑县）	嵩阳书院记	康熙十九年	碑存登封市嵩阳书院碑廊
	创建嵩阳书院专祀程朱子碑记	康熙十九年	碑存登封市嵩阳书院碑廊
	嵩阳书院记	—	耿介《嵩阳书院志》卷二
	嵩阳书院讲学记	—	耿介《嵩阳书院志》卷二
	嵩阳书院题记	康熙二十一年	碑存登封嵩阳书院
	创建嵩阳书院藏书楼碑记	康熙二十一年	耿介《嵩阳书院志》卷二
	嵩阳书院碑记	—	耿介《嵩阳书院志》卷二
	嵩阳书院新立道统祠记	康熙二十八年	碑存登封市嵩阳书院碑廊
	嵩阳书院创建道统祠碑记	—	见耿介《嵩阳书院志》卷二
	登封县正堂加六级施断入书院岁修地一百二十三亩碑	乾隆五年	碑存登封市文物保护管理所
	嵩阳书院诗碑	乾隆十五年	碑存登封市嵩阳书院文见席书锦《嵩岳游记》卷一
	御制嵩阳书院碑	—	碑存登封市嵩阳书院讲堂前东侧御碑亭基址上
	重修嵩阳书院记	光绪七年	碑存登封市嵩阳书院碑廊
新密市 （密县）	桧阳书院碑记	康熙二十七年	文见嘉庆《密县志》卷七《建置志》

续　表

地点	碑名	时间	收录
新密市（密县）	重建卓君庙新建瑞春书院合记	道光年间	碑存新密市老城卓君庙
	桧阳书院神毫记	道光三年	碑存新密市博物馆
	详设立义学筹备经费酌议章程碑	道光三年	碑存新密市博物馆
新郑市（新郑县）	新建兴学书院碑记	康熙十四年	文见乾隆《新郑县志》卷二十七《艺文志》
	书院旁置准提阁记	康熙十四年	文见乾隆《新郑县志》卷二十七《艺文志》
	李侯读书堂记	康熙十四年	文见乾隆《新郑县志》卷二十七《艺文志》
	重修新郑县儒学记	康熙三十七年	文见乾隆《新郑县志》卷二十七《艺文志》
	重修兴学书院兼复膏火碑记	乾隆十一年	文见乾隆《新郑县志》卷十《学校志》
	兴学书院碑记	乾隆十八年	文见乾隆《新郑县志》卷十《学校志》
中牟县	建育才书院记	康熙五十四年	文见同治《中牟县志》卷十《安艺文志》
	新建景恭书院碑记	道光七年	文见同治《中牟县志》卷十《艺文志》
巩义市（巩县）	南邵书院地亩碑记	道光十三年	碑存巩义市回郭镇第六初中院内
荥阳市（荥阳县）	重修荥阳县学记	康熙四十九年	文见乾隆《荥阳县志》卷十一《艺文志》
	重修学宫记	时乾隆十年	文见乾隆《荥阳县志》卷十一《艺文志》

地点	碑名	时间	收录
荥阳市（荥阳县）	创建试院碑记	道光十年	碑存荥阳县大门内，文见民国《续荥阳县志》卷五《学校》
	创修文昌阁记	光绪二年	文见民国《续荥阳县志》卷三《建置志》
（荥泽县）	重修人龙书院碑记	康熙二十九年	文见乾隆《荥泽县志》卷十三《艺文志》
（汜水县）	重修汜水县学宫记	康熙三十四年	文见乾隆《汜水县志》卷十九《艺文志》
	三山书院记	乾隆八年	文见乾隆《汜水县志》卷十九《艺文志》
	汜水考棚工成记	—	文见民国《汜水县志》卷十《艺文志》
	重修汜水县学记	—	文见民国《汜水县志》卷十《艺文志》
（河阴县）	周公创立书院记	乾隆十四年	文见民国《河阴文征》卷三《文》
开封市			
（祥符县）	创建中州贡院记	顺治十六年	文见顺治《祥符县志》卷六《藏苑志》
	重建大梁书院记	康熙十二年	文见康熙《开封府志》卷三十三《艺文志》
	重修大梁试院碑记	道光十七年	文见光绪《祥符县志》卷九《建置志》
	重修二程书院碑记	康熙二十六年	文见乾隆《祥符县志》卷五《书院志》
	改建游梁书院碑记	康熙二十八年	文见乾隆《祥符县志》卷十五《建置志》

地点	碑名	时间	收录
（祥符县）	改建游梁书院碑记	康熙二十八年	文见乾隆《祥符县志》卷十一《建置志》
	重建游梁书院记	—	文见康熙《开封府志》卷三十七《艺文志》
	重修大梁书院并崇祀碑记	康熙二十八年	文见光绪《祥符县志》卷十一《学校志》
	文昌祠惜字文	雍正二年	文见乾隆《祥符县志》卷八《祠祀志·祠庙
	改建河南贡院记碑	雍正十年	碑存开封市河南大学校园院内
	重修祥符县儒学碑记	乾隆二年	文见光绪《祥符县志》卷十一《学校志》
	重修游梁书院碑记	乾隆三年	文见光绪《祥符县志》卷十一《学校志》
	创建彝山书院记	道光八年	文见光绪《祥符县志》卷十一《学校志》
	重修河南贡院记	道光十一年	碑存开封市河南大学校园内
	修学碑记	道光十二年	文见光绪《祥符县志》卷十一《学校志》
	重修大梁试院碑记	道光十七年	文见光绪《祥符县志》卷九《建置志》
	增修彝山书院碑记	道光二十二年	文见光绪《祥符县志》卷十一《学校志》
	重修河南贡院碑记	道光二十四年	碑存于封市河南大学校园内
	重建明道书院碑记	光绪二十年	文见光绪《祥符县志》卷十一《学校志》

地点	碑名	时间	收录
（陈留县）	莘野学堂碑记	宣统元年	文见宣统《陈留县志》卷四十二《艺文志》
（通许县）	新修儒学碑记	顺治十年	文见乾隆《通许县志》卷九《艺文志·碑记》
	重修通许县学宫碑记	乾隆二十九年	文见乾隆《通许县志》卷九《艺文志·碑记》
兰考县（兰阳县）	创立近梁书院碑记	乾隆十一年	文见乾隆《兰阳县续志》卷八《艺文志》
（仪封县）	重修仪封县学记	顺治十五年	文见康熙《仪封县志》卷四十《艺文志》
	请见书院记	—	文见乾隆《仪封县志》卷十一《艺文志》
	重修儒学记	乾隆二十五年	文见乾隆《仪封县志》卷十二《艺文志》
（考城县）	重修文庙记	顺治九年	文见康熙《考城县志》卷三《艺文志》
	重修生花书院碑记	同治七年	文见民国《考城县志》卷八《学校志·书院》
	创建葵邱书院碑文	光绪十八年	文见民国《考城县志》卷八《学校志·书院》
杞县	重修学宫记	乾隆五十三年	文见乾隆《杞县志》卷二十一《艺文志》
	东娄书院记	乾隆五十三年	文见乾隆《杞县志》卷二十四《艺文志》
	新建义学记	道光四年	文见道光《杞县志》卷二十二《艺文志》
尉氏县	重修儒学碑记	顺治五年	文见道光《尉氏县志》卷十七《艺文志》

地点	碑名	时间	收录
（河南府、洛阳县）	河南府学记	康熙四十五年	文见乾隆《洛阳县志》卷十五《艺文志》
	洛阳县重修学宫记	雍正七年	文见乾隆《洛阳县志》卷十五《暂文志》
偃师市	创建文昌阁碑记	康熙二十年	文见乾隆《偃师县志》卷二十五《艺文志》
	创建西亳书院	乾隆十年	文见乾隆《偃师县志》卷二十五《艺文志》
嵩县	社学记序	乾隆三十年	文见乾隆《河南通志》卷三十九《学校志》
	城关社学记	乾隆三十年	文见乾隆《嵩县志》卷十六《学校》
	高都社学记	乾隆三十年	文见乾隆《嵩县志》卷十六《学校》
	三涂社学记	乾隆三十年	文见乾隆《嵩县志》卷十六《学校》
	旧县社学记	乾隆三十年	文见乾隆《嵩县志》卷十六《学校》
	汤下社学记	乾隆三十年	文见乾隆《嵩县志》卷十六《学校》
	旧河社学记	乾隆三十年	文见乾隆《嵩县志》卷十六《学校》
	温泉社学记	乾隆三十年	文见乾隆《嵩县志》卷十六《学校》
	赵村社学记	乾隆三十年	文见乾隆《嵩县志》卷十六《学校》

洛阳市

地点	碑名	时间	收录
嵩县	源头社学记	乾隆三十年	文见乾隆《嵩县志》卷十六《学校》
	樊村社学记	乾隆三十年	文见乾隆《嵩县志》卷十六《学校》
伊川县	改建伊川书院记	乾隆三十一年	碑存嵩县老城西北隅伊川书院内
宜阳县	准刊晓示生员碑	同治四年	碑存宜阳县城南香山庙内
	重修古韩镇义学记	光绪二十二年	文见光绪《宜阳县志》卷十四《艺文志》
	创建高等小学堂碑记	光绪三十二年	文见民国《宜阳县志》卷十《艺文志》
洛宁县（永宁县）	重修洛西书院碑记	乾隆十二年	文见乾隆《永宁县志》卷七《书院志》
	重修洛西书院碑记	乾隆十二年	文见乾隆《永宁县志》卷七《书院志》
	重修永宁儒学碑记	乾隆二十年	文见乾隆《永宁县志》卷七《学校志》
（伊阳县）	捐置书院地亩碑记	乾隆四十二年	文见道光《伊阳县志》卷六《艺文志》
	重修儒学碑记	乾隆五十七年	文见道光《伊阳县志》卷六《艺文志》
	倡劝筹设紫逻书院膏火感德碑记	嘉庆十年	文见道光《伊阳县志》卷六《艺文志》
	重建文庙碑记	道光二年	文见道光《伊阳县志》卷六《艺文志》
	新修伊阳县试院记	道光六年	文见道光《伊阳县志》卷六《艺文志》
	义学碑记	道光七年	文见道光《伊阳县志》卷六《艺文志》

地点	碑名	时间	收录
三门峡市			
陕县 （陕州）	重修文庙碑记	康熙四十四年	文见乾隆《重修直隶陕州志》 卷十五《艺文志》
	重修陕州试院记	同治十二年	文见光绪《陕州直隶州志》 卷十二《金石志》
灵宝市 （灵宝县）	重修文庙碑记	乾隆五十四年	文见光绪《灵宝县志》卷七 《艺文志》
	重修文庙碑记	道光八年	文见光绪《灵宝县志》卷七 《艺文志》
	重修儒学记	康熙二十年	文见乾隆《灵宝县志》卷五 《艺文志》
	创建桃林书院碑记	康熙二十一年	文见乾隆《灵资县志》卷五 《艺文志》
	重修灵宝学宫记	雍正八年	文见乾隆《灵资县志》卷五 《艺文志》
	新建灵邑考院碑记	道光二十一年	文见光绪《灵宝县志》卷七 《艺文志》
	关山书院碑记	咸丰三年	碑存灵宝市豫灵镇阌峪村
	捐复灵宝书院义学及乡会试经 费记	同治十一年	文见光绪《灵宝县志》卷七 《艺文志》
（阌乡县）	郭村里王氏义学碑记	乾隆十一年	文见乾隆《阌乡县志》卷九 《艺文志》
	建置荆山书院记	乾隆十八年	文见民国《阌乡县志》 卷二十六《文征》
	重修三馆堂记	道光八年	文见光绪《阌乡县志》卷十二 《艺文志》
	复兴荆山书院经蒙义学 改建考院记	光绪二年	文见光绪《陕州直隶绩志》 卷八《艺文志》
	重修校书堂碑记	—	（文见民国《阌乡县志》 卷二十七《文征》
卢氏县	卢氏县龙山书院碑记	乾隆九年	文见乾隆《重修直隶陕州志》 卷十五《艺文志》

地点	碑名	时间	收录
卢氏县	重修圣庙碑	嘉庆八年	文见光绪《卢氏县志》卷十五《艺文志》
	创修考院碑	道光三十年	文见光绪《卢氏县志》卷十五《艺文志》
	重修考院碑	同治三年	文见光绪《卢氏县志》卷十五《艺文志》
	新建经正书院碑	光绪十四年	文见光绪《卢氏县志》卷十四《艺文志》
渑池县	新迁学宫碑记	康熙八年	文见民国《重修渑池县志》卷十二《艺文志》
	重修学宫碑记	乾隆十年	文见民国《重修渑池县志》卷十二《艺文志》
	修建文昌祠记	乾隆二十年	文见民国《重修渑池县志》卷十二《艺文志》
	重修书院创建考棚记	道光七年	文见民国《重修渑池县志》卷十三《艺文志》
	南村创建义学记	道光十年	文见民国《重修渑池县志》卷十三《艺文志》
	敬惜字纸社碑文	—	文见民国《重修渑池县志》卷十三《艺文志》
焦作市			
沁阳市（怀庆府、河内县）	重修怀庆府文庙学宫记	顺治十六年	文见乾隆《怀庆府志》卷三十《艺文志》
	重修怀仁书院碑记	康熙五十年	文见乾隆《怀庆府志》卷三十《艺文志》
	重修覃怀书院记	光绪十九年	碑存沁阳市博物馆
武陟县	新修覃怀书院碑记	乾隆四十二年	文见乾隆《怀庆府志》卷三十《艺文志》
	重修覃怀书院碑记	乾隆五十五年	文见道光《武陟县志》卷十九《古迹》
	修建安昌书院碑记	道光四年	文见道光《武陟县志》卷十五《建置志》

地点	碑名	时间	收录
修武县	创建文昌阁记	康熙三十二年	文见道光《修武县志》卷六《祠祀志》
	重修庙学记	乾隆三十三年	文见道光《修武县志》卷五《学校志》
	宁城书院议立章程序碑	光绪元年	文见民国《修武县志》卷十三《金石志》
孟州市（孟县）	重修孟县文庙记	康熙十五年	文见乾隆《孟县志》卷三《建置志》
	重修儒学仪门记	康熙三十八年	文见乾隆《孟县志》卷三《建置志》
	重建学前牌方记	文见乾隆《孟县志》卷三《建置志》	文见乾隆《孟县志》卷三《建置志》
	重修河阳书院碑	乾隆十一年	文见乾隆《孟县志》卷三《建置志》
	缪邑侯重修河阳书院碑	乾隆十一年	文见乾隆《孟县志》卷三《建置志·书院》
	孟县重修学宫序	乾隆二十七年	文见乾隆《孟县志》卷三《建置志》
	重修文昌祠碑记	乾隆二十七年	文见乾隆《孟县志》卷三《建置志》
	仇汝瑚创建花韭书院记	乾隆五十四年	文见乾隆《孟县志》卷三《建置志九》
温县	重修卜里书院碑记	乾隆二十年	文见乾隆《温县志》卷九《学校志》
	重修卜里书院碑记	道光十二年	文见王士章《温县金石录》
	清京寺义学碑记	道光十六年	文见王士章《温县金石录》

地点	碑名	时间	收录
温县	创建卜里试院记	道光十六年	文见民国《温县志稿》卷二《建置志》
济源市	邑侯俞公书院碑记	康熙五十年	文见乾隆《愎庆府志》卷三十《艺文志》
	重建启运书院记	康熙五十九年	重修甘俞二公书院碑记
	重修甘俞二公书院碑记	乾隆二十一年	文见乾隆《济源县志》卷十五《艺文志》
新乡市			
新乡县	重修儒学碑记	康熙二年	文见康熙《新乡县绩志》卷九《艺文志》
	重修文庙碑记	康熙二十七年	文见康熙《新乡县续志》卷九《艺文志》
	官建义学碑记	康熙四年	文见康熙《新乡县志》卷九《艺文志》
	省身书院记	康熙三十四年	文见康熙《新乡县续志》卷九《艺文志》
	书院设塾劝士碑记	康熙三十四年	文见康熙《新乡县志》卷九《艺文志》
	重修德化书院记募引	康熙三十五年	文见乾隆《新乡县志》卷十二《学校志》
	埠城书院记	雍正元年	文见乾隆《新乡县志》卷十二《学校志》
	增修埠城书院记	雍正元年	文见乾隆《新乡县志》卷十二《学校志》
	郦南书院记	乾隆八年	文见乾隆《新乡县志》卷十二《学校志》

地点	碑名	时间	收录
新乡县	增修墉南书院记	乾隆九年	文见乾隆《新乡县志》卷十二《学校志》
	文昌阁记	道光二十八年	文见民国《新乡县续志》卷一《学校志》
卫辉市（卫辉府、汲县）	重修儒学碑记	顺治十八年	文见乾隆《汲县志》卷三《建置志》
	重修儒学碑记	康熙二十三年	文见乾隆《汲县志》卷三《建丽志》
辉县市（辉县）	喻公书院碑记	康熙三十四年	文见道光《辉县志》卷卜六《艺文志》
	重修儒学碑记	康熙三十六年	碑存辉县市文庙
	新立泉西书院记	乾隆四十一年	文见道光《辉县志》卷十六《艺文志》
	重修文庙碑记	乾隆六十年	（文见道光《辉县志》卷十八《艺文志》
	移置百泉书院城内记	道光六年	文见道光《辉县志》卷十七《艺文志》
	建义学碑记	道光六年	文见道光《辉县志》卷十七《艺文志》
	学约十条	道光六年	文见道光《辉县志》卷八《学校志》
（阳武县）	创修正谊书院记	雍正十三年	文见乾隆《阳武县志》卷二《建置志》
	正谊书院碑记	雍正十三年	文见乾隆《阳武县志》卷二《建置志》
	重修文庙碑记	道光八年	文见民国《阳武县志》卷五《文征志》

地点	碑名	时间	收录
（原武县）	原武县新修文庙记	乾隆六年	文见乾隆《原武县志》卷八《艺文志》
	原武县重修文庙记	乾隆十年	文见乾隆《原武县志》卷九《艺文志》
延津县	重修延津文庙碑记	康熙年间	文见康熙《开封府志》卷三十六《艺文志》。
封丘县（封邱县）	重建文昌阁记	顺治十八年	文见康熙《封邱县志》卷九
	重修儒学工程碑记	雍正十一年	文见民国《封邱县志》卷二十六《文征》
	重修儒学碑记	乾隆十九年	文见民国《封邱县志》卷二十六《文征》
长垣县	康熙乙丑修学记	康熙二十四年	文见民国《长垣县志》卷十三《艺文志》
	重修寡过书院记	道光二十六年	文见民国《长垣县志》卷十四《艺文志》
	重修儒学记	道光二十六年	文见民国《长垣县志》卷十四《艺文志》
	重修寡过书院记	同治四年	文见同治《增续长垣县志》卷下《艺文志》
	重修文昌阁记	同治十年	文见民国《长垣县志》卷十四《艺文志》
	重修寡过书院增添试院记	同治十二年	文见民国《长垣县志》卷十四《艺文志》
	仲子祠义塾碑	光绪十三年	文见民国《长垣县志》卷十四《艺文志》
	学堂冈宣讲圣谕记	光绪二十六年	文见民国《长垣县志》卷十四《艺文志》

地点	碑名	时间	收录
长垣县	修葺兴国寺小学校碑记	光绪三十年	文见民国《长垣县志》卷十四《艺文志》
获嘉县	重修学宫记	康熙二十三年	文见乾隆《获嘉县志》卷三《学校志》
	增修学宫并建训导宅记	乾隆十八年	文见乾隆《获嘉县志》卷三《学校志》
淇县	山西霍氏捐施书院地亩记	道光二十九年	拓片藏河南博物院
	山西霍氏捐庵学田记	道光二十九年	拓片藏河南博物院
浚县	浚县学碑记	康熙九年	文见嘉庆《浚县志》卷六《建置志》
	义学记	康熙十年	文见嘉庆《浚县志》卷六《建置志》
	文治阁记	康熙四十八年	碑存浚县文治阁二楼壁间
	重修文治阁记	康熙四十九年	碑存浚县文治阁二楼壁间
	黎阳书院记	乾隆六年	文见嘉庆《浚县志》卷六《建置志》
	重修浚县儒学记	嘉庆四年	文见嘉庆《浚县志》卷六《建置志》
	移建希贤书院记	道光七年	文见光绪《续浚县志》卷四《建置志》
	增建希贤书院记	道光十八年	文见光绪《续浚县志》卷四《建置志》
	重修希贤书院记	咸丰十年	文见光绪《续浚县志》卷四《建置志》
	创建黎南书院记	光绪八年	文见光绪《续浚县志》卷四《建置志》
	重修学宫记	光绪八年	文见光绪《续浚县志》卷四《建置志》
	修建白寺刘裴滮村义学记	乾隆四十二年	文见嘉庆《浚县志》卷六《建置志》

地点	碑名	时间	收录
浚县	义学记	光绪十三年	文见光绪《续浚县志》卷四《建置志》
	邑贤侯乔如陶老父台创设农业中学堂碑记	光绪三十三年	碑存浚县浮邱山千佛寺山门西侧
	邑贤侯乔如陶老父台改建两等官小学堂碑记	光绪三十三年	碑存浚县浮邱山千佛寺山门东侧
安阳市			
（彰德府、安阳县）	重修儒学碑记	顺治十三年	文见嘉庆《安阳县志》卷九《建置志》
	重修县学记	康熙二十八年	文见乾隆《彰德府志》卷二十六《艺文志·碑记》
	重修儒学记	康熙二十八年	文见嘉庆《安阳县志》卷九《建置志》
	新设乡镇义学记	康熙三十二年	文见嘉庆《安阳县志》卷九《建置志》
	义学记	清乾隆元年	文见乾隆《彰德府志》卷二十六《艺文志·碑记》
	重修安阳县文庙碑记	乾隆十三年	文见嘉庆《安阳县志》卷九《建置志》
	重修学宫碑记	乾隆三十四年	文见乾隆《彰德府志》卷二十六《艺文志·碑记》
汤阴县	重修文王庙碑记	乾隆四十五年	文见乾隆《彰德府志》卷二十六《艺文志·碑记》
内黄县	新建书院碑铭	康熙十三年	文见光绪《内黄县志》卷十八《艺文志》
	新建义学记	雍正十三年十月	文见光绪《内黄县志》卷十八《艺文志》
滑县	重修滑县文庙碑	乾隆二十五年	文见乾隆《卫辉府志》卷四十四《艺文志·碑记》
林州市（林县）	三山讲堂记	康熙二年	文见乾隆《彰德府志》卷二十六《艺文志·碑记》

地点	碑名	时间	收录
林州市 （林县）	重修儒学碑记	康熙六年	文见民国《林州市志》卷十五《金石》
	增修黄华书院记	道光十五年	碑原存林州市黄华书院，文见民国《林州市志》卷十五《金石》
	创建学署记	道光二十三年	文见民国《林州市志》卷十五《金石》
濮阳市			
南乐县	乐昌书院碑记	同治十二年	文见光绪《南乐县志》卷八《艺文志》
	创建蒙养学堂碑记	光绪二十八年	文见光绪《南乐县志》卷八《艺文志》
清丰县	修清丰县学记	康熙五十七年	文见同治《清丰县志》卷九《艺文志上》
	劝捐进贤书院并建立留养局经费碑记	同治十一年	文见同治《清丰县志》卷九《艺文志上》
范县	重修文庙碑记	光绪五年	文见光绪《范县志续编》，《艺文志》
	禁止董口毁学碑记	光绪三十四年	宣统《濮州志》卷八《艺文志》
	农桑学堂实业记	光绪三十四年	宣统《濮州志》卷八《艺文志》
商丘市			
归德府、商丘县	重修书院碑记	顺治八年	（文见乾隆《归德府志》十二《建置志》
	范文正公讲院碑记	顺治十五年	文见顺治《河南通志》卷四十八《艺文志·碑记》
	重修儒学记	乾隆十七年	（文见乾隆《归德府志》十二《建置志》
	重修儒学记	顺治六年	文见同治《邹陵丈献志》卷十三《学校志》
宁陵县	续修文修书院碑记	—	文见民国《宁陵县志》卷十一《艺文志》

地点	碑名	时间	收录
永城县	重修文庙碑	顺治十一年	文见康熙《永城县志》卷七《艺文志·碑记》
	重修太邱书院碑记	—	文见康熙《永城县志》卷七《艺文志·碑记》
	重修学宫碑记	康熙二十五年	文见康熙《永城县志》卷七《艺文志·碑记》
	重修学宫碑记	光绪十六年	文见光绪《永城县志》卷六《学校志》
	光绪年扩修太邱书院碑记	光绪二十四年	文见光绪《永城县志》卷六《学校志》
夏邑县	重修黉学碑记	康熙二十五年	文见民国《夏邑县志》卷二《建置志》
	重修崇正书院夏邑试院学田节畧碑记	光绪十二年	文见民国《夏邑县志》卷二《建置志》
	重修崇正书院并增修试院记	光绪十三年	文见民国《夏邑县志》卷二《建置志》
虞城县	修学记	康熙二十三年	文见乾隆《虞城县志》卷八《艺文志》
	重建文光阁记	—	文见乾隆《虞城县志》卷八《艺文志》
	增修古虞书院记	—	文见光绪《虞城县志》卷九《艺文志》
	筹建古虞书院经费记	同治九年	文见光绪《虞城县志》卷九《艺文志》
柘城县	朱阳书院记	康熙二十七年	文见光绪《柘城县志》卷七《艺文志》
	朱阳书院创建圣殿碑记	康熙三十年	文见光绪《柘城县志》卷七《艺文志》
	朱阳书院记	康熙年间	文见光绪《柘城县志》卷七《艺文志》
	朱阳书院记	康熙三十年	文见乾隆《归德府志》卷十二《建置略》
	柘邑升学记	康熙四十年	文见光绪《柘城县志》卷七《艺文志》

地点	碑名	时间	收录
柘城县	重修文庙碑记	道光二十八年戊申	文见光绪《柘城县志》卷七《艺文志》
睢县（睢州）	重修苏州府儒学碑记	康熙二十四年	文见《汤子遗书》卷三
	新修儒学西署碑记	康熙二十八年	文见康熙《睢州志》卷九《艺文志》
	道存书院碑记	—	文见光绪《睢州志》卷九《艺文志》
	新复学田碑记	—	文见光绪《睢州志》卷九《艺文志》
	重建洛学书院记	—	文见光绪《睢州志》卷九《艺文志》
许昌市			
许昌市（许州、许昌县）	三韩徐公重修许州儒学碑	康熙二十年	文见民国《许昌县志》卷十六《金石》
	创建聚星书院记	乾隆四年	文见民国《许昌县志》卷十六《金石》
	新建育德堂记	—	文见民国《许昌县志》卷十六《金石》
长葛市（长葛县）	迁建学宫记	康熙十二年	文见乾隆《长葛县志》卷十《艺文志》
	王公书院碑	康熙二十二年	文见康熙《长葛县志》卷七《艺文志》
	重修长葛县学碑	康熙二十七年	文见康熙《长葛县志》卷七《艺文志》
	大中丞书院碑	康熙三十一年	文见康熙《长葛县志》卷七《艺文志》
	创修陉山书院碑	乾隆十二年	文见乾隆《长葛县志》卷九《艺文志》
禹州市（禹县）	重修文昌阁铭	康熙年间	文见民国《禹县志》卷十四《金石志》
	刺史李公重建白沙书院堂记	康熙五十五年	文见乾隆《禹州志》卷九《艺文志》

地点	碑名	时间	收录
禹州市 （禹县）	重修文庙碑记	雍正十二年	文见乾隆《虞城县志》卷八 《艺文志》
	巡抚程重修丹山书院记	道光三年	文见乾隆《禹州志》卷十二 《学校志》
鄢陵县	重修儒学记	顺治十八年	文见同治《鄢陵文献志》 卷十三《学校志》
	重修儒学记	康熙二十九年	文见同治《鄢陵文献志》 卷十三《学校志》
	文清书院记	乾隆二十五年	文见同治《鄢陵文献志》 卷十三《学校志》
	文清书院加增膏火记	乾隆五十六年	文见同治《鄢陵文献志》 卷十三《学校志》
	重修文清书院记	道光八年	文见同治《鄢陵文献志》 卷十三《学校志》
	修试院碑记	同治十三年	文见民国《鄢陵县志》卷六 《建置志》
襄城县	襄城县义学记	康熙三十年	文见康熙《襄城县志》卷九 《艺文志》
	敬惜字纸碑记	—	—
	重修希贤书院碑记	乾隆三十三年	文见康熙《长葛县志》卷七 《艺文志》
漯河市			
郾城县	重修学宫碑记	顺治十三年	文见顺治《郾城县志》卷十 《艺文志·碑记》
	郾城县修理学宫记	乾隆九年	文见民国《郾城县志》卷八 《艺文志外篇下》
	重修郾城县学宫记	道光十六年	文见民国《郾城县志》卷三十 《文征外篇下》
临颍县	创修紫阳书院碑记	康熙五十年	（文见乾隆《临颍县续志》 卷八《艺文志》）
	重修学宫记	乾隆四十年	文见民国《重修临颍县志》 卷十五《碑记》

地点	碑名	时间	收录
舞阳县	鼎建鸿文二院记	雍正九年	文见道光《舞阳县志》卷十《艺文志》
	重修儒学记	雍正十六年	文见道光《舞阳县志》卷十《艺文志》
	捐助舞阳学堂经费碑记	光绪叁拾叁年	碑存舞阳县博物馆
平顶山市			
汝州市（临汝县）	创立汝阳书院碑记	—	文见道光《直隶汝州全志》卷十《艺文志》
宝丰县	重修学宫记	乾隆四年	文见道光《宝丰县志》卷十五《艺文志》
	增设春风书院膏火碑记	嘉庆二十二年	文见道光《宝丰县志》卷四《建置志》
	重修春风书院碑记	道光四年	文见道光《宝丰县志》卷四《建置志》
	新建心兰书院碑记	道光六年	文见道光《宝丰县志》卷四《建置志》
	新建养正书院碑记	道光六年	文见道光《宝丰县志》卷四《建置志》
	新建宝丰县十旦义塾记	道光十三年	文见道光《宝丰县志》卷四《建置志》
	雅集临应两义学碑记	道光十五年	文见道光《宝豐县志》卷四《建置志》
	培文义学记	道光十六年	文见道光《宝豐县志》卷四《建置志》
	添建号舍石凳记	道光十五年	文见道光《宝豐县志》卷四《建置志》
	创建雅集书院记	道光十七年	文见道光《宝丰县志》卷十五《艺文志》
	重修文庙碑记	嘉庆十四年	文见道光《宝丰县志》卷四《建置惠》
叶县	许公重修庠学记	顺治十三年	碑存叶县城内文庙

地点	碑名	时间	收录
叶县	改修昆阳书院创建考场记	咸丰六年	文见同治《叶县志》卷九《艺文志》
郑县	重修郑县儒学记	顺治七年	文见康熙《郑县志》卷四《艺文志·碑记》
	重修郑县儒学记	顺治九年	文见康熙《郑县志》卷四《艺文志·碑记》
	重修文庙记	康熙三十年	文见咸丰《郑县志》卷十一《艺文志》
	重修龙山书院记	嘉庆五年	文见同治《郑县志》卷十一《艺文志》
南阳市	重建南阳卧龙冈诸葛书院记	康熙三十年	文见康熙《南阳府志》卷六《艺文上》
	重建诸葛书院碑记	康熙三十一年	文见康熙《南阳府志》卷六《艺文上》
	南阳书院记	康熙三十一年	文见康熙《南阳府志》卷六《艺文上》
	创建文昌阁记	康熙三十三年	碑存南阳市南阳府署大门前
	宛南书院碑记	乾隆十六年	碑存南阳市南阳府署大门前
	重修宛南书院碑记	嘉庆九年	碑存南阳市南阳府署大门前
邓州市（邓县）	马公书院碑记	康熙二十三年	文见乾隆《邓州志》卷二十二《艺文志上》
	重修学宫记	康熙五十二年	文见乾隆《邓州志》卷二十二《艺文志上》
内乡县	创修菊潭书院碑记	道光十一年	文见民国《内乡县志》卷九《艺文志》
淅川县	建修崇文书院碑记	嘉庆二十五年	文见咸丰《淅川厅志》卷四《艺文志》
唐河县	国朝重修学宫碑记	康熙二十二年	文见乾隆《唐县志》卷九《艺文志》
	建修文昌阁记	乾隆二十五年	文见乾隆《唐县志》卷九《艺文志》

地点	碑名	时间	收录
唐河县	崇实书院碑记	乾隆二十九年	文见乾隆《唐县志》卷九《艺文志》
	重修学宫记	乾隆三十年	文见乾隆《唐县志》卷九《凿文志》
镇平县	建清阳书院碑记	嘉庆十四年	文见光绪《镇平县志》卷九《艺文志》
	重修清阳书院碑记	同治七年	文见光绪《镇平县志》卷九《艺文志》
	重修清阳书院碑记	同治七年	文见光绪《镇平县志》卷九《艺文志》
驻马店市			
汝南县（汝宁府、汝阳县）	重立天中书院记	康熙年间	文见嘉庆《汝宁府志》卷二十三《艺文志》
	大吕书院碑记	康熙二十九年	文见嘉庆《汝宁府志》卷二十五《艺文志》
	熊郡伯修天中书院记	康熙二十二年	文见嘉庆《汝宁府志》卷二十三《艺文志》
	重修汝阳县儒学碑记	康熙二十八年	文见嘉庆《汝宁府志》卷十《艺文志》
上蔡县	重修上蔡县儒学碑记	康熙二十五年	文见嘉庆《汝宁府志》卷二十四《艺文志》
	上蔡书院记	康熙二十七年	文见嘉庆《汝宁府志》卷十五《艺文志》
	上蔡县义田碑记	康熙二十七年	文见康熙《上蔡县志》卷二《建置志》
	汝宁府上蔡县为严饬修复义学以崇文教事	康熙二十七年	文见康熙《上蔡县志》卷二《建置志》
	汝宁府上蔡县为严饬修复义学等事	康熙二十七年	文见康熙《上蔡县志》卷二《建置志》
	重建上蔡书院记	康熙二十八年	文见嘉庆《汝宁府志》卷二十四《艺文志》
	重建上蔡县儒学碑记	康熙三十年	文见嘉庆《汝宁府志》卷二十四《艺文志》

地点	碑名	时间	收录
新蔡县	重建儒学碑记	顺治十年	文见乾隆《新蔡县志》卷九《艺文志》
	大吕书院碑记	康熙二十九年	文见嘉庆《汝宁府志》卷二十五《艺文志》
确山县	创建确山县小学碑记	康熙六年	文见嘉庆《汝宁府志》卷二十三《艺文志》
	七里保义学碑文	道光七年	文见民国《确山县志》卷二十四《文征下》
	平山寺创建义学碑文	道光八年	文见民国《确山县志》卷二十四《文征下》
	增修铜川书院斋房记	—	文见民国《确山县志》卷二十四《文征下》
	重修试院记	同治八年	文见民国《确山县志》卷二十四《文征下》
西平县	大中丞抚军阎公书院碑记	康熙二十八年	文见乾隆《西平县志》卷九《艺文志》
	陈依中捐设义学碑记	—	文见民国《西平县志附编》卷二《文征》
	重设仪封义学碑记	光绪二十七年	文见民国《西平县志附编》卷二《文征》
	仪封镇阎公书院改设学堂碑	光绪三十四年	文见民国《西平县志附编》卷四《文征》
正阳县	重修儒学记	顺治八年	文见民国《重修正阳县志》卷六《艺文志》
	重修正阳明伦堂记	顺治十八年	文见民国《重修正阳县志》卷六《艺文志》
	重修正阳试院记	同治九年	文见民国《垂修正阳县志》卷六《艺文志》
遂平县	重建吴房书院碑记	乾隆二十二年	八文见乾隆《遂平县志》卷十五《艺文志》
泌阳县	国朝修文庙记	顺治十三年	文见道光《泌阳县志》卷十《艺文志》

地点	碑名	时间	收录
泌阳县	重修文庙碑记	嘉庆九年	文见道光《泌阳县志》卷十《艺文志》
	刱建铜峯二院记	嘉庆二十五年	文见道光《泌阳县志》卷十《艺文志》
	泌邑创建魁星阁碑记	道光七年	文见道光《泌阳县志》卷十一《艺文志》
	泌邑设立义学碑记	道光七年	文见道光《泌阳县志》卷十一《艺文志》
周口市			
商水县	建修义学碑记	乾隆六年	文见民国《商水县志》卷十四《丽藻志》
	新建凤台试院碑记	同治五年	文见民国《商水县志》卷十四《丽藻志》
	重修商水书院碑记	光绪八年	文见民国《商水县志》卷十四《丽藻志》
项城市（项城县）	重修儒学记	康熙二十三年	文见乾隆《项城县志》卷十《艺文志》
	义学记	康熙二十六年	文见乾隆《项城县志》卷十《艺文志》
	重修学宫记	雍正十三年	文见宣统《项城县志》卷九《学校志》
	重修莲溪书院记	嘉庆二十三年	文见宣统《项城县志》卷九《学校志》
	重修莲溪书院记	咸丰二年	文见宣统《项城县志》卷九《学校志》
淮阳县（陈州、淮宁县）	重修读书台碑	康熙八年	文见民国《淮阳县志》卷十八《艺文志》
	陈侯孙公创立义学义田碑记	康熙十三年	文见乾隆《陈州府志》卷二十六《艺文志》
	洁己乡与言书院碑	康熙十三年	文见民国《淮阳县志》卷十八《艺文志》

地点	碑名	时间	收录
淮阳县（陈州、淮宁县）	重修学署碑	乾隆二年	文见民国《淮阳县志》卷十八《艺文志》
	重修学署碑	乾隆五十年	文见民国《淮阳县志》卷十八《艺文志》
	弦歌书院捐钱碑	咸丰十年	文见民国《淮阳县志》卷十八《艺文志》
	重修弦歌台碑	康熙二十一年	文见乾隆《陈州府志》卷七《圣读志》
	弦歌书院碑记	乾隆二年	文见道光《淮宁县志》卷二十三《集文》
	重修陈郡庙学记	乾隆三十九年	文见道光《淮宁县志》卷二十三《集文》
	重修弦歌书院记	嘉庆二十二年	文见道光《淮宁县志》卷二十三《集文》
太康县	重修文庙碑记	康熙七年	文见道光《太康县志》卷七《艺文志》
	重修文庙碑记	康熙三十三年	文见道光《太康县志》卷七《艺文志》
	重修文昌阁魁楼星记	乾隆二十五年	文见道光《太康县志》卷七《艺文上》
	修建兴贤书院记	乾隆二十二年	文见道光《太康县志》卷七《艺文上》
	重修学宫碑记	道光二年	文见道光《太康县志》卷七《艺文上》
	太康义学条规则十二则碑	道光七年	文见道光《太康县志》卷二《建置》
	兴贤书院重建讲堂记	道光八年	文见道光《太康县志》卷七《艺文上》
	建立义学碑记	道光八年	文见道光《太康县志》卷七《艺文上》

地点	碑名	时间	收录
沈丘县 （沈邱县）	文昌阁记	康熙十五年	文见乾隆《沈邱县志》卷十二《艺文志》
	重修学宫记	雍正三年	文见乾隆《沈邱县志》卷十二《艺文志》
西华县	知西华县事武超凡重建儒学碑	顺治年间	文见乾隆《西华县志》卷十二《艺文志》
	讲武堂记	—	文见乾隆《西华县志》卷十二《艺文志》
	演畴书院记	乾隆四年	文见乾隆《西华县志》卷十二《艺文志》
	重修西华县文庙碑记	嘉庆十年	文见民国《西华县续志》卷十一《金石志》
	捐书施地碑记	咸丰二年	文见民国《西华县续志》卷十四《掌故》
	续修文庙碑记	同治四年	文见民国《西华县续志》卷十一《金石志》
	重修西华考棚碑记	同治八年	文见民国《西华县续志》卷十一《金石志》
	衍畴书院添买地亩碑记	同治八年	文见民国《西华县续志》卷十一《金石志》
	清创修两华县学堂碑记	宣统元年	文见民国《西华县续志》卷十一《金石志》
鹿邑县	闵公建学宫碑记	—	—
	新建真源义学记	康熙二十五年	文见康熙《鹿邑县志》卷九《艺文志》
	重修文庙碑记	乾隆二十五年	文见光绪《鹿邑县志》卷七《学校志》

地点	碑名	时间	收录
鹿邑县	创建鸣鹿书院碑	道光九年	文见光绪《鹿邑县志》卷七《学校志》
	重修庙学碑记	同治九年	文见光绪《鹿邑县志》卷七《学校志》
扶沟县	社学记	康熙十年	文见光绪《扶沟县志》卷十四《艺文志·碑记》
	扶沟县重建儒学记	康熙二十四年	文见光绪《扶沟县志》卷八《学校志》
	改建义学记	康熙四十四年	文见光绪《扶沟县志》卷十四《艺文志·碑记》
	扶沟县重修儒学碑记	雍正十一年	碑存扶沟县文物保护管理所
	重建文庙碑记	乾隆十三年	碑存扶沟县城关镇丰园小学
信阳市			
信阳县	重修信阳州儒学碑	雍正九年	文见乾隆《信阳县志》卷十一《艺文志》
	伴书庵碑记	乾隆二十一年	碑存信阳伴书庵内，文见民国《重修信阳县志》卷十三《教育志》
	南汝光道曹绳柱题瑚琏书院碑记	—	文见民国《重修信阳县志》卷五十三《教育志》
	敬惜字纸碑	嘉庆十年	碑存信阳萧曹祠内，文见民国《重修信阳县志》卷五《建设志》
	重修瑚琏书院	嘉庆二十一年	文见民国《重修信阳县志》卷十三《教育志》
	创建信阳试院碑记	咸丰十年	文见民国《重修信阳县志》卷十三《教育志》
	兵备道朱寿铺创建豫南书院碑记	光绪十七年	文见民国《重修信阳县志》卷十三《教育志》

地点	碑名	时间	收录
信阳县	陈庭模重修信阳试院碑记	光绪十七年	文见民国《重修信阳县志》卷十三《教育志》
	重见文庙碑记	嘉庆十二年	文见民国《重修信阳县志》卷三十《艺文志》
	重见文庙碑记	道光二十年	文见民国《重修信阳县志》卷五《建设志》
潢川县（光州）	重修光州文庙记	康熙六十年	文见乾隆《光州志》卷三《志余》
	创修弋阳书院碑记	—	文见乾隆《光州志》卷三《志余》
光山县	重修儒学记	顺治十一年	文见民国《光山县志约稿》卷三十一《艺文志》
	新修明伦堂记	顺治十八年	文见民国《光山县志约稿》卷三十一《艺文志》
	重修文昌祠记	康熙十七年	文见乾隆《光山县志》卷二十一《艺文志》
	重修涞水书院记	康熙十八年	文见乾隆《光山县志》卷二十一《艺文志》
	重修学宫两庑碑记	康熙三十五年	文见乾隆《光山县志》卷二十一《艺文志》
	重修涞水书院记	乾隆四十八年	文见乾隆《光山县志》卷二十一《艺文志》
	遹树书屋记	乾隆五十一年	文见乾隆《光山县志》卷二十一《艺文志》
罗山县	重建义学兼日膳田记	康熙三十年	文见乾隆《罗山县志》卷八《碑记》
	耀山书院记	雍正十二年	文见乾隆《罗山县志》卷八《碑记》
	重修儒学碑记	乾隆十三年	文见乾隆《罗山县志》卷八《碑记》

地点	碑名	时间	收录
商城县	义学碑记	乾隆六年	文见乾隆《商城县志》卷十四《艺文志》
	重修商城县儒学碑记	康熙二十四年	文见乾隆《商城县志》卷十四《艺文志》
息县	重修息邑儒学记	康熙九年	文见康熙《息县志》卷十《艺文志》
	重修息县儒学碑记	康熙三十二年	文见嘉庆《息县志》卷七《艺文志》
固始县	创建张庄集义学碑记	康熙二十六年	文见康熙《固始县志》卷十二《艺文上》
	古蓼湾新建义学碑记	康熙二十七年	文见康熙《固始县志》卷十二《艺文上》
	徍流集义学碑记	康熙二十八年	文见康熙《固始县志》卷十二《艺文上》
	重修庙学碑记	—	文见康熙《固始县志》卷十二《艺文志》
	期思景贤义学记	—	文见乾隆《光州志》卷三《志余》